U0595763

中国专业作家小说典藏文库

中国专业作家小说典藏文库

杨英国卷

情种

杨英国 ◎ 著

中国文史出版社

目　　录

找　脸　儿

　　这年月，富足人家越来越吃香。牤子呢，因为穷，越来越成了人们议论的话题了。——没出息，二流子，不务正业……但凡有损人格尊严的话，常常像风一样在他耳边刮。也难怪，虽然如今再也不会缺吃少穿，但人比人该上进，货比货该改革，这个极为普通的道理是得明白吧？并且，牤子高寿三十还没娶到老婆，不独自己孤单难耐，连儿子孙子也给耽误了。然而，牤子毕竟是牤子，心大量宽毫不介意，仍是每天东跑西蹿乐乐呵呵的，好像真的"跳出三界外，不在五行中"了。老父亲见儿子失心疯，先是忧愁，后来终于发怒，指头戳了他的鼻头骂：王八蛋，败家子，祖宗的脸皮让你撕烂了！

　　这话骂了几十次，却也真的薅了牤子护心毛。败家？嗛！瞧着，我要成家、兴家、发家。鼓嗓起来，纠集了泼皮相识，几月内便搜罗了半口袋埋在地下的古董。这东西当时在本地并不贵重，到得广州却是大价，只是犯法，倘给抓住，便人货都搭上了。牤子认定成气候的都是光着脚丫踩刀刃的汉子，豁了出去，上火车，下火车，几经折腾，刚和对方接上手，也不知怎么漏了风，一群人抡着大棒围上来，将他们尽数擒住了。

　　他给押回本地，判了一年刑。刑期不长，却极难熬。好容易熬出来，回到村里，那形象在人们心目中较之往日更加等而次之了。这里是

1

地处僻远的乡下，民风依旧淳朴，一个人坐了牢，在人们的眼里就跟强盗流氓差不多，没了地位也没了人格。无论他走到哪里，不是遭人白眼，就是被人奚落。牤子平生第一回感受到苦恼的滋味，"虎落平阳被犬欺"，心里暗暗骂着，却也万分无奈。"脸面"已经丧失，怎么办？慢慢找吧。

做人，最怕的就是被人瞧不起。

牤子顺着墙根檐下溜了一两年，如今终于来了露脸儿的机会。街心刘家老五办婚事，竟也对他"喜筵恭候"。收到请帖儿，牤子蹲在门槛上思忖着，回忆着，激动得想哭又咬牙忍住。忍了半天捺不下，就起身进屋，起得太猛，脑袋顶在门楣上，晕乎了好一会儿才想起一件可怕的事——入喜筵须得拿"人情"。这"人情"就是钱，钱是孬种，可做人又离不了它。于是，人人都在变着法儿地拿到它。

运筹半日，终于柳暗花明。将老父亲的一对兔子捉住卖了。虽然只得二十元，到底还是灭掉了烧眉毛的火。

捏紧了两张十元钞票，腆了胸腹朝街心踱去。街心一所红顶瓦舍，虽不见壮丽，但在周围土房土院的比较下，已很有些阿房宫的味道了。房顶上装了大喇叭，喇叭里唱的是"提篮小卖拾煤渣"，牤子在"拾煤渣"中走进院，院子里已是席宴齐备，笑语喧哗。老五办喜事，亲朋贵友、村里的头头脑脑早都到了。早有早的道理，有的有钱，有的有权，重重的"人情"托在手里，自然要早来坐上席了。他呢，与权无缘，"人情"也只付得二十元，红账上落了名讳，却偏偏蒙了头，张罗着要去"上席"坐。"红总"独眼老邵瞅定，劈胸揪了他的衣领往下拽，引逗得人们乐，他也乐，人们乐得淌泪，他的眼圈却红了。老邵虽然一只眼，却分得清贵贱穷富，力气也大，三几下就把他搡到喜棚之外的下首，让他与相同身份的蹴作一堆，享受规定中的末席。

末席也是席，虽清汤寡味，总比窝在灶前喝稀粥强多了吧。他暗自认可。"有钱的王八坐上席"，他嘟哝一句，安慰自己，也宽慰同伙。虽如此说，眼睛仍时不时地瞟向棚内。棚内上席处，劝酒的刘家老五正忘形地摇屁股，左右侧了脑袋，不断向客人比画什么。随着阵阵的笑声，老五本就红扑扑的脸，愈发地像只熟螃蟹。

"哼！"他愤愤不平，又无处发泄，从盘中捞些杂碎丢进嘴里，吃螃蟹腿般狠命地嚼。心中气闷，口里便道出不平来："哼！妈个×，凭什么？"

可也是，这年月，老五的身份只比昔日的"专政对象"强一点，但日子过得倒比"依靠对象"们好得多。他像条有灵性的叭儿狗，世态的好坏，能极敏捷地从眼前气氛中嗅出和察觉。且又耐得苦，下得力，不顾风雨黑夜地往田里背屎粪，日当午光脊梁锄禾，地里大收成，自然就不缺吃花。老五不显山，不露水，暗地里又做些买进卖出的活，顺心遂意地发财，却从未说过傻话疯话狂话。凭什么？牤子明白，只是，明白归明白，却没有恒心和耐力像老五那样去做。唉！世间短短几十年，下那个王八大力做什么，顺河行船，不缺吃喝就行了。即使挣上千金万银，驾鹤西归时又能带走什么？

牤子一念至此，心中顿时平衡了许多。

上席处又传来女人的声音，细瞅，却是她——新娘子小叶。

小叶哟小叶，要不是那场意外，你就是我的了。而这位老五，说不定此刻正给咱俩贺喜呢。还记得吗？那年护秋，我在田野里转来转去，懵懵怔怔听到你家棒子地里咔嚓作响，我以为有人偷盗，冲进去一把抱住，等看清是你在自己地里掰嫩棒子，我吓得要死，要逃，你却一把拽住了我……从那以后，我叫你干妹妹，你叫我干哥哥。可是，那以后不久，我贩卖古董被捕判了刑，回来后再去找你，却发现你又和刘家老五好上了。小叶哟小叶……

3

小叶乌发过耳，粉面扑红，今日较以往看来，更为可爱。他瞅着，想着，心中默默喊着小叶，不知不觉，手中一杯劣质地瓜烧猛地灌进嘴里，喉中烙铁般一阵热，霎时间就恍惚迷离了。神魂颠倒中，便乜了眼睛呆怔，继之由呆怔转为躁动，转为愤怒。娘的毛，人穷身子小了？你丫头片子忘了当初情意了，我今儿坐在这里，你不认干哥不要紧，总不能看也看不到我吧？娘的毛，瞧好，瞧好！

哲人说过，酒是美物，也是孬种，它性喜反复，极具由抑制到兴奋的作用。这作用，此刻恰好在牤子身上得到了验证，他就离了席面，晃到院中，在席宴之间、众目之下，以自身的行动，提醒过来人回忆那不算遥远的岁月。岁月流逝，记忆却不消逝，牤子撅起屁股，喊出了自己幼时曾见爷爷奶奶辈们连扭加唱的歌："有朝一日翻了身，我和我的干妹子结个婚……"扭着，唱着，钻人空凑到了老五和小叶跟前继续着唱词："干妹子，你好，实在哎哎好，走起那个路来哎好像，好像……"

后边的词大约是"好像水上漂。"

可惜，没来得及"漂"，就听叭的一声响亮，脸上挨一极脆的耳光。左颊热辣辣又痛又麻，唱词自然中断，大脑的兴奋又转为抑制了。惺忪醉眼前，模糊见得老五全家拉开战线，小叶当先立定，杏眼高吊，掐腰喝骂："臭狗，喷粪！好像吗？好像你姑、你姨、你亲妈……"余音未断，五大三粗的刘家老六又挥来拳头。挨了拳头，不知又让谁踹了屁股。所幸有人拉劝，免了进一步的皮肉灾难，却教独眼老邵一溜踉跄地拽出门外，指了鼻尖训斥："小子，你是狗坐轿子，不中抬举的货！"

不坐轿子，也不做狗。瞅着"送"他出来的刘家老五等众人，牤子愤愤地跑走，跑到一个估计老五难以追上的距离，这才抖开那件极开心的事，他扭脸向后，平地跳起三尺多高，可着嗓子吆喝："老五——活王八！"

用力过猛，也是酒力又发，趔趄两下，咚地摔倒了。犹恐人家追上来揍，便拼力地站，要站起来。可是，容易吗？

这个"站"字，是难。

自从在刘家老五的新婚宴席上丢了大丑，此后牤子一直就思谋着那个"站"字。丢了脸儿，须得想法儿找回来，这是骨气，这是人格，不要人格的人算不得人，对不住自己，对不住祖宗，也对不住这个世界。虽曾诅咒说"有钱的王八坐上席"，但只要坐得上席，便当"王八"也是光彩的。他从心根子里这么想。

日月突进，世道越发活泛了。刘家老五又跑到了前头。他家劳力多，本钱大，种地之外，就又申请张罗了小砖窑，不二年，光景立马高出别人一截。逢了顺风好扬场，春日里红顶瓦房一扒到底，月亮未曾转过那一遭，前出厦的双层小楼便拔地而起。牤子瞧在眼里，不屑地哼一哼：娘的毛，这算得啥，这世道十年一小进，二十年一大进，发家的时日早着呢！我牤子能贩得古董坐得牢，如今政策一放再放，天地间前途无量，急煎煎做什么？你楼高，人还能再高吗？……日姥姥的。

牤子暂时无意"发财"，种地却开始卖力了，连年地收了粮棉，手头很是宽裕。以往的岁月里，遭人许多白眼、许多奚落，究其根由，简单的一个"经济问题"。如今日子兴盛，自是财大气粗。人言"饱暖思淫欲"，牤子却是"饱暖忆往昔"。往昔在老五家坐下席遭驱逐的耻辱，总是影子般随时跟定了他。他不能忘，也忘不了，那是心头的伤痕、鼻尖上的疤！

伤痕要治，疤要修补，这就不能放过任何机会了。

有庄乡街坊新朋旧友间的事情，牤子必要尽力凑合。大把的钞票掏出去，换得上首席里坐定，指天画地般海吹一番，就很有些元帅坐帐的感觉。钱能通神，钱能争气，一两年后，人们对他已是挺看重了。谁家红白大事，必要单独知会；稍稍沾点儿亲朋，便送大红全帖。一段时间内，像文人们瞎吹的如淋甘露又如饮醇醪，愉悦和甜蜜同时陪伴着他。

人是有怪癖的动物，日子艰难时，咧着嘴巴叫苦，一勺米分开吃，一分钱掰开花。手头一旦松动，就开始弄不清自己姓什么了，好像走在路上拾了块狗头金，富足得喘气不匀，修房盖屋置家具不说，红白大事的花费，却也如同发了大水漫了堤，一涨再涨。昔日三元五元的"人情"钱增长十倍，百元面值的大票子也三张两张地甩上了红白账桌。人们似乎迷了心窍昏了头，完全忘记了庄户人依仗的仍是一地土坷垃。

　　坷垃地终于用脱了力，近二年不再大幅度的增产。特别是棉花，灾情重，投资大，棉站收购时又变着法儿地压价。农人的收入渐平或少，而物价却在日趋升高，吃喝抠紧些尚能对付，可前几年撮上去的"人情"价码却落不下来了。水涨时船随水高，水落时船却在高处搁住了。船似神船，船上好景致，进得船里，有成佛成仙的感觉。虽然上船时费力又花钱，而下船后仍是肉体凡胎的角色，可人们为了体会那感觉，总还要舍死亡命地朝上爬。

　　这几年，逢到秋收以后，人们就像约定俗成，娶媳嫁女发大丧，一个连了一个。连连提价了的"人情份子"仍是高水平，人们手头虽已拮据但仍要顾脸皮，如同撞槽的驴般东一头西一头地张罗。像刘家老五这样有着副业收入的倒能支撑，可是，早已拔毛秃顶的牯子之流呢？

　　牯子像个好胜心极强的人爬竿，越爬越累越支持不住，而虚荣心和挣一挣的念头饯住了魂，便死也不肯往下滑。

　　为"人情"事从秋后一直忙到腊月，该换的换掉，该卖的已卖，牯子打罗了一下，就差没把自己和老爹的嘴巴吊起来了。最近的几份人情钱实在难凑，只好涎了脸皮到亲朋家里借，如此虽欠了一屁股无根账，脸面上却总算说得过。谋划着好歹度过冬日去，来春不种棉花种白蒜，白蒜这东西产量高，成熟早，提前刨掉卖个好价，陈账旧债总能一锅清了。牯子听着邻家的乒乓鞭炮声过了小年，估摸再不会有谁"喜宴恭候"，终于松口气，便唱"有朝一日翻了身。"不想一曲未了，又有两家送来"敬请光临"的红帖。其中之一，竟还是刘家老五的。

时光好快，老五的弟弟老六也要娶媳妇了。帖子接在手里，愣怔半晌，难过。难过了一会儿，又乐，乐得绕了院子猴转圈。娘的毛，这些年来，我老牤一直盼，盼的不就是这一天吗？瞧，神仙不负功夫人，"找脸儿"的机会终于到来了。当夜，他激动得睡不着，从被窝里爬起，披了棉袄痴痴地坐在炕上——想象着明日刘家老六宴席上的光景，体味那种出俗入圣的感觉。当然，有资格坐上席的人情钱，是要颇费心思谋划的……

夜风如老马嘶鸣，紧急且沙哑。锅灶般黑魆魆的屋内，听得老爹在土炕那边打呼噜，他便鼠儿似的运动起来，在一架破旧的炕头柜里摸索。弄出了声音，老爹呼噜停止，叽咕几句又翻身睡去。他并不迟疑，只是手脚放轻放慢，摸索得小心而又仔细。终于摸到了一件皮大衣，是大前天妹妹让人捎给老爹过年穿的。老人家喜得白胡子黑了又白，仔细地叠了又偷偷地藏在柜底破棉絮里，大约就怕他——而他还是找到了。

皮大衣虽然不是上好的料子，但到得沽衣市，还怕贱价没人要吗？悄悄地溜下炕来，将大衣团在腋下，黑暗中听听老爹喘气均匀，便轻轻地开门，踮了脚尖儿溜出去。

夜色浓重，冷风如锥，彤云密布的苍穹正拼了力气朝大地压下来，使得天地间空隙很小。人在这小小的空隙里，就产生些莫名的惶悚和疑惧。牤子禁不住打个寒战，稍沉，才瑟缩了身子朝门口走。走几步，又站住，忖度这件套皮大衣攀上天价也只能卖得一百几十元，揣一百几十元钱去老六婚宴上随"人情"，却似刘姥姥往荣国府里送南瓜，上席坐不成，说不准还要招人奚落。院中立定，百般琢磨，一双眼睃来巡去，像是要从墙根院角处寻出些金条元宝什么的。寒风擦着房檐沏下来，他忙乌龟似的缩了脖颈。可也就在这刹那，神灵忽然点化了他，他乐得几乎喊出来，三几步蹿到东屋门前，既轻且快地摘下扣住门的铁挂搭，一进一出闪身间，就从梁头上取下一只白条子冻鹅。今年肉贵，老父见家中光景，料定春节难见荤腥，便提前将食量挺大的看家鹅宰了，褪毛清腔后高吊在东屋梁上，防狗防猫，却偏偏没想到防他。

年可以不过，爹可以不顾，上席无论如何是要坐的。更何况今非平常，是要去刘老五家。带着遂愿后的欣喜，牤子步履轻盈地开院门走出去，黑暗中，门前土崖下有白瘆瘆的东西闪过，细瞧，是那条路，通李家庙大集的路。路虽坑洼不平，却长而空阔……

尽管天上飘着大雪，尽管路上积雪没过脚脖，可攥了二百多元钞票的牤子，仍在中午之前赶回来了。看刘家院里，人声鼎沸，装在楼顶上的喇叭传出一阵阵像是人唱也好似驴叫的歌。他无心听那听也听不懂的歌词，便直直地撞入门去，豪气地来在红账桌前，在人们仰视、信服而审度的目光中，慢慢地自腰中拔出两张大票，在手中抢个漂亮的扇面，漫不经心的神气向下一甩，眼睛瞅着天空说："记上！"

一辈子不是当"红总"就是当"白总"的老邵虽已年老，一只眼仍旧极明亮，蘸唾沫数款之际，大约忆起了当年在此发生的过节，先是颜面讪讪，又说了些谁也听不清的客气话，随后忙乱了一阵，就歪了脖子喊："咦嗨嗨，上席一位，待客！"

"上席"的滋味虽已体验多次，可是以往不论哪一次，都不及今儿感受深切。牤子未曾沾酒先自陶醉，晕乎乎只听得杯盘酒盏响，待喝过几轮，便脑袋发麻，目光散乱，看人都像狗的嘴脸。耳中嗡嗡响动不止，恍惚赶集进了牲口市。所幸他目光乱而不迷，还是看到了，看到了正笑眯眯走过来的小叶。脑子由酒缸中挪回到凉水盆，便清楚许多。多年的被窝不凉，多年的情义不忘，小叶小叶……

小叶徐娘半老犹存风韵，如馍的髻子挽在脑后，似水的柔发在耳旁奓着，腰身丰满衬出了别样的线条，由于发福长肉，依然红扑扑的脸上，又人工造就般添了两个小小酒窝。水流岁月中虽也常常碰面，碍了那次的旧情变旧仇，他再不曾正眼看她。近几年，小叶多次捎信续干亲，牸子却是肚里难撑船。今日有酒在血管里流动，就觉肚量宽了，胆子壮了，脸皮厚了。一股如泉温情涌至心头，便忍不住迎了小叶痴痴地瞅。三十多岁的汉子情感仍旺，瞅不半刻，心旌摇动，于是忆起了昔日的棒子地，忆起了在棒子地里颠鸾倒凤的感觉。正要继续地忆下去，蓦然看到了跟在小叶身后的一个小家伙儿。小家伙儿还在蹒跚学步，走几下停一停，好奇地望着身边的一切。这孩子模样端正但不文静，像老五，像小叶——他忙对着杯中水酒照了照，竟也像自己的模样。刹那间，他胸中波澜翻腾，嘴里不吭，心中却说：我的，是我的。哦，日子不对。嗯？不是也有怀胎两年才生孩儿的吗？小叶哟小叶，告诉我，快告诉我，是不是咱俩的？

牸子认定了跟在小叶身后的小孩是自己的儿子，就生出许多的安慰。孩子即使不喊爹，也该知足了。半生无"对儿"却并未断子绝孙，至于儿子姓什么，管他呢！姓名只是代号，有什么可认真的？譬如当初造名时把"人"唤作狗而把"狗"唤作人，传到如今，"狗"便比"人"尊贵了。并且太幸福，坐着上席看儿子，天下便宜事让我占尽了。老五哟老五，你笨熊，你傻种，你稀里糊涂给我养大了儿子，你是王八当爹，血汗白流了。小叶哟小叶，你如今冲我笑，我知道你在笑什么，你心里乐，我比你更乐……

乐极生悲，牸子眼里终于流了泪。泪水淌进嘴里，与刚刚灌进的烈酒掺和，泪酒顺了嗓子冲下，不知起了什么反应，刺激得胸腔作痛，嗓管灼辣，他忙张开口——要喊，要吐。不料，送出来的却是惊天大哭。

这就不吉利。人家办喜事，不是死了爹，是请你来号丧吗？正走过来的小叶母子怔住不动，张罗待客的刘家老五老六全都傻了。酒席上失态并非没有，这得看是什么场合。再说，哭了三声五声也罢，他却捶胸顿足，哭声就如《诸葛亮吊孝》似的大而持久。亏得独眼老邵眼界开阔，慌忙招呼了几名壮汉，半劝半拽地将他从席上弄到大门外。唯恐他回马枪又杀来，径直抬了他脚不沾地送到他家门前土崖上。家门口老父正为失了冻鹅和皮大衣而愤怒，远远望到儿子又这般光景，老脸皮挂不住，咣当把大门闩了。老邵与壮汉们呆了呆，伸舌头说："家门也是家，就扔这里吧！"

起了风，又下起了雪。风雪中，似乎有人问："小子，还认得爹吗？"

牤子困乏地睁睁眼睛，恍惚间一团白而蓬乱的胡子在面前抖动。占我便宜吗？孬种！他想骂，喉中涌出一串酒嗝，将未及想好的脏话噎回去。抻一抻，终于反击："我……是你爹！"

极响亮的一巴掌，似乎抽在了脸上。牤子觉得有什么东西在嘴角游动，一摸，是血。蒙了一秒钟，不犹豫，照准白胡子准确地挥去一拳，耳边吭哧响动，就有什么笨重的东西咕噜滚下了身边的土崖。土崖下传来那种老牛断气前的喘息，他稍稍清醒，意识到自己可能闯了祸，几乎不需大脑发令，双腿便自动将身子弹起，惊枪的兔子般朝南逃去了。

背后响起杂乱的脚步声。有人追来了？牤子惶惶地扭回头，没有，什么也没有。厉厉朔风，刮乱了他在奔跑中撩起的雪粒，唰啦啦，唰啦啦。他脚下并不停住，更加玩命地逃。往哪里逃，为什么逃？脑中，心中，全在糊涂中。意识中只有一个目的：多逃得一步，就能从一种灾难里解脱。一霎，也仅仅是一霎，北风已帮他把自己送出村外，来到了天也苍苍地也茫茫的雪野。风风雪雪懵懵懂懂中，他拐了两个弯，忽然脚下发晕，手在空气中抓挠了几下，便结结实实地跌进了一个雪窝。凉瘆瘆的雪粉馇进裤腿袖口衭领里，一个激灵，他的身子开始哆嗦。

寒气酒气加晦气，他气急败坏了。他晃动着上半身，竭力从雪窝里往外爬。是坟坑粪坑还是一眼报废的土井？够深的。待他爬上来时，手脚全冻麻木了。他坐在坑沿，喘息未定，北边又传来让他恓惶的脚步

10

声。他吃力地睁大眼睛搜睃来路，没有，仍然什么也没有。集拢散乱的思绪，凝视谛听，终于弄明白了，是它——村中新起的那座小楼顶上的大喇叭捣弄的。大喇叭里正响着《十面埋伏》，琵琶声跌宕起落中，一会儿高亢急促，一会儿庄重肃穆，余音被风刮到这白雪铺陈的村外，极像咚咚棱棱的脚步声。

风愈高，乐声愈大，好似有意向他炫耀什么。他坐不住，便挣起身来，从坑边抓一把雪狠命地掷出去，挺了肚子朝北吼："刘家老五，还我儿子……日你妈妈——！"

"妈"字悠长，缭绕在前方的空间里趑了几趑，连同掷出去的雪让风刮到背后遥远的地方去了。他吼骂舞扎了一阵，陡然又似抽了筋的猫，腿一别，软塌塌地趴下去。村中大喇叭这时变了腔，沉重的调子随了风势忽高忽低，似有苦难，似有留恋，似有对世事人生的遐想和追忆。这调子传入他耳中，听来极像早年间干妹子小叶对自己的那些绵绵细语……

白雪在他脸前越积越高，他终于受不了，发死力将雪扒开去。抬起头，睁开眼，想透过缥缈朦胧的雪幕，看清村中那座楼，还有楼上的喇叭或者楼上的人。

风更大了，雪花儿变硬，石硪子般斜斜地从空中甩下，抽他的脖颈，刺他的脸颊。一身的白雪化作寒气，穿心透肺地折磨他，却好寒气逼住酒气，他有些清醒了，明白须得动一动，便活动了手脚，奋力地站起身。张跌了几步，头重脚轻，又仆地趴下，积雪呛进嘴里，不痛苦，反倒凉丝丝地舒服。只是，双腿伸伸蜷蜷，像游泳的蛤蟆。

……

风停了，雪也停了，牤子觉得浑身发紧发凉，有冬日睡觉时蹬了被子的感觉。一个寒战醒过来，明白自己已经醉卧雪中许久了，他忙拼力地挣起身，跌跌撞撞地回家。

到家宅的土崖上，他立住，记得似曾在这儿做过点儿什么。忖度半晌，忆起来，就疲疲沓沓进院了。来到院中，听到有什么声音在响，细听，是老爹在屋内炕上呻吟。爹年纪大了，时常哼哼唧唧的，今儿是不是又添病了，须得进屋问一下。抬脚到得屋门前，一件烧眉毛的事情忽又拽住了他。天啊！手头还有一张帖，红纸黑字极清楚，日期就在明天。如此，坐上席的人情钱又须火速张罗。可是，眼下贴近年关，人人手上涂了鳔，再找人借，除非寻到爪哇国。他一屁股猴在屋檐下，抱紧了脑袋想办法。蹙眉愁苦的当儿，空中有凌乱的响动，抬头看，哦，雀儿，是几只觅食的雀儿。

大约是下雪天饿急了，雀儿们扑棱着从东屋的天窗里飞进又飞出，尖尖的嘴里就啄了些灰的白的东西。他细瞅一瞅，发浑的脑子里旋即冒出绿色的希望，呆滞的双眼也放出了幸福的光波。他看得极清，雀儿们嘴里啄的是蒜皮，分明是从今年选好的蒜种上叨来的。蒜种搭在东屋梁头处，取下来卖掉，不就是现成的人情钱吗？脑际深处，似乎曾在这蒜种上有过美好的抱负，拼力地想下去，却又一时想不清是什么。唉！傻二了不是？脸面钱要紧，费那些没用的脑筋干吗？牤子很兴奋地立起身，大踏步奔东屋里去了……

街上积雪很深。虽说下雪不冷化雪冷，这时节却也很少有人出门。凌乱污垢的坑洼处，是尿脬孩子们打雪仗的场合。偶有清晰干净的花瓣样印痕规则地伸向村外，就知有野狗野猫从这儿经过了。老五家楼上的大喇叭也已抖尽了威风哑下去，雪的天地里，让人难耐的清冷中就蕴含了一种静谧。各户各屋中，就有人说笑有人拉呱，有人甩着扑克赌博，老人闲人喜欢海吹光辉的历史，便守了火炉吸烟、喝茶，且津津乐道地给儿孙们大谈自己当年如何又如何。虽环境不同，氛围不同，可人们都体验到一种难以描述的熨帖。这刹那，街上忽然起了哄闹，人们赶忙停了手脚嘴脸，纷纷地跑到院门又探出头，却见一群孩子跟定一条汉子，乱嗡嗡吵吵叫叫，顺着街筒嘈杂而过。那汉子用条围裙遮了头脸，十数辫白蒜搭在肩上，盘在颈上，嗓音低沉而沙哑：

"卖蒜了，大白蒜。"

稍沉又喊："谁买大白蒜，贱价！"

默　化

　　眼下，办芝麻粒大的事也得"托人"。不托人，该办成的事你办不成，不该办成的事更办不成；托了人，该办成的事一定能办成，不该办成的事往往也能办成。这就是风气。寻求妻子再就业的过程中，张博曾经顶过这风气，不托人，不送礼，直接找厂领导提要求。因为厂里还有好几处附属公司、商店，只要厂领导一句话，下岗的职工就能安排到那里。领导态度很好，每次都答应给他"想想办法"，办法想了一年多也没想出来，妻子仍在给人打零工做家政。按说，打零工做家政也没什么不可以的，但妻子身体越来越差，越来越不能胜任这工作了。终于，妻子在一天下午擦玻璃时头晕眼花，从窗台上跌下来，却好砸坏了雇主家一盆名贵的花。张博闻讯赶去接回妻子时，正在健身器上做仰卧撑的雇主相当不满意，说如果不是看在他们家境贫寒就得索赔，最终只将几天来的工钱扣下了。张博将妻子背回家中，给她喝了一碗白糖水，妻子的精神渐渐好起来。张博背着妻子掉了一会儿泪后便下了决心，他再也不让妻子出外打零工，即使自己累死，也得挣钱把妻子的身体养好了。然后，再多少攒俩钱以备买礼物，托人求人把妻子再就业的事情安排了。他已经明白了，也服气了，办事托人是股风，风既起，他只能顺着风走，走一步算一步，走到山前再找路。为了爱妻，他不得不弯腰低头。

　　张博和妻子是同一车间的工友，妻子不光长得漂亮，性格也敦厚温柔。当年，一位年轻的副厂长来车间视察时看上了她，托人做媒并再三追求，但这位让人可望而不可即的美女总是婉言拒绝。最后给逼得没法了，便当着副厂长和半个车间的人宣称，说是自己爱上了张博，并且两人已经"好"过了。副厂长恼了一鼻子灰，但车间的人从此却对她更加刮目相看。那次两人搂在一起亲热，张博口气真诚地问她为何放着厂长夫人不做，偏偏要跟他这个穷工人，妻子温情地告诉他，从进厂后她就喜欢他，因为他为人实诚，能下力，不张扬，况且长得也好看，很像那个电影演员濮存昕。张博激动得眼中含泪，将妻子搂得更紧。

为了让妻子好好将息，张博白天上班，晚上及星期天就到一个建筑工地上打短工。虽然收入可以，终是既苦又累，渐渐地精力体力都不支，他只好暂时放弃。时值西瓜上市，张博小时曾在乡下和父亲种过西瓜，虽非专家却也内行。见是机会，他便利用星期天到郊区贩来一三轮车西瓜，白天上班，晚上就在街角路灯下卖西瓜。妻子要帮他，他想了想就答应了，搬一条凳子放在车前，让妻子坐在凳上帮他照看，切瓜、称瓜、收钱、送瓜都是他自己干。这么办还有个好处，妻子有下岗证，省却了许多税务上的麻烦。几天下来，一车西瓜竟然赚了将近一百元。张博很兴奋，又到郊区贩了一趟，仍是白天上班，晚上卖瓜。小城不大，环境不错，晚上散步遛弯的人很多。张博贩来的西瓜成熟饱满，那只打开用以做"广告"的西瓜更是籽黑瓤红，吸引得人们连连驻足购买，所幸有妻子在旁相助，从未涉足生意行的张博才不至于手忙脚乱。

这买瓜的人也像过水鱼儿一样分批分拨，这晚张博刚刚打发完一拨顾客，一位谢顶的红眼睛中年人又来到三轮车前，中指如弓连连弹着西瓜称赞不迭。大约贪图西瓜质量好，他一下挑了四个，过完秤算完账，"红眼睛"却提出了一个条件，要张博给他送回家。张博本是勤快人，见这位先生娇弱似柳，看样子是真的背不动这四个瓜，不犹豫，满口答应了。他让妻子照看瓜车，背起盛瓜的编织袋就跟这位中年人走了。拐过一条街，进了全市闻名的市直小区，小区楼宇横陈，建筑豪华，此时恰逢天上月圆，路灯迷暗，苍穹上一片清辉泻下，映照得墙体如玉、楼檐泛华。一直住在平房区的张博乍入此地，恍惚中感觉进了紫禁城似的。张博有点儿心闷，忽然想起自己在建筑工地上打短工的情景，一首陈年旧歌不由脱口而出：月儿弯弯照高楼……中年人的红眼睛冲他闪了闪，张博自知失态，马上闭了嘴，低下头。张博弯腰驼背将西瓜背上四楼，中年人按了按门铃，门开处，一位圆脸女人出现了。张博吃惊地往后退了一步，背上的西瓜也差点儿滑脱，天啊！真是人生何处不相逢，竟然在这里又遇上了她！

女人姓成，曾是张博厂里的工会主席，后来厂里效益不争气，成主席就想办法调到民政局里去了。成主席比张博大了十岁，但徐娘半老风韵犹存，仍然脸蛋圆润风姿绰约。当年在厂里时，成主席对这位吹拉弹唱样样在行的下属特别看顾，工会有什么活动或要发什么福利，她从来忘不了张博。成主席还时不时地把张博叫到办公室，征求他对工会工作的意见，了解工人对厂里各种事项的看法。在张博看来工会是替工人说话的机构，所以不拘束也不避讳，有什么说什么。成主席听了总是眉飞色舞，夸奖张博对她的工作真是太支持了。有时聊得忘情，成主席还情不自禁地抚抚他的头发或捏捏他的脸蛋，那情景纯粹是一位善良敦厚的大姐。成主席对张博越来越近乎，有什么稀罕物或好吃的东西也给张博留着。有几次张博离开工会办公室走到门口时，成主席借着拉门把手一侧身的机会，搂住张博甜甜地亲一口。张博虽然有些不自在，但考虑到人家是领导，又比自己大许多，也就不太介意，仍是有请必来，有叫必到，一个工人和一位工会主席的关系越来越融洽了。

那年国庆节前，成主席给张博往车间里挂了电话，让他下班后务必到工会去一趟，给她参谋一下如何安排文娱活动。每逢节假日，这是约定俗成的事情，张博自认责无旁贷，下了晚班就直奔顶楼工会办公室。厂里的行管人员下班早，办公大楼上静悄悄的。长五月短十月，六点以后的走廊里已经朦胧黑暗，一盏低度的电灯泡鬼火一样闪着微光，吊在走廊天花板上。张博推开工会办公室的门，室内阒无声息，只有办公桌上的台灯亮着。人呢？张博踯躅了一下，心想成主席可能到别的科室去了。刚要反身出门，套间里忽然传出成主席低微而痛苦的呻吟声，张博的心扑棱棱地打了个战儿，脑中立时闪出一整套盗匪入室伤人抢劫的刑事案件的情景。不犹豫，三两步抢进套间，果然看到成主席倒在用作中午休息的钢丝床前。张博赶紧拉灯线，灯却不亮，他没有再多考虑，赶忙蹲下身子去扶成主席。口中连连问着怎么了怎么了？成主席痛苦地哎哎哼着，一时竟说不出话。张博嘱咐她别动，起身要打110报警，不想成主席一把拽住他，说是自己的腰扭了，可能是椎间盘脱出。张博长出了一口气，心想只要不是刑事案件就好。他慢慢地去搀成主席起身，成主席呻吟着，顺势搂住张博的脖子，让张博把她抱到床上。张博力大，右手擎着脖颈，左臂托住双腿，挺腰收腹就站起来了。

张博将成主席平放在床上，连声嘱咐她别动，说马上就打120请医生。不想黑暗中成主席嘻嘻一笑，说经张博一抱一放，好像腰椎关节已经复原，一点儿也不疼了。张博暗暗称奇，没料到自己一抱一放竟有如此神力。张博忽然忆起，同车间的何师傅也曾患过椎间盘脱出，床上躺了半年，难坏了许多名医。那年发生地震，何师傅的媳妇二话没说背起他就往外跑，跑出门外跌了个跟头，何师傅啊呀一声就给甩了出去。他媳妇吓坏了，吓哭了，心想这下丈夫肯定完了。可是当她爬起身来，一件天大的喜事刹那间让她目瞪口呆，何师傅已经先她而起，坐在地上傻呵呵地说：哎哎哎，怎么回事，怎么回事？我的腰不疼了，不疼了！说着嚷着便哆哆嗦嗦站起来，一拧身子一亮翅儿，做了个武松打虎的架势。相继跑出来的邻居们见此情景，全都忘记了刚才地震带来的惊吓，一个个围上来直瞪着眼睛盯着何师傅，张着嘴，说不出话，像研究一位从未见过的天外来客。事后张博曾就此事请教过一位有名的按摩师，按摩师说这不奇怪，何师傅的媳妇情急之下背起丈夫朝外逃，一拽一颠再一甩，那脱出的椎间盘经此一抻一松再一送，便像推拿错环的大关节一样意外复位了。福耶？时也！张博明白了，很可能这次也是在抱成主席上床的过程中，自己那一抻一松再一送，刚才脱出的椎间盘便像何师傅那样意外复位了。

因为无意间竟给成主席解决了一个人见人怕的疑难症，张博心中暗暗高兴。他从成主席的脖颈下抽出胳膊准备立起身——可是，怎么也直不起腰来了，因为成主席的两条手臂已经把他的脖子箍紧，像小孩子攀单杠一样打着滴溜往下坠。这双手臂虽然柔嫩细长但却力大无比，身强体壮的张博竟然难以承载，脊柱不由自主地弯下去，弯下去，一团稀奇古怪的银灰色光斑在他眼前显了几显，顿时化作怡人的氤氲之气迎面扑来，令他瞬间感到愉悦并迅速陶醉。女人那温润的嘴唇在他厚重的脖颈胸肌上啜出无数个热吻，一双秀目在夜色朦胧中闪了几闪旋即轻轻合拢，平日里总是整齐上翘的睫毛如同细绒轻抚着他的脸，粗粗的喘气声伴随着起伏急促的乳房冲撞，向这个青年男性传递着再清楚不过的自然信息。乾坤寂寥，空气凝滞，世间万物渐渐远逝而消遁，是凡人就会想到，在这个有限的空间里，即将上演一出生灵之间千古不变的情感大戏……

张博的身子很快前倾，一只手几乎下意识地朝着那对诱人的高峰攀去，脑子迷蒙，眼前昏眩，天地变小，时光飞逝，整个人似乎在刹那跃进了一个沁人心脾的梦中田园。如痴如醉的感觉无比甜蜜且富有强大的感染力，使得那个拉他进入梦境的天使也情不自禁地发出轻轻呓语：博，我的博，姐姐可是想你很久很久了！大概神仙也不会想到，这一句"姐姐想你很久了"的肺腑之言，却让张博的心脏立即发生了意想不到

18

的抽搐，妻子那俊俏白净的面容在他眼前不停地晃动，晃动，随之，一根形同铅丝的条状物便从他的胸腔深处穿插而上，游走至咽又猛地卡住。紧接着，他后背缝里冒出阵阵凉气，方才激情燃烧时所散发出的轻柔温热转瞬间便迅速飘走。——哦，是"姐姐"，不是她！我爱的是她，不是姐姐，我不能对不住她！这个想法在脑子里闪了一下，张博的脊梁骨就蓦地挺直了。张博跨出套间时，听到背后传来成主席幽怨愤恨的詈骂：小崽子，我真想杀了你！

张博逃到家时，妻子正坐在门口等他。见他神情怆然行色匆匆，端正清秀的脸在灯光下也红一阵白一阵的，便拉住他的手，问他出了什么事，还用手轻轻抚摸他的额头。张博心里很难受，但又不能表现在面上，想想刚才差一点儿就背叛了妻子，愧疚和惶悚交替袭来，随即肺管子就像给一只无形的手猛地攥住，攥紧，气短、憋闷，他直想哭。张博费了好大的劲才控制住自己的情绪，他摇摇头，顺势搂住妻子，在她脸上轻轻亲了一下说：没什么事，可能是加班累了。妻子给他一个回吻，抿嘴一笑说：哦，这就好，快吃饭吧，今晚早休息。

出乎张博的意料，事情发生后，成主席对他仍是一如既往，根本看不出她有任何难堪和羞惭，他们之间也丝毫没有出现想象中的龃龉或隔阂，工会里有活动，成主席仍是找他帮忙，照样和他说说笑笑亲亲热热，似乎什么事也不曾发生过。时间一长，张博也就释然了，他想，看来是自己疑虑过重，感情冲动的事有时无可避免，很可能我抱她上床时肌肤相亲，她一时心血来潮难以自控了，自己当时不也差一点儿出谷入巷吗？这之后不久，成主席要调到市民政局去。厂里给她设宴送行，作为助手或者说是朋友，张博也应邀参加。席间，上首的成主席和下首的张博恰好相对而坐，每逢酒过一巡，成主席那对好看的大眼睛总是闪向张博，嘴唇也不由自主地震颤、翕动，似乎要和他说点儿什么。到底是相处日久关系不错，面对即将离去的成主席，张博忽然感到有些留恋了。转眼间两三年过去，厂子里的效益下滑之快出人意料，厂领导终于做出决定，四十五岁以上的一律下岗，双职工的只能留下一个……

今晚的意外相遇让张博始料不及，他呆立在成主席的屋门口，一时有点儿不知所措。成主席依旧像当年那样神采奕奕，丰腴的腰身和保养良好的脸蛋在披肩长发的衬托下，显得愈发光彩照人。她见到背着编织袋的张博也是一怔，并且明显有些吃惊。但是，转瞬间她那圆润秀丽的脸上就闪现出一种不易被人察觉的喜悦，咦咦咦地连喷几声，说：怎么小张会是你呢，进来，快进来。说着连拖带拽将张博弄进屋里。中年男人愣了愣，眨眨红眼睛说：原来你们是老熟人啊！张博被成主席让到客厅沙发上，他环顾四周，除了对面墙上那幅名人油画略显豪华外，屋里一切布置都是平常而得体，充分彰显出环境与女主人性情修养相近似的素雅。

久别重逢，成主席好像很激动，她给张博沏了一杯甜咖啡放到面前，便很随意地坐在侧面的沙发上，大拇指轻轻地往上捋了捋遮住颜面的长发，开始深情地朝张博注视着。足足五分钟后，成主席似乎叹了口气，这才一条一缕问起分别以来的情况。秃头男人看来是个附庸，他把西瓜弄到后边阳台上又提着空袋子返回到客厅站着，见老婆并无让他入坐此处的意思，便朝张博讪讪地点了下头，红眼睛一挤一眨地退到厨房里去了。听张博谈到自己目前的处境，成主席的口角动了动，眼中隐隐闪出了泪花。张博并没在意，只管按成主席的询问一件一件地回答，说到妻子的事情，成主席眯起眼睛思索片刻，轻轻咬了下嘴唇埋怨张博为何不来找她。张博的脸红了红，低下头，他记得很清楚，那天晚上送行宴结束后，成主席在走廊里叫住他，说了几句离愁别绪后郑重相告，让张博有事尽管去民政局找她。张博当时也点头答应并很是感激，但过后是把这话忘了呢还是另有原因，他说不清理由，也没有理由可说。

当他重新抬起头仰起脸时，只见成主席找来了纸笔放到面前茶几上，让张博把家中和车间里的电话号码写给她。成主席说他妻子的再就业问题不是什么大问题，她可以办到，也有能力办到，过些日子一旦有所安排时，她就给张博打电话。有心栽花花不活，无心插柳柳成荫啊！且惊且喜的张博呆了呆，心中一阵热浪翻涌，禁不住接连说了七八个谢谢。成主席微微一笑，倾了倾身子想说什么，但略一迟疑，终于什么也没说。客厅里静下来，墙上的电子钟嘀嗒嘀嗒有条不紊地走着，张博忽然想到妻子还在街角处守着半车西瓜，打了个激灵站起身说：成主席，你多费心，我得走了。成主席依旧微微一笑，非常得体地握了握他的手道：好，那就再见吧。

张博回到西瓜摊上和妻子说起今晚的巧遇，妻子笑笑说：这有什么奇怪的，俗话讲，两座山碰不到一块儿，两个人遇着的时候多着呢。当张博把成主席答应为她安排工作的许诺说给妻子时，妻子沉闷了好半天，轻轻舒出一口气来：唉！有这么两句歌词——路途虽坎坷，到底好人多。

是一个秋雨淅沥的傍晚，下班后的张博急匆匆地往家赶。雨丝如线，轻飘飘地洒在他的雨披上，发出类似群蚁游走时的唰唰声。自行车的前轮穿透薄翼般的雨幕，不断在马路上激起一片片细微清澈的水花儿。没有风，空气凉爽怡人，走在雨中的张博也显得格外精神。今天下午他在车间里接到成主席的电话，说他妻子的工作问题有了眉目，成主席让张博明天晚上到她家去，一是给他讲讲他妻子的工作安排情况，二是一块儿吃顿饭以示庆贺。张博回到家时，百无聊赖的妻子正在看电视连续剧《八仙的传说》。妻子听张博说自己的工作问题有了结果，立时喜上眉梢，不过她没说多余的话，而是直入主题，提醒张博赶紧考虑明晚带什么礼物到成主席家里去。张博乐了，说：英雄所见略同啊，要不

21

我干吗下了班就火急火燎地往家跑呢。妻子笑着打了他一下说：咱们还英雄？狗熊还差不多。妻子说着笑着，把卖西瓜赚下的几百块钱统统取出来，建议丈夫统统花光买成礼物，说：成主席给咱办了这么天大的事，不备份厚礼相谢可对不住人家。

于是，两人开始计议买什么。此刻，小两口儿才切实感觉到，对于普通百姓来说这送礼真乃天下第一难事。首先，人家并不缺什么，你得弄明白人家眼下喜欢什么或需要什么，再有针对性地奉赠礼物，才能够既不花冤枉钱又让对方感到熨帖。这诀窍是车间里一位老师傅闲话世情时说的，张博自从有了托人求情的想法之后，常将老师傅的经验之谈反复咀嚼。老天不负有心人，今天真的用上了。他把这话和妻子一说，妻子难为地眨着眼，脸上现出像哭又像笑的表情道：咱们又不是算卦的，咋会知道人家成主席需要什么？你和她接触多，她喜欢什么比我要清楚些吧？张博听到这话脸上一阵发热，因为他以往实在不曾注意到成主席喜欢什么。金银无多，钱财没够。要不就送钱？说到送钱，两人同时沉默下来，他们就这几百块钱呀，成主席会稀罕几百块钱？笑话吧！可是，送钱之外，就只能送金银首饰或者营养品了。一对耳钉好几百，一条项链两三千，更不要说什么钻石戒指祖母绿了。买得起吗？买不起！营养品的价格同样让他们望而生畏，都知道洋参燕窝鲨鱼翅是上等补品，可那么一支一包就成千上万地要钱，别说让他们买，连想也不敢想呀！

两个人继续着他们的无奈和沉默，张博抬头看看电视屏幕，《八仙的传说》已近尾声，诸仙正在为了一事大伤脑筋。原来，几个人修行了好多年，磨难了好多年，马上就要位列仙班了，偏偏王母娘娘又要祝寿。虽然不会有"再下岗"的顾虑，但这寿礼却是非送不可，因为王母娘娘是玉皇大帝的老伴儿，得罪了她照样有你的小鞋穿。何仙姑聪明，建议说"送礼要投其所好"，蓝采和当即自告奋勇，要在王母寿宴

22

上吹仙乐以助兴。众仙摇头，因为谁都知道这种精神产品在天庭上最不值钱，王母娘娘整天丝竹绕梦，在乎你那个破笛子吹出的劈竹之音吗？仙班头头铁拐李叹了口气，说王母金银珠翠奇珍异宝堆积如山，恐怕送她什么都不稀罕！然而，这礼又是非送不可的。到底送什么好呢？大伙面面相觑。送礼难，真难，难煞神仙！无奈之下他们只好去请教师父太上老君，师父成竹在胸却又老谋深算，只提示说自己给王母的寿礼是"秀才人情一张纸"。到底神仙悟性高，一句话便提醒了八仙，虽然怀疑师父送字画的同时也要送些宝葫芦里的金丹，无奈他们还没修炼出造金丹的本事，只好遵从老君的教诲，挥毫泼墨送给王母四个字——龟龄鹤算。张博看到这里一拍大腿站起来：有了有了！说着跳上床去，从床边立橱顶上取下一卷纸，拍掉纸上的灰尘展开来，纸上霍然现出四个字——紫气东来。这是那年厂里搞"文企结合"时，市里一位书法家送给他的，他也分不清好孬，拿回家就顺手丢到立橱顶上了。真没想到，正在车到山前疑无路时，太上老君和八仙却意外地点化了他。头上三尺有神灵啊！

张博有点儿乐不可支，轻轻抖动着字纸，嘱咐妻子明天赶紧到装裱店把字裱好了。考虑到成主席是凡人而非王母，光一张字纸说不过去，斟酌再三，张博决定另外买上两袋鲜海参送给成主席的丈夫。以前是看父敬子或看子敬父，如今，看夫敬妇和看女人敬丈夫的也越来越多。妻子问张博为何偏要买海参，张博嘻嘻一笑说：你也见了，成主席的丈夫那么虚弱，眼睛也红了，头发也掉了，这样的男人在夫妻生活上准是二把刀，买些海参给他调调不是很好吗？妻子撇撇嘴拍他一下说：家伙也够坏的。

夜深了，雨仍在淅淅沥沥地下。刮起了小风，小风裹着雨丝扫在窗玻璃上，发出唰唰啦啦的轻响。张博把妻子抱在怀里，嘴唇慢慢蹭着她的耳朵说：这下可好了，有了工作就有了固定收入，以后你再也不必去跑东家串西家，咱们好好干上几年攒点儿钱，还得准备要个小宝宝呢。妻子娇喘如吟，轻轻抚弄着他的后背，说不尽的柔情似水缠绵悱恻。窗外隐隐传来小猫舔食般的沙沙声，细听，哦，风大了，雨也大了……

第二天，秋傻子雨仍旧不紧不慢地下。晚饭前，张博兴冲冲地披上雨衣，拿起裱好的字幅和两袋海参就要出门，妻子踟蹰了一下叫住他，拿把梳子将他凌乱的头发梳梳熨帖，随之又抻抻他的衣领，拽拽他的衣襟，上下打量一番后说：你这是去拜谢，不能像上次送西瓜似的邋邋遢遢了。张博点头称是，顺势将妻子搂住甜甜地香了一口。妻子的眼里放出舒怡温柔的光，慢声细语道：早点儿回来啊！屋门开着，屋里的灯光透过细细雨幕将门楣的投影很清楚地横在檐前，对此应该早就习以为常的张博这时却像熟视无睹，左脚迈出的刹那竟然下意识地要越过投影，他朝前猛跨，脚下一闪一滑，接连趔趄几下才好容易稳住身子没有倒下。站在门内的妻子叫了一声，吓得立在原地说不出话。张博自责地摇摇头，一迭声埋怨自己迷糊了，迷糊了。他稳住心，侧转身，见受惊的妻子仍旧挓挲着手朝他怔怔地望着，望着，雨丝朦胧，小风轻咽，妻子那略显消瘦的身子立在屋门内如雕塑，清丽的面容在灯光下略显苍白，双腿也在微微地哆嗦。那份担忧、焦急、惶恐与牵挂尽皆显现——俨然一幅凄婉秀美的画。她真好！张博的心悸动了一下，朝妻子投去热切而怜爱的一笑。

暮霭已逝，夜色渐浓，路灯的光晕明暗不一，街上的车辆行人在微风细雨中如同屏幕幻影，匆忙而又朦胧。张博到得成主席的楼前时，边朝上走边凝神结思，像复习旧功课一样把准备要说的话在心中一再重温。他明白，人家给自己办了这么大的事，感谢之词一定要说，但不能多说，也不能少说，更不能说错，必须真诚而又郑重，恰如其分而又明晰准确。同时，还要考虑如何与那红眼睛男人交谈，在适当的时机和他

24

说些承蒙关顾一类的话。因为，无论男人如何惧内，他毕竟是这个家里的男主人。在中国，男人在妻子的心里和家庭中的位置是不可忽视的，你对男人的尊重，就是对女主人的高瞻，往往一丝感激的笑意甚至一句无关痛痒的奉承，使男主人在得到精神满足的同时，女主人也会格外地感到舒服和熨帖。惊枪的兔子学会了拐弯，河边的石头越冲越圆滑，以往不谙世事的张博，如今也变得乖觉了。思绪如同一根无形的细索，极有条理地将他拽进楼道又拽上一级级台阶。

当张博走到成主席的门前抬手摁铃时，那扇"盼盼"牌的防盗铁门却是未卜先知地自己敞开了，趿着拖鞋的成主席身着低胸黄丝浅领上装袅婷而立，蓬松如瀑的长发散溢着馨郁香气，桃花胭脂般的漫圆脸下，半裸雪白的酥胸随着呼吸轻轻耸动起伏，似乎有神秘之手在暗中巧施魔法。成主席眨眨眼睛抿嘴一笑，右唇角像某位电影演员那样微微一翘，伸出左手取下他的雨衣，伸出右臂将张博半揽半拽弄进屋里：瞧这下雨天，快进来吧，我都站在猫眼前等你半天了。走进门厅的张博站在原地傻傻地怔了片刻，忽然匪夷所思地产生了这样的感觉——成主席今晚真迷人！听见背后哐当一响的关门声，他好像有点儿心虚，脱口问道：先生呢？成主席从身后似属无意地抚了抚他的背，悄声细语地说：他出发了。怎么，你还带着礼物，见外了吧。坐下，快坐下！

中国人有怀旧的习惯，张博仍旧坐在上次坐过的沙发一端，他稳了稳心，感到后背仍旧麻酥酥的。他又像上次那样四顾睃巡，看着成主席隐入厨房里的身影，不知怎的有些神思迷离。楼房的密封性很好，丝毫听不到外边在刮风下雨，客厅里的气氛静谧而安逸，安逸得如同成主席本人一样，透着一股随意、平和与欣悦。然而与此不相协调的是，张博心里却渐渐生出一种忧虑和惶惑，就如鱼逢热水，浑身上下充斥着难言的虚烦、懊躁，很想大口地吸气呼气或者狠蹿猛跳。成主席依旧神态安然，落落大方，脚步款款，不紧不慢，她来往于客厅与厨房之间，将一盘盘精致的菜肴先后摆放在茶几上。接着，她提来两瓶白酒，把两只高脚杯并排摆在一起说：两三年没在一块儿吃饭了，放开喝吧。

　　张博的脸皮紧了紧，没说什么，他知道成主席是那种轻易不喝酒、但只要比起酒来就能把大多数男人拼得吐出胃来的女人，自己虽然也能喝几杯，但肯定不及她的酒量大。可是，自己今晚是来拜谢的，绝对不能扰了主人兴致，违了人家好意，否则惹人生厌不说，自己心里也得抱歉、愧怍。所以，一是必须喝，喝足喝好；二是适量、适当、适可而止，让这种家宴的气氛始终保持着让人满意的轻松和融洽。几杯后，张博说话了：成主席，你知我酒量有限，这样吧，每轮你斟满，我半个。要不的话，再过一会儿我就得变成植物人了。成主席微微一笑，点头应允。又喝了两杯，成主席像忽然想到似的起身道：啧啧，光喝酒了，差点儿忘了正事。说着走到旁边的高低柜前打开皮包取出一个信封说：你爱人安排在福利院了，月工资一千八百，每周有一个夜班。这是派遣证。张博接过派遣证，感激之情溢于言表，他哆嗦着嘴唇说：成主席，让我怎么感谢你呢，你可是帮了我们两口子的大忙了。我自知无能，也没什么可报答的，以后你有什么事需要我效力，务必请讲，我会……尽力的。成主席笑了，笑得很灿烂，并且笑出了声。她再次将酒杯斟满，双手捧到张博面前：那好，听姐姐的话，喝！张博不能不听姐姐的话，姐姐帮了他和妻子的大忙，有恩又有情，无论如何不能辜负了人家。不就是一杯酒吗？张博接过酒杯一饮而尽，又接过酒杯一饮而尽……张博双颊泛红，心潮汹涌，脑子里有奇异的光晕在不停闪烁，一种强烈的倾诉欲激活了某根神经，他的话开始多了，好像积聚已久的河水慢慢地提开了闸门，先是汩汩细流，继之澎湃涌出，竟至波推浪旋迅猛而泻。酒精的作用奇特而又诡谲，由兴奋到抑制常在突然间发生。大河落闸，水势渐平，渐趋平稳的水面上只剩了小鱼小虾在慢慢游动。张博好像一鼓作气把话说完了，脑子一阵空白之后开始清醒。他凝目盯视，这才注意到坐在对面的成主席的神情。成主席仍然平静，平静得近乎恬淡，她自始至终含饴带笑，如同欣赏一件向往已久的艺术珍品那样深情而又固执地朝自己望着，虽然惺眼迷离如饥似渴，但却矜持含蓄不动声色。显然，这是个阅历颇丰又有城府的猎手，不曾出击便早已胜券在握。陷阱挖好，弓如满月，端坐静候，就等猎物了……

　　张博回到家里已经夜深，青灯孤守的妻子长舒一息，赶忙从脸盆里拧一个热毛巾给他擦脸，随即将一碗榨菜醒酒汤端来说：人家两口子盛情相待，知道你今晚得喝几杯，我预备着呢。张博接过汤来喝了一口，微酸香辣，极其爽口。他一气喝完，脸上身上冒出了津津细汗，刚才晕乎乎的脑子也清醒了许多。妻子偎在他身边，不时仰脸望望他，又望望他，他忽然明白了妻子的意思，忙从衣兜里掏出那张派遣证递给妻子说：全给办好了，下礼拜报到。妻子像接一张委任状一样双手接过那张纸来，很认真很仔细地看了半天，胸部急剧起伏，脸上喜形于色，她低声细语地说：成主席，好人，咱们以后可不能忘了人家！
　　听了妻子的话，张博有点儿心酸，他侧过身来，用五指给妻子梳理了一下头发之后轻轻地把她揽在怀里，越揽越紧，越揽心里越难过。他忍不住流了泪，泪珠不小心掉在了妻子脸上，妻子挣扎着仰起脸来，吃惊地问他：哎，你怎么哭了？妻子一问，张博竟然抽泣起来，他捧住妻子惶惑而略显惊惧的脸说：我真对不起你！妻子的脸上闪过一丝沉静的歉疚，轻轻擦去他脸上的泪水说：这是什么话呀，这一年多来，你为了我吃了多少苦受了多少罪，我心里再清楚不过，该说对不起的应该是我。今后就好了，我有了工作有了收入，你再也用不着出去卖苦力，我要好好伺候你，照顾你，把你养得壮壮的、胖胖的，你太不容易了！张博定定地瞅着妻子，泪水含在眼角处将落未落，他深深地叹了口气：好人儿，你真是少有的好人儿！他不忍再看妻子的脸，更不敢再看妻子的眼，说了声"我困了"，便猛地立起身，闪下百思不得其解的妻子逃进套间里。套间里很暗、很黑，黑暗中张博倒在床上，如同受了委屈而又不敢声张的少女，竭力压抑着悲从中来的饮泣。愣在沙发上的妻子敛声息气走进套间，坐在张博的身侧，给他轻轻按摩着额头说：唉！你这是又喝醉了，醉得还不轻呢！

关门风闭门雨。屋外的风越刮越起劲，风挟雨助，雨丝也变作雨点子甩下来，房顶上响起哗哗哗的流水声。阵风忽大忽小，俄而裹着雨柱斜斜地扑到玻璃上，就像有什么精灵鬼怪打算越窗而入似的。风观世道，雨窥人情。风啊，雨啊，你们看到了什么？听到了什么？

潜　移

　　刘歧年龄不大，挺有气魄，原在一家新闻单位搞摄影，难有用武之地，就辞职出来承包了刊物《新潮》。他拉竿子，挑旗号，招聘了一帮哥们儿姐们儿，气势恢宏，很有些"来日方长显身手，甘洒热血写春秋"的味道。

　　刘歧自知文字上欠功夫，掂对再三，想到了受聘于文化局的好友惺惺。惺惺人好，笔头子也硬，让他出任主编，"江山"可立，"霸业"可成。心中一乐。他大清早就把惺惺薅进小饭馆里，摇唇鼓舌，只十分钟就将惺惺俘获。

　　刘歧喝完羊肉汤，将一根牙签插进齿缝，熟练地用舌头拨弄着，一耸一撅。这让惺惺想起了某件玩意儿，立即大笑不止。刘歧意识到了什么，忙吐掉牙签说："仁兄你不愧为诗人，想象力丰富啊。"

　　两人走出饭馆，相视一笑，四个巴掌同时拍在一起："中午见！"

　　惺惺走进综合楼，小跑步爬上顶层的文化局办公室。因为交费迟滞，物业管理处堵了暖气管子，玻璃挡风不隔寒，这宽大的房间就成了"广寒宫"。主任老商见了他，打着呼呵招呼说："伙计，来得好，追加经费，局长急需一份材料。论耍笔杆子写材料，别人都是二五眼，这活儿，还得你干。"

　　惺惺不能推托，当初招他来局里，就是专为写材料的。"他的本事

29

很大，能把假事造得跟真事似的。"推荐他的伯乐当初如是说。惺惺把桌上的零碎儿划拉进抽屉，就遵照老商的教导一二三四列提纲。提纲列好，惺惺拍拍胸脯说材料已经完成了一半。老商很安慰，嘬着牙花子说："老弟你好好琢磨琢磨，只要写得能让局长不朝下边拉驴脸，大哥我请客。"

不成问题。小说诗歌都能诌得出，况区区材料乎！惺惺文不加点笔不辍句，一份"关于追加经费的申请报告"半上午就拿出来了。而且是两稿。写罢申请报告，惺惺又写了份辞职报告，惺惺将两份报告夹在一起，工工整整地放在桌角上。这霎，办公室里只有他自己，人们都冻跑了。他朝手指头呵了两口热气，也想跑，又有点儿余韵未尽的感觉，想了想，抄起桌上的碳素笔，朝身后值勤表上一阵笔走龙蛇：改革开放就是好，海阔天空任鱼跃。我今辞职别处去，小爷们儿就要远走高飞了……

惺惺并没远走高飞，刘歧正在马路边上等着他。

前三期刊物发行良好，读者反映也不错，编辑部群情振奋，主编副主编的脸上也放出光来。四期五期接踵编排，刘歧乐不可支，召来编务主任说："伙计，下个月，下个月编务费增加。"没想到主任拉下脸来："下期的印刷费还成问题哩。"

"什么？"

"下期的印刷费还成问题哩！"

"那笔赞助费可不是个小数目啊？"

"清清账吗？"

刘歧苦笑了一下，摇摇头。主任走了，刘歧沉思良久，自言自语道："不就是钱吗？一家广告也就够了。"说着摸起桌上的皮包滑出门去。

刘歧是董事长，也是好人，但脾气不匀。他有时手舞足蹈，有时满脸忧郁；有时喜形于色，有时却为点儿鸡毛小事冲部下发火。惺惺仔细观察，弄明白了，刊物好办，经费坐蜡。高兴时，是因为搞到了赞助费。发火时，是因为快"断顿"了。

一个小时后，刘歧回到编辑部，将皮包朝桌上一丢，双手奋拉在沙发背上喘粗气。惺惺见他面色赤红，嘴唇神经质般地哆嗦，忽然想起电视上经常播的一则兜售感冒药的广告词来，就打趣道："怎么了老弟，让人给煮了？"

刘歧瞅他一眼，绷着嘴唇不说话。抻一会儿，从皮包里抽出一份杂志递给他。封面上是幅"伟人照"，挺胸侧目，口角微翘，矜持中透着几分霸气，一副笑傲江湖的神色。惺惺茫然不知所以，刘歧告诉他，这是广源商厦的李总经理，经朋友联系，几天前曾和《新潮》有过广告意向。但不知是何原因，中途又移情他人。刘歧是在广源商厦的公关部得到这份杂志的，憋气得很，就拨马而回。

"不江湖！"惺惺脱口而出。

刘歧眼中泛着奇怪的蓝光，从绷着的嘴唇里刺出一股子冷气："他妈的怎能一女二嫁呢？不江湖，连中间的联系人也妈的不江湖！"

"这人以往是干什么的？"

"听朋友讲，以前也是个耍笔杆子的，在他们那地界还小有文名，后来弃文经商，来到咱们这儿承包了广源……"

"这就好，既然曾是文人，我去找他，惺惺相惜，饶他再做一期广告也就是了。"惺惺说着立起身来，"这年月找个知音挺难，顺便和他谈谈诗歌。"

刘歧愁眉顿展。

拖拖拉拉有始无终几乎是文人的共性。惺惺例外，他的座右铭是"眼前事眼前毕"。所以，话刚落地就立马去找李总经理。惺惺第一次办这种事，刘歧琢磨着不放心，摸出抽屉里的照相机跟出去。

广源商厦和《新潮》只隔一条街，总经理办公室设在五楼。五楼楼梯口有专管登记的书记员，另有两名歪脖子保安。书记员先让他俩填了表格，又验了身份证。整个过程中两位保安始终立在他们身边，歪脖子打着旋儿，从他们头上看到脚下，目光炯炯神色凝重，样子像盘查刺客。电话打到五楼办公室，一个尖得让公猫听了立即撒尿的女高音说："上来吧！"

像所有喜欢摆谱的企业家一样，李总经理的办公室分成里外两间。总经理在套间内运筹帷幄，外边就是肩负二级传达的秘书处。一位高个子秘书把两人按在沙发上，自己推开套间门，屁股一扭旋进去。那么大的个头竟有如此轻巧的动作，惺惺唏嘘不已。过了很长时间，秘书又从套间内旋出来，提审犯人似的说："你俩，进去一个。"

当然是惺惺进去。

李总经理的个头更大，以至他面前的老板台都有点儿显得小了。惺惺暗道，怪不得要找那么大个儿的秘书呀。总经理正低头看一份什么，没抬头，只是扬扬手示意惺惺坐在他下首的一溜小沙发上。惺惺仰脸看经理，经理黑乎乎地遮了半边墙。一瞬间，惺惺觉得自己给挤扁了。他咳了一声强自镇定，经理仍不抬头，好像屋里压根就没进来人似的。惺惺暗骂："娘的，像军统特务！"

过了很长一段时间，经理懒狗打舒身，终于抬起头，一边转动着脖根儿，一边冲惺惺腆腆脸儿："吗事，说吧。"

惺惺本想先来个序言再切入正文，岂料话一出口反倒直而又直了："我是《新潮》的，想跟贵商厦续个广告……"

"《新潮》？"总经理嘻嘻笑着向后扑拉头发，似乎怕这两个字钻进他的脑袋里，"快说，是华盛顿的，还是纽约的？"

惺惺想，这位总经理还真会调侃，只好强装笑脸说："咱们就隔着一条街，就是那个，那个杂志啊。"

李总经理依然笑嘻嘻："杂志也罢，杂质也好，我知道了，就是那家发行不足千份的小刊物呗。老兄，你是明白人，赚钱都不易，我总不能把成打的钱扔出去打水漂儿吧？"经理说着，一只大手在面前轻轻地扇，显然是撵惺惺快走。

惺惺心里乱扑腾，这倒不是因为对方撵他，而是生气对方贬低他的刊物。天地良心，这几期发行都在上万份呀，怎么会是不足千份呢？他明白这是无耻同行掏了《新潮》的墙脚。为了缓和一下尴尬气氛，惺惺转换话题，采取迂回战术："听说，李总经理原先是位文化名人？"

"你怎么知道？"

"这从气质上也看得出。"

李总经理的眼睛亮了一下又暗了。这人很机警，一秒钟就窥透了惺惺的阴谋，笑容不改，说话却歹："甭转弯子，老兄，不是那个年月了。"停顿一下，大约觉得太刻薄了也不对，又换了口气问，"你也是耍笔杆子的？"

惺惺很兴奋，说："我是诗人……"

李总经理终于笑出声来："咦，诗人？一百多年前雨果便说过，就是那种把别人的故事拿来讲给别人听再赚别人钱的家伙。对吗？"

惺惺有些架不住了，可又没法反驳。况且，眼下又有求于人家。他只好忍下这口恶气，算计来日方长。可是，李总经理的大手依然在扬："请吧，请吧！"

再坐下去就是魔怔了，惺惺只好起身告别。刚出套间门，却见刘歧正架着照相机突兀而立，照相机的长筒直直伸着，像门小口径的加农炮。套间门打开之际，正逢李总经理仰脸之时，刘歧抓镜头很快，白光一闪，咔嚓给总经理拍了张工作照。

"什么，什么?!"李总经理一指门口立起身问，"外边那人，干什

33

么你?"

刘歧慌乱了一下问惺惺:"谈成了?"

惺惺紧了紧脸皮一时不知作何回答。刘歧低声说:"拍了照片,生米还能煮成熟饭。"他抬起头冲李总经理一笑,那笑是真诚的,甚至是脉脉含情的。然而,笑意却凝固在脸上,只见总经理右手戟指,声音平静却具威慑力:"那人,你进来!"

刘歧视死如归地走进去,总经理问他干什么的,他不回答,从怀里拔出一张名片递上去。李总经理接过去瞥了一眼,龇牙一乐:"我以为是鬼呢,原来还有片(骗)子。"

刘歧的脸阴下来。总经理视而不见,把名片放在一边说:"也不追究你侵犯肖像权了,把胶卷曝掉吧。"说着按了下桌铃,楼梯上响起咚咚的脚步声。

刘歧眼里冒出火来,刚要力争,身后门响,两名保安已经歪起脖子虎视眈眈地瞅他。他心虚了,嘟哝着什么,很不情愿地取出胶卷曝了。

惺惺和刘歧相跟着出了广源商厦。天已正午,肚子咕咕一叫,是饿了。大街上人流如织,一个扒鸡贩子推着小车走过来,很友好的口气问他俩:"先生,吃扒鸡吗?流油窝脖儿的。"

"窝你妈!"刘歧乜斜起眼睛,一副流氓相。

小贩给骂傻了,怔怔地立在原地,不动。

远处,一位戴红袖章的老太太朝这里睃摸,惺惺大咳一声,对方当即投来期待的目光。惺惺的喉咙里一阵山响,老太太赶紧掏出罚款单凑过来。惺惺拽了刘歧走开去,老太太信心百倍地在后边跟着。跟出六十米,惺惺忽然回过头:"大妈,你老歇歇脚吧,我咽了!"

日当午,阳光如炬,清楚地看到老太太一张胖脸成了牛肺。

情　种

　　今晚真是个好日子，以至老涌的心都要飞起来了。

　　当那位少妇刚从舞厅门口进来，站在原地向着室内左顾右盼之时起，他就认定这是个虽然春心荡漾但却未经雕琢的新手。这人不是首次进舞场就是没有固定舞伴，瞧那东张西望心神不宁的样子，明显盼着能够有人搭讪她。这是寻找的目标、猎艳的对象，老涌一眼就能看出，他岂能轻易放过？

　　老涌害怕有人先他而至拔了头筹，那样自己就成二道贩子了。他当即抛下半杯咖啡立起身，甩着两条细腿，像戏子走路一样扭着尖尖的屁股朝那女人迎上去。女人这时已经站到了舞池边上的人流中，左顾右盼地好像拿不定主意做什么。老涌不失时机地趋前一步，左伸手右歪脖，微微俯身用假嗓轻轻说道："女士，能请您赏光跳舞吗？"

　　那女人不太经意地低头瞧了他一眼，柔声道："谢谢先生，但我舞技很差。"

　　这就是答应了。

　　老涌喜出望外，左手朝舞池内一伸一摊道："那您请！"

　　无心插柳柳成荫啊。老涌兴奋得快要糊涂了，他曾经学过跳舞，也在舞厅里混过，又经这两天的耳濡目染，舞技还可称得上不错。他比女人矮很多，只好伸左手搭在女人肩上，右手轻轻抚着女人后腰，一边扭

35

动屁股，一边轻盈地迈动着腿脚，看上去挺利落，也挺潇洒。女人也算不得高手，只能在他的引领下左腾右挪，间或迈错了步子，就冲老涌发出抱歉的一笑。老涌幸福得发晕，女人这一笑实在是太美了。女人的身材苗条而袅娜，清影中的乳峰有点儿张扬地高耸着。玲珑的鼻梁虽然并不是那么标准的挺直，但在鼻梁下却搭配着一张小巧诱人的嘴，抿着的嘴唇看上去有点儿单薄，但只消稍稍一闭，便如女孩发梢上的皮筋一样显出了富有弹性的柔和。她的脸部肌肉光洁而圆润，即使在没有表情的时候让人看起来也会产生心动的感觉。她的眼角既不吊起也不垂下，非常恰到好处地镶嵌在两道浓淡相宜的眉毛下。漫圆脸轮廓清楚得恰到好处，皮肤的色泽就像陶瓷技师给自己烧制的艺术品又精心涂上一层清淡白釉似的。这是个苗条又不失丰满、娇柔又具坚韧的近似完美的女人，不要说刚刚进入"第二青春期"的老涌，就是衰萎枯竭的八旬老翁见到如此美人，也会情不自禁看上几眼的。

老涌开始把持不住，搭在女人左肩上的手渐渐抓紧，拈着女人后腰的右手也在悄悄往怀里拉。女人没有反抗却有反应，晃动着身子摆脱之余，脸上还微微显出不悦之色。老涌明白"过犹不及"的道理，记起了"心急喝不得热黏粥"的古训，赶忙不失时机地降低了企图亲昵的级别，左手放松，右手的拉力也随之减小了。

一曲舞罢，老涌将女人邀到刚才的咖啡座上，撤去了咖啡，换上两杯橙汁，又上了一盘开心果。两人边吃喝边拉呱，谈话的感觉和身体的距离越来越近，就差没有将头脸碰到一块儿了。这时，一个三十几岁的黑衣男人忽然坐在了女人旁边，女人隐约怔了怔说："你怎么才来?"男人点头说了些什么，又对老涌微笑致意，招招手向服务员要了一杯可乐。

这突如其来的变故让老涌感到别扭却又无可奈何，舞厅茶座是公用场所，谁都可以来，谁都可以坐，更何况，从刚才两人的交谈也看出他们是熟人呢。为了显示自己的君子风度，老涌不由自主将身子和女人离远了些，同时也不失礼貌地向来者笑了笑。老涌略略看看这男人，男人面目挺和善，长得虽不漂亮，却也清秀，只是眉宇间透着一股让人难以描述的委顿，好像在家受了老婆不少窝囊气似的。这男人不说话，也无任何多余的形体动作，只是老实巴交坐在位子上，一边听他们闲聊，一边慢慢地喝着可乐。老涌心中顿感欣慰，看来这位兄弟也是来舞厅寻找精神抚慰的，而且不是首次来，否则他不会和面前的女人相熟。但观其行听其语，并不具备和自己争风吃醋的实力，关键是自己一定得抓住"战机"。

又一轮舞曲响起，老涌和那男士几乎同时站起身来，几乎同时向着这位女士发出邀请的姿势。女士似乎在二人之间稍稍权衡了一下，抿着小嘴靠到老涌这一方了。老涌幸福得满脸生辉，侧脸瞥一眼有些尴尬的黑衣男人，暗暗地幸灾乐祸：兄弟哎，吃醋吧，嫉妒吧，到一边唱你的小夜曲去吧，大哥我可是揽了美人上场了。

曲调温柔的《人鬼情未了》回旋在舞厅里，舞伴们跳得如醉如痴。老涌和那女人越跳越起劲，两人不由自主地将身子靠在了一起，一股低压电流般的感觉刹那传遍老涌全身。神魂颠倒的老涌胆子越发大起来，左手和右手下意识地向着一个方向用力，女人的身子几乎是紧紧地贴住老涌，老涌已明显感觉到来自对方体内的热气在慢慢向自己侵袭。他明白大功将成，不由将眼光扫向舞池周围，眼见得黑衣男人站在不远处，眼巴巴地瞅着他们，眼里满是羡慕、渴望还有醋意。老涌暗暗发笑：兄弟哎，这就叫有缘千里来相会，你虽然和她认识得早，可你没这个缘分，嗯，缘分！

夜深了，舞散了，除了人们可以想象的事例外，应该是男士送自己的舞伴回家了。老涌自然感到是责无旁贷，在慷慨付账后对美女说：妹妹，咱们走吧，我送你回家。女士就说，自己住在和平小区，离这里不算太远，还是自己走吧。老涌说：哪能呢，哪能呢，我必须送你回家。美女浅浅一笑，点头应允，于是他们相依相偎走出舞厅，沿着东去的大街慢慢行走着。然而，走了一段路蓦然回首间，一个让老涌意外震惊的情景出现了。刚才在舞厅里一直觊觎他们的那个黑衣男人悄悄跟在后边，不紧不慢，不温不火，就像旧时代上海的包打听跟踪革命党人似的。

老涌心里感到不安和疑惑，这人是有意跟踪还是同路的？一时间又弄不出所以然来，就有意放慢脚步，待到那人赶到跟前时猛然回身道：兄弟，你也回家吗？

黑衣男人平静地点点头，就和老涌与美女并肩而行了。老涌心中稍安，明白这家伙肯定也是这位舞伴的"粉条"，和自己一样正紧追不放，锲而不舍。很可能，他也在暗暗地打着这位美女的主意，一旦有空儿，就会乘机而入的。他决心和黑衣小子摽到底，看谁到底"靠"过谁。果然，黑衣男人始终跟定了他们，左拐右行，连连过了几条街，他们走到哪里他就跟到哪里，还真是"咬定青山不放松"了。黑衣男人越是这么紧跟，老涌心里越是得意，因为那女士始终在和自己说着笑着，似乎眼中根本就没有黑衣男人了。老涌心里很美，心里一美就长精神，一长精神说话就格外爽利：兄弟，这个妹妹可是最最正经的女人，不光跳舞跳得好，还特别有品德。

黑衣男人连说：对对对，大哥好眼力。

老涌说：如今这年头，像妹妹这样品貌双全的女人可是不多了。

黑衣男人稍一点头：是是是，我看也是的。

可是！老涌话锋一转：可是人善人欺，马善人骑，这妹妹人品好又老实，说不定就有些坏小子打她的主意呢。

黑衣男人勉强笑了笑：可不是，就得自己小心提防着。

老涌忽然激动起来，砰砰拍着自己窄小扁平的胸脯说：不过，要是哪个混蛋敢打我这妹妹的主意，我非把他脖子扭断不可！

黑衣男人嗫嚅了两句，样子好像有点儿尴尬。

仗剑一怒为红颜嘛……老涌真的激动了，记起了一本武侠小说里的话。

三个人说着已经走到和平小区前，女人站住说：谢谢大哥送我到家，您请回吧。

老涌一愣神，一时也想不起继续相送的理由，只好点头说好吧好吧。正要和那黑衣男人结伴返回，却见对方朝他微微一躬身道：谢谢，谢谢大哥送我们两口子回家。

什么？老涌的脑袋一下子就大了。

旋风刮进腔门，邪气入里了。

老涌下到县里混了好几年，本想回到市里弄个正儿八经的一把手干干。不料事与愿违，组织部和纪监委早接到许多"参"他这几年所作所为的"奏章"，管这事的组织部副部长婉拒了老涌通过各种方式送来的"人事"，笑嘻嘻地说：世界上怕就怕认真二字，共产党就最讲认真。提拔干部是天字第一号的事，虽然别有用心的人说我们是走过场，我们也得认认真真走。他领着干部科的人到老涌工作过的县城里"走"了两趟，不料还真查出了毛病。最后的结论是"此人表面悠闲，内心复杂；貌似忠厚，其实奸诈；能力一般，功不及过"。连结论加材料一股脑儿送到部长那里，部长看后便找老涌谈话。更让老涌出了一身汗的是，谈话不足十分钟，部长就朝他挥挥手表示"送客"。

老涌很沮丧，自己表现得很谦恭啊，即使早已"先入为主"，也不至于被领导厌恶到这地步吧？其实老涌不明白，部长是位有原则也有历史学问的人，很是欣赏唐代取士先以身、言、书、判为选拔标准，后以德、才、业之项为任用依据。本来就身材干瘦的老涌先在形象上吃了大亏，如果他仍像木乃伊似的板着脸做老实深沉状，或许还不致引起部长的深度反感。但他所面临的是领导，是即将决定自己前途命运的领导，他必须得笑，还要笑得谦卑率真，表现温良恭俭让。可是他自幼笑神经萎缩，所以佯装的笑只是象征性地露出了满口白牙，而脸上的肌肉却仍是僵硬的。部长惊得打了个哆嗦，马上忆起了一件让人刻骨铭心的经历——那年他下乡扶贫，路遇一条脸色阴沉的瘦狗，那瘦狗本是面无表情的，岂料走到他面前摇了摇尾巴随即露出了白牙。正纳闷，瘦狗突然闪电般冲他腿上咬了一口……瞬间的追忆让部长迅速做出了正确判断，接着部里的意见在常委会上顺利通过，老涌被派到垃圾场当一把手了。

自以为前途无量的老涌懊丧了足足三个月，他的那位被人誉为天才阴谋家的朋友小 D 来看望他，他泪汪汪地说：完了，八成是有人递了黑呈子了。小 D 却不以为然：呵呵，人生几十年，得行乐时且行乐。既然大哥官场失意，那就仍去情场得意呗。小 D 的宽慰之言终于让老涌开了窍，垃圾场场长大小也是官，为何不借着顺水好行船，像以往在县里那样利用手中权力在风月场上美美地玩一把呢？功夫不负有心人，半个月后，借着个别谈话的机会，一位略有姿色的女工未及防备着了他的道。没想到隔墙有耳，这消息像风吹着一样很快传遍了整个垃圾场，自斯时起，再也没有女人敢于单身和他"个别谈话"了。

这难不住老涌，没来市里之前他就对风花雪月极有研究。当时的老涌虽然年逾不惑其貌不扬，但他精神可嘉，手中握权后越活越有劲，心态越来越年轻。如同乡下地里种的谷子的某一品种，熟到一定程度忽然间"倒青"，连叶子加谷穗，由干黄转淡黄，由淡黄转淡青，竟至变得再次青枝绿叶，像刚刚成熟一样了。老涌自己也感受到了这种奇怪的变化，他听说从生理学上这叫人的第二青春，他欣喜若狂，认为这是神明眷顾，天意造化，要让自己返老还童以补充往昔岁月里所失去或欠缺的。

这是产生奇迹的时代，也是造就天才的年代。老涌认定这个道理后便锲而不舍，听说网上聊天最能满足一个人的精神生活，老涌当即将机关上一部微机扛回自己家中，请了精通电子的狗头军师小D帮忙鼓捣了一番，数番试机，竟就能够上网聊天了。老涌先练微机打字，五笔太繁，他记不住字根；智能太妙，他掌握不了；于是，老涌就没黑没白地练全拼，虽说汉语拼音同样也不熟练，但毕竟他还能够查字典。查出一个，打出一个，这样励精图治两个月，竟也能一分钟打出二十多个字了。

三个月后，老涌终于瞒着老婆上网聊天，并且自称"年逾不惑"。

年逾不惑的老涌很有网缘，因为四十来岁恰是最受中年女人青目的年龄段。老涌因为打字慢，尤其显得沉稳老练。很快，就有一位网上红颜不断找他，说老涌言辞平实，惜语如金，定是位不可多得的学者。老涌很得意，自称自己真的是学者。然而接下来的历程却是灾难性的，原来那位红颜竟是县城里一位成功的三流作家，不光发表了一定数量的作品，还曾得过地区文学奖。和老涌聊起文学来滔滔不绝并屡屡请教，让老涌总是从难堪中不断跌入尴尬。因为问到文学史上的成名人物，老涌竟还不知沈从文是哪国人！红颜先是吃惊后是愤怒，继之便有些怒不可遏，接连骂了好几句"白痴老朽"后，气咻咻下网而去了。呆若木鸡的老涌呆在网前足足半小时，终于明白网上聊天同样是不能吹牛的。

不过老涌并不死心，仍赖在网上忽悠女人。到底又让他忽悠到一个网名叫作"珍藏优秀男人"的。老涌这回在"优秀"二字上做起了文章，大吹自己如何风流倜傥挺拔潇洒，并直接言明自己是位颇有成就颇有权力颇有真本事而不喜欢出名的政治家。对方口气马上变了，变得千娇百媚小鸟依人，一口一个官大哥。但这位网友声明自己并非攀龙附凤，而是喜欢老涌的坦率、品貌和才华。老涌很惬意，妈的，人走时运马走膘，跑了一个，又套住一个。哼！妈的腿，别说得那么好听了，喜

41

欢我的品貌才华？其实就是要大树底下好乘凉啊。如果我不是个官，你能这么爽快就想着投怀送抱吗？喊！

半个月后，两人相互交换了电话号码。两天后，女人很是发自内心地约他晚上见面。老涌再次大喜过望，毕竟是老天不负痴心人啊！

那天晚上，老涌早早就来到了约好见面的广场花池边，左手插在裤兜里，右手握着手机在方圆十米左右的范围内来回转。饭后出来消闲的人很多，对于这种几乎是原地踏步走的行径人们看惯了，没人感到奇怪，更没人注意他。老涌很瘦，瘦得就跟身上没长肉似的，特别是屁股，像猴腚，但还不如猴腚丰满。不过老涌很为自己的苗条而得意，说这是时兴的身材，当然，如果自己再能长高半尺就好了。为了让自己显得更挺拔一些，他今晚特意穿了西服，可是，本来挺瘦的西服穿在他身上，仍旧显得空空荡荡的。老涌皮肤黑黄，常有人把他误认为来本市双语学校执教的日本老外。不过老涌很自慰，说这是健康的标志、天然的肤色，有人想求还得不到呢。

总之，早过不惑之年的老涌感觉自我良好，否则，也就没有勇气到桃花园里摘桃花了。自我感觉良好的老涌在花池边上转了足足一小时，约会的时间早已超过，仍然没有见到那位梦中情人的出现。他有点儿着急，更有点儿失落，难道这约会也是随便说着玩的吗？看看手机上的时间，已是九点一刻，广场上散步的人也渐渐稀少了，老涌想，可能这位佳人因为意外原因耽搁了吧？比如孩子黏着，老公盯着，家里突然来客……一百个原因都想到，想到更多的就是对方可能在考验他。据说女人很是看重男人对自己的情义，如果你真诚，你执着，你能始终不渝地守约，她就会对你百般倾心。所以有句话叫"精诚所至，金石为开"嘛。

老涌正在浮想联翩激扬情绪，手机却出乎意料地响了。老涌一看号码兴奋得差点儿小便失禁，天！佳人终于来信了。果然，手机里传来一个温柔细腻如同丝竹弦乐的女音：老涌吗？你一直就在花池边吗？真是对不起了，今晚有事不能赴约，改日吧！具体原因呢，咱们网上细说。没等老涌说话，对方的手机啪地挂了，老涌泥塑木雕般对着花池行了一刻钟的注目礼，只好叹着气蹒跚回家。

回到家里虽然已是晚上十点半，老涌仍然打开微机上网等着。不一会儿，有个网名下线后又有个网名出现，正是老涌千呼万唤始出来的"珍藏优秀男人"。老涌赶忙哆嗦着手指打上一溜字：妹妹呀，你好啊！这位妹妹似乎抻了抻终于给他回了话——你在池北，我在池南。隔池相视，得见尊颜。貌似京巴，形如木钻。无头蝎子，三流汉奸。挺拔潇洒？扯你妈×……

老涌差点儿晕死过去，原来这女人今晚到了呀，自己咋就没能睃巡周围注意看看呢？瞧这语言吧，"无头蝎子三流汉奸"。蝎子无头一根棍儿，汉奸本来就够丑陋猥琐恶心人的了，更何况是三流的呢！唉！完了！难怪这娘们儿只在远处瞭着呀。老涌这才对着镜子认真打量了自己一番，妈妈的，还不如不穿西服呢，瞧这鬼形象，画虎不成反像狗了！

如今来到市里，更不行了，市里的女人眼眶高，见识多，不像县里的女人好糊弄。老涌终于明白，想继续在网络世界里寻找红颜知己是万难，日常生活中也再无可能，他得另辟蹊径。刚开放那阵儿，社会上一度舞风盛行，老涌当时还是小涌，和几个青皮后生到歌舞厅里很是疯了一阵子，虽然因为企图与一个女舞伴借机亲嘴而挨了两记耳光，但终于学会了几个狼步。如今到了市里，人们的精神生活与活动环境更为宽松，我何不再进舞厅，重温旧梦？现如今人们物质生活提高了，对精神生活的追求更是迫切，兴许时来运转红线穿，能在舞酣耳热中抓挠三五个呢。

老涌属于表面拘谨内心兴奋型的人，想到就做，并且一步到位。小

D 提示他"官场失意但可情场得意"的第二天，他就换了一身更为得体的西服到华发舞厅去了。果然，舞厅已是今非昔比，不啻装饰豪华让人满目生辉，就连专为伴舞的招待员也换成了二十岁上下的小姑娘。老涌来此非为跳舞，明白自己的年龄劣势，所以心情不在这些伴舞的年轻人身上。头两天他不入舞池不邀舞伴，只是静静地坐在灯光暗淡的角落，要一杯咖啡慢慢地啜。虽是一副漫不经心有意消磨的神情，但那双鼓鼓的羊眼却在十分专注地朝舞厅门口瞅着，看着，惦摸着……妈妈的绝对没想到，好容易"猎"到一个意中红颜，费了一晚力，花了好些钱，到头来却是李代桃僵，白白伺候了别人的老婆。他有些愤愤不平，看那黑小子长相也不比自己强多少啊，他缘何就有这等艳福呢？

老涌不甘心，当然不甘心！

第二天晚上，当心犹不甘的老涌再次到舞厅坐等佳侣时，那位让他心荡神移了一天又一晚的漂亮女人竟又出现了。这让他大喜所望并且暗谢上苍，天！果然还是有缘千里来相会呀。女人还是那么左顾右盼东寻西看，老涌一激灵，真有些喜从天降的感觉。他慌忙起身迎上去，声音颤抖却是脉脉含情地说：妹妹，你，你到底还是又来了呀！

女人今晚见到老涌好像放松了许多，咯咯一笑说：知道大哥会等我。

当然，当然。老涌的心兴奋得咚咚直跳，他下意识地牵住女郎的手，女郎并没回避，而是稍显拘谨地往旁边看了看。老涌这才意识到一个很要紧的问题，悄声低问：先生今晚没跟来吗？女郎又是咯咯一笑：他今晚值班，十二点才下。

老涌的心一下子就实落了，他问女郎喝咖啡还是用橙汁，女郎摇摇头，只要了一杯淡茶。两人落座闲话，一回生两回熟，情绪都比昨晚松弛了很多。老涌如实向女郎报了姓字名谁、职务、工资、家住哪里，女郎也告诉他自己叫夏雪花。雪花？真的像雪花，洁白娇冷中透着一种撩

44

人的诱惑。这时，舞曲响起，舞伴们纷纷起身进入舞池，老涌还想继续叙谈下去，女郎杏目一眯说：大哥，坐着没趣，我们也进去跳舞吧？

　　老涌当然不能说别的，随着《上花轿》的优美旋律，两人在暗淡的灯光下同步起舞，越舞越带劲，越舞越近乎了。女郎的身子已经完全紧紧地贴住了老涌，老涌的双手也在拼命将女郎朝怀里拉。昨晚尚显拘谨，今晚老涌胆子大了，他贪婪地欣赏着怀里的这个女人，看得既仔细又真切。这位细皮嫩肉的高个儿女人确实非同一般，尤其是那裸露在浅领丝绒上装外的脖子，就像搽了一层淡淡的脂粉，红中透白，白中透嫩，那种光滑润泽的肤色，富有难以想象的青春魅力。脸上的颜色是自然天成的，皮肤如同商店橱窗里的塑料假人但却又明显充满了生机。美，实在是美极！老涌陶醉到难以形容的地步，他感到天地间此刻只有自己是最幸福的人。他不时地用下巴蹭蹭女人的脸颊，女人便随之抬起头来，眼睛里对他闪烁出无比的娇媚。有时因为忘情，两人不时绊一脚或跌一下，很快相视一笑再调整步伐。老涌明白今晚定会大功告成，借着移身换步的空当，他附在女郎耳边悄声问道：雪花儿妹妹，你说心里话，喜欢我吗？

　　雪花儿慢慢抬起头，一缕红潮悄然在脸颊上显现，黑油油的长发衬在白嫩的脖颈处，似乎在雪天的冷意中给人送来一股温暖。与此同时，一丝寓意深远又简洁明了的浅笑堆在了口角，她只是轻轻回了句"你说呢？"就又将头垂下了。老涌的眼神立时凝固，因为在雪花垂下头的同时颈口忽然扩大，老涌清楚地望见她脊背也是红里透白，比她脸上的肤色还要柔嫩而富于光泽。老涌此刻有种魂飞天外的感觉，当然这感觉是幸福造成的，而不是害怕或惊吓。但凡有过这种经历的人，都能说出这种奇怪却是合乎情理的感觉。就在他云里雾里不知所以的时候，这位叫雪花的女郎却又不失时机地把脸仰起来了，那对颤颤抖抖让男人魂飞魄散的乳峰清楚地映入老涌的眼帘。老涌像女人一样轻轻吟唤了一声，身子就像梦中一样不由自主地飘起来了。

老涌和雪花相拥相贴，游动着，旋转着，飘飞着，很快飘到了舞厅的一角。

舒缓的舞曲让他与她的魂与魄绞缠在一起，他感到她酥软的身体紧紧靠着自己，就像糖稀沾到了自己的嘴唇，他只需轻轻伸出舌头触一下，就会浑身皆醉。她的头轻轻伏在他的肩上，舌尖有意无意地触着他的耳根。他的脚步开始乱了起来，舞步还算娴熟的他竟然踩着了她的脚，她的脸上露出窃窃的笑。"怎么了？"一声幽微的呼唤飘进他的耳膜，像花丛中的那缕清香被他吸进了鼻翼，他感到自己行将崩溃了。他吻着她的脸颊，轻轻地说休息一会儿，右手落在她的腰肢上，就像飞累了的蝴蝶停在一朵艳丽的花苞上，再也不想飞离。他们就这样移到了舞厅左侧的休息厅，找了一个最靠角落的圆桌，他与她相拥而坐。此时，一曲旋律已结束，女服务生笑容可掬地递过一张单子，他用左手在上面点了两下，旋即，一杯可乐、一杯啤酒和一碟开心果摆在了他们的面前。他把可乐端在她的嘴边，另一只手举起了啤酒，当一颗开心果被他用嘴剥开送到她的嘴里时，她的眼睛竟像两颗夜幕中的星星，他迎着星星的光，感到那光照进了他的心底，令他轻轻颤抖，他不顾一切地将自己的舌尖伸进她的嘴里，与她争吮着那枚小小的开心果。当舞厅的保安从他们身旁走过，走向门口后，他用手轻轻牵住她，退到了离他们很近的 KTV 包间。

此时，劲舞的旋律重又回荡在外边的舞厅里。

老涌拥着雪花偎在 KTV 包间中的沙发里，不顾一切地吻着，亲着，已是销魂荡魄了。他将手伸向雪花的腰间，雪花却一把捂住说：大哥，良辰美宵，难道我们就在这种地方吗？你看连张床也没有啊。

老涌哪里还能按捺得住，一边拼命亲着雪花的脸蛋嘴唇，一边下死力脱她的衣服。雪花的内衣外衣一件接一件地给褪掉扔出，霎时间一个雪白娇嫩的胴体就从沙发上滚落到地板上了。所幸地板上铺着人造革，不凉不硬反倒挺柔和，老涌像饿急了眼的公狗忽然见到一块肥肉，张着大嘴流着涎水猛地朝雪花身上就是一扑，雪花像受了惊吓似的哆嗦了一下，身子不停地摇摆扭曲起来。老涌这下作难了，他喘着粗气左冲右突，手段用尽总是难以入谷。老涌神昏了，眼红了，发起威来奋力将扭动着的雪花摁住，正要终于如意得逞时，蓦地天崩地裂般自动爆发了，但见他那干瘪的屁股像水蛭一样接连抽搐了好几下，整个人便瘫在雪花身上不能动了……

　　KTV 包间的房门不失时机地被人打开，雪花的男人——那个黑衣小子领着两个警察闯进来。已经坐起身来的雪花一边擦拭着腿部一边流眼泪。黑衣小子见老婆这般惨状却是出人意料地没着急也没发火，他将一件衣服披在雪花身上问：没成吧？墙角的老涌光着屁股偷偷朝这里瞅，边瞅边纳闷：咦咦，这小子，不是说今晚值班吗？咋就突然冒出来了呢？瞧这德行，肯定平日里就是个活王八！

　　更让老涌纳闷的是，黑衣小子并没向警察提出要治他的强奸罪，说只要不是既成事实，让老涌出点儿精神赔偿费也就算了，反正这事传出去也不是什么光彩的。警察对于事主如此通情达理很是赞赏，在当场取证当场拍照后，三个人被带到了派出所。老涌此刻只盼着息事宁人，丝毫不敢争辩是女人勾搭他，他怕女人翻了脸，因为真要论起强奸来，那是要判刑的呀！打从清朝起就是"奸出妇人口"，遇到这种事还有男人争辩的余地吗？

　　在得到从警察这里领取精神赔偿费的许诺后，黑衣小子扶着自己的老婆提前回家了。一个长着娃娃脸的警察带着两个便衣继续审问老涌，问他是哪个单位的，老涌撒了谎，说是外地来本市做买卖的；问他有无前科，老涌当然更不认。最后警察问他认打认罚。认打呢，关起来继续等候处理；认罚呢，立马交上五千元罚款。老涌想了想还是认罚吧，好歹自己也是个"一场之长",这事真要弄清身份给传出去,必得声名扫地鸡飞蛋打,今后在市面上还能混下去吗?于是在得到警察允许后他给小D打了电话,只说是晚上因为与人打架惹了事,让小D赶紧带五千块钱送来派出所,否则自己将被拘押。小D是个比猴儿还要精的人,早已心知肚明出了什么事,虽属鸡鸣狗盗之徒,却也侠义,赶紧带着钱开车来到派出所。待手续办好老涌放出时,已经半夜了。

大街上行人很少,走出不远,老涌忽然让小D赶紧停住。不明所以的小D只好刹车,老涌打开车门跳出去,扭头望定左侧一位穿裙装的女人对小D说:哎哎哎,你看那女的真漂亮,怎么越看越像章子怡呀!

书生夜短

入夜，妻子和女儿已在套间里睡下。他坐在窗前，仰望窗外，只见暗褐的夜空中飞光流逝，萤星闪烁。时有蝙蝠扇动柔软的翅膀，擦着房檐倏忽而过，是觅食、嬉戏，还是憋了一天之后出来放风呢？这独特的靠听觉探路的自在精灵啊……

眼前暗了一下，手中的香烟快要熄灭了。他赶紧吸了两下，烟头跳一跳又亮了，这同时，就放出了缕缕黑烟，烟气有的被吸进鼻孔，在鼻周形成两个蚕豆形的圈，大部分在面前散开，逝去，悄悄给他脸上涂一层淡淡的彩。他下意识地擦一下，又俯下身子写。

三十而立，四十而不惑……

那么，二十几岁会怎么样呢？圣人没说。然而，孔夫子疏忽了的，人们自有感觉，二十几岁正是想入非非的年龄——当总理，当部长，或者到军队里弄个师长军长的……那无官瘾有财癖的，自然是巴望在几年内成为百万富翁了。

他呢，他没有当官的宏愿，也没有发财的雄心。他只想写小说。

说来恐怕没人相信，他连台电脑也买不起。即使买得起他也不喜欢用，他仍然沿用着老祖宗们的习惯，用手写。他认为手随心动，写出来的东西真实而富有灵气。旧桌桌面上斑痕累累，他不得不垫一块胶合板，以防笔尖将来之不易的稿纸戳破。他常从报刊上看到名家学者们的

49

工作照，那漂亮的写字台和摆在写字台上的台灯电脑，那样式别致的书橱书架，都如神境仙界般令他惊羡咋舌。不过他不嫉妒，没有差别怎么叫世界呢？

小说早就构思成熟，只是没有一个适当的机会写。写文章还真得有灵感，没有灵感就没有情绪，没有情绪写出来的东西总是干巴巴的。不承认灵感的人大约时刻都有灵感附体，就像热带鱼生活在热水里，习惯成自然，也就觉不出水的"热"。灵感是什么他也说不清，只能感觉到，可是，他这位以农为生的小说家往往有了灵感没有时间，待到有了时间那霎，灵感这伙计却又跑到爪哇国去了。今天晚饭后，他忽然心潮涌动，头脑清晰，思维的跳跃十分特别而创造欲也尤为迫切，他明白难得的灵感终于又来了。他要珍惜这神明的赐予，就不敢有丝毫的懈怠，忙俯在桌上，凝思片时，挥笔爬格。他爬格的速度又极慢，几乎是以受精卵奔向子宫底去着床的速度前进的。一只愚钝的鸟儿，足爪僵直且羽翼不丰，难以高飞远飞也飞不高飞不远，只能张开翅儿扑腾几下。然而这简单的扑腾，已是蕴藉着千百个美好的渴望了。

写什么？当然他要写自己的生活，写对生活的真实感受。感受多种多样，普遍性之外，有的则十分独特。背向坐车的人，那种急速后退的感受，不恰恰正是飞速前进的证明吗？可是，感受有时也真难说清。那次，一位庄乡弟弟浇菜园不慎跌进井里又被人捞起，事后他去看望，似开玩笑地问人家：伙计，你在井里有感受吗？伙计瞪直了牛眼睛：感受，屎的感受？我只是觉得他娘的井太深口太小了！造物主创造了人，人要吃要喝要繁衍生息就要不停地运动不停地劳作，甚至必要时不分昼夜。这就是生活。生活中人人都会有所感受，只因角度位置的关系，而感受的性质程度不同罢了。譬如现在人人憎恶而又人人都在孜孜以求的"后门"风，不同的人就有不同的感受不同的看法。得者欣悦，失者咒骂，做文章的人就更义愤填膺，常用各种文体公开鞭挞。耐人寻味的是，他所认识的一位作家以反不正之风为题材的小说，却恰恰是通过"后门"才得以发表的。而他要写美。写人们美的精神、美的情操、美的感受、美的生活。倘若人们能由此受益一二，或许能对社会上的不正之风起点儿釜底抽薪的效果。

这种想法和做法难免会遭到生有"傲骨"的朋友的斥骂。可他心里明白，无论什么事物也绝非是一成不变的。有些文人真有傲骨，恃才傲物确是那种天生的傲骨头。他佩服。有的实际上抱着琵琶遮别人的脸，口喊什么厌恶官场不入俗流，背地里却偷油耗子般寻了梯子往上蹿。且一旦小人得志，你马上就看到了一个面目全非的嘴脸。他就有这么位生有"傲骨"的朋友，刚刚趁文坛的短暂混乱打劫了个小小位置，便在他那自诩为艺术品的小说里，把农民和农民的后代写得愚拙而猥琐，他自己仍然可以那么潇洒俊逸、孔武高大。字里行间都是"龙生龙，凤生凤，耗子养儿打地洞"，没想想自己这位天才的幸运儿，也是身上一搓一把泥的农家老子养的。有几个直肠子伙伴说他数典忘祖，他就卷了舌尖骂：×你们娘的这些贱骨头……

腿上一阵奇痒，他赶紧放下笔，抬起腿，灯光下见一只母蚤驮了丈夫，大模大样地在他膝盖上叮着。好自在，幸福地做爱，还吸别人的血。他愤怒又悲哀，就在食指肚上舔了唾沫猛一摁，将这对夫妇双双擒获，可能是新婚夫妻吧，心中怜悯，手指却在用力。只一下，做爱的夫妇就给捻成两点薄薄的皮。他弹掉蚤皮，看看面前的稿纸，叹了口气，唉！刚刚写顺了辙，就让这狗男女打断了。可转而又想，怨它们吗？还是怨自己吧，怨自己家里的卫生条件太差。土坯墙，土地面，不仅有跳蚤，也有老鼠，墙角阴暗处有时还活动着老实的土鳖和居心叵测的蝎。

条件再差也得坚持、迁就，他没有办法。去年春天心血来潮，算计要到县文化馆谋个临时工，当了二十多年民办教师的老叔大为支持，很仗势地领他到县文化局找自己的一个学生。这学生当了副局长，办这点儿事像吐口唾沫。巧得很，副局长正在办公室里和几个部下打扑克。老叔进门大咧咧就喊其小名，此举使得那几位部下先是张了嘴，继之便惊得哈哈大笑了。当着部下被个乡下佬直呼其名，局长的脸皮紧了紧，鼻子眼睛乱动弹，他嗯啊几句，便很得体地假作握手把老叔往外推，边推边说：上班时间，忙着，正忙着……老叔气促脸红退出门，喉中咯出哭韵：唉！观破世事惊破胆，视透人情寒透心啊！这学生，当初见面先鞠躬，如今——要倒过来了。当时，他跟在老叔身后也曾鼓了鼓肚子，但走到大街上凉风一吹遂觉释然。他想，这位置的变化是最平常的事，譬如耗子总是吃小鸡，可是小鸡一旦长大了长壮了，见到耗子却又追着啄。此时此情，"位置"不就又反过来了。当然，位置变化的偶然性也有。像邻村朋友老赵家，屋塌了，墙倒了，门楣门槛砸折了。老赵盖了新房，重新布置摆设，原先家堂上的祖宗牌位被砸坏，须重新立一个。找合适的木头，恰好第一眼看到了那半截门槛，是槐木，就锯好，刨平，光滑又整洁。这样，原来多年任人践踏的门槛一跃而为祖宗牌位，天天被供奉，岁岁受香火，那折了的门楣虽也同是槐木，只因老赵第一眼看到的不是它，以后便放到厕所粪坑上做垫砖板。如此一来，这块原先谁经过它下边都要低低头的木料，不光任人踩踏，还要长年累月地遭臭气熏，这位置的颠倒，谁料得到呢？人，明白了这些，对一些有悖常情的事，多半也就不怨恨了。

创作又在继续着，不知过了多长时间，套间里传来妻子的呓语：把式，家什……

他笑了，真是日有所思，夜有所梦啊，麦子熟了，明日就要收割，今儿白天他和妻子磨镰，无意间说了句"工欲善其事，必先利其器"什么的。妻子不解地冲他眨巴眼，他解释了这句话。妻子一听笑了：真嚼牙，就不会说"把式把式全仗着家什"吗？他当时就呆住，这朴素、实在、贴情入理的庄户话，可真叫绝。整个下午他尽琢磨，看来文学是

52

不能拘于一格，当土则土当洋则洋，必要时也土洋结合。写塞外风情不能用江南水乡的方言，写牲口经纪更不能说些物理学博士的话，你得寻找适应你自己的东西，你不能看到刮什么风就转什么舵。

这些年，文学创作界花样迭出，什么象征、未来、表现、存在、意识流、荒诞派、愤怒的青年、垮掉的一代、黑色幽默、魔幻现实等纷至沓来。且大都在后边冠"主义"二字。那超现实主义的新小说派，则直命人们将梦境、幻觉和脑子里瞬间所现的什么进行无意识书写——尽管有人称为上品，有人斥之为下流的涂抹，但不管怎么说，这些东西还是在中国文坛上相继出现了。那几阵"狂飙"之后，旌旗又起：新写实——当然也得加上"主义"，于是，沉水扬波，局面似乎又活了……

他这位靠责任田糊口的小说家，也曾没头没脑地在一大堆"主义"里搅和过。无奈知识浅、根底薄，对一些似是而非的东西刚明白了又糊涂。去请教一位成了名的作家朋友，作家朋友从文学理论联系创作实践并举例说明了十九支阿诗玛的工夫，末了直着双眼，竟也忘了自己曾经说过些什么。他丧气之余，就想起了乡医院的"大先生"。"大先生"四十年代写小说，五十年代成了名。刚成名又臭了名——说是利用小说反党而被判了刑。刑满释放，发奋学医，三两年又成了这方圆左近有名的"大先生"。"大先生"平日不大说话，那痴痴迷迷呆呆怔怔的样子，像患了他治起来倒最拿手的忧郁症似的。不过，他除了给人医病外，唯一的癖好还是看小说。

他去乡医院里找他。

"大先生"听了他的咨询，咬着笔腔对墙上的一个小窟窿研究了一会儿，又抠抠耳朵，像对他，又像自言自语地说：这主义那主义，到底文学的主义是什么，我弄不清。要说这中间的意识流嘛……他略做沉吟道：是不是神经性尿潴留的物理疗法呢？

他愕然地望定那嚅动的苍老嘴巴。

"大先生"并不看他，仍是以自己的男低音接着说：就是用一壶水慢条细缕往病人裆里浇，流则思流，相生学说，时间一长，病人的排尿器官便相应地产生排泄意识，尿液便自然而然地随"意识"而流了。"大先生"说到这里，停住，用刚才研究墙上那个小窟窿的目光久久地瞅他。他像癔症病人接受了暗示疗法，脑中蓦地闪了几个绿点，便明白了什么一样连声道谢。

……此刻，他的笔端正随自己的"意识"而不停地流着，流着。"流"到下半夜，他周身疲惫，头脑昏沉，双眼渐渐发涩。他站起身，心里想着到外边逛逛吧……

出了月亮，月光忽明忽暗，风不知来自哪个方向，只听到沙沙沙的。他走得很快，以致连鞋子也走丢了。他光着脚，走上了一条宽宽的大道，路面似沙，似土，又似柏油石子所铺。路面虽然高低不平，质地却很软和、轻柔。赤脚踏在上面，不硌，不黏，倒有几分舒服。路旁远处，有许多人在劳作，似乎还有小鸟儿的鸣、夜虫的唱，正感欣悦，前面忽现一人，面孔虽和善，目中的虚光却透着奸险和阴毒。他的心紧缩了一下，就避开对方绕路走。可是，那人亮出一把铁锨，便在离他不远的地方拼命铲路。他骇然了，紧张地往前看着，看着，蓦地，那人的锨下冒出两只瓶，瓶中的液体绿光幽幽。他疑心那是两瓶毒酒，正要看清上面的标签，瓶子却又沉下去。他的脑子刚刚有点儿什么反应，瓶子又冒上来，又沉下去……就这么一沉一浮，似乎下面有两只专管操纵的手。

不远处有一座古城，古城里有着许多的古楼古屋，他多么想去那儿散散步啊。但他又疑心那个拿锨的人会对他施什么障眼的魔术，否则，那锨下何以会冒上沉下两瓶毒酒？敬而远之吧，他转身绕左走，左侧的路好软，好暄，像踩在一块硕大的发面饼上，走过去了，后边留下一排深深的脚印——不，不是脚印，是一个个深坑似的洼。洼中积了水，游动着还只有两条腿的幼蛙。左侧的路渐渐高了，更高了，而古城也越来越近了，已望得见像清真寺里大殿一样的青堂瓦舍，但路上此时却出现了厚厚的泥雪。雪中，有踏出来的窄小路迹，路迹清晰，也不知是谁刚刚走过的，他的光脚踏进去，不冷，倒有些热。恍惚中，他似乎记起了一本什么"热的雪"。尽管"雪"是热的，他还是停下了。此刻，后边有人喊他。是妻子的声音。妻子惦挂他，招呼他回家。他只是回回头，就仍循了原路往前走。说真的，他也感到累了，确实累了，甚至有摇摇欲倒的感觉。他很希望有人扶一把，但周围的人都在闷头苦干，有谁能顾到他呢？刚才毁路的执锨者仍在干着毁路的勾当，这时又频频从后边弄出古怪的声响，看样子还想赶上来拦截。他忙奋力地走，走，尽管身心疲惫道路难行，尽管脚下是难以诠释的"热的雪"……

旁边忽有吱吱的尖叫声，他惊得跳起来，哦，睡着了。吱吱的尖叫声仍在耳边响着，他揉揉眼，才弄明白是耗子的叫声，是耗子们在洞里厮打。是由于道德败坏的第三者的侵入，还是因为分赃不均而引起的内讧呢？听，洞里的战斗越来越激烈，夹杂了口齿的撕咬和咕咕吱吱的谩骂。一员败将逃出来，蒙头蒙脑冲到他的脚下，这当然不是期求他的援助，稍怔一怔，掉头又跑。他便狠命地一脚，没拦住，却踢上了。小畜生一声惨叫，拼命地逃向另一处墙角。

这些永远也难断子绝孙的家伙！

他气咻咻地骂着，重又坐下。借着灯光，看到不远处的小墙洞里露出一个光滑的肉鼻子，抽搐着，颤动着，像在搜索探寻着什么。少顷，肉鼻子变成了尖尖的嘴，那嘴歪几歪，露出了牙，示威似的扭一扭，就笑嘻嘻地缩回去了。

这是位胜利者，他想，胜利者赶跑了自己的对头，当然是要笑嘻嘻的了。套间里又传出妻子的呓语，不，这次不是呓语，是轻微的呻吟。他端灯走进去，灯光下，只见妻子困难地翻了个身。她已是将要临产的人，硕大的肚腹带累着，呼吸都有些急促。三岁的女儿躺在一旁，早已不吃奶了，却还捂住母亲的乳房。他心中暗乐：孩子呀孩子，还怕爸爸和你抢奶吃吗？唉！没有孩子时想有个孩子，有了孩子又怎么样呢？他们哭闹，撒娇，指星要月，影响以及妨碍大人们的学习工作与生活。然而，削减递增，自然法则，每一个如今成了"大人"的人，小时候不都是这样吗？况且，若无小精灵，世间何来欢乐？况且，一个新的小生命是来之不易的。他因为沾了少数民族的光，国家才允许生两个。他原先准备待几年再要，可妻子心小，怕政策变了，所以急煎煎的……

妻子翻了个身，又睡着了。他轻手轻脚蹑出套间，又坐下来继续写。

妻子是贤惠的。

的确如此。

在乡下，农闲这个词只不过是相对而言。每到此时，任何一个能够挑起生活担子的成员，都要找些另外的活做。有的出外干临时工，有的搞点儿小副业，有的整治小菜园，有的东集西市倒卖些什么。而他呢，却坐在家里写、写。妻子却不烦恼，无怨言，自己支撑起全部家务，每一分钱都要节省着花。为了什么？为了他。当瞅他真正"入"到了创作中时，妻子便带了女儿坐到门外去，一边做针线，一边轰赶房檐窗前的麻雀儿。麻雀儿叽叽喳喳，妻子唯恐影响他的创作。

妻子质朴、节俭，几近可怜。去年她怀了孕，家中虽然并不富裕，可他还是节省别项开支给妻子买了筐苹果。他听人说，孕妇要是多吃水果，生的孩子也是聪明的，更何况她的身子是那么弱。然而，她只是看着苹果心喜欢，却舍不得吃，她要留着，留到春节走亲串门时用。由于不懂保管方法，这以后，筐里就经常地散放出既甜且酸的烂果子味，她便经常地来回"倒筐"。每倒一次，就挑出几只烂苹果，烂苹果也不扔掉，烂的部分剜下来喂鸡，好的部分就拿给他和女儿吃。有时一个苹果

56

十去八九，她还是又削又剜。这样到了春节，一筐苹果竟只剩了十几个好的，而其中的一半夜里又给耗子啃了。

近几天，麦熟，天热，她也即将临产。可是，从早到晚，她仍旧挺着肚子去地里拾掇棉花。棉花地里喷洒了农药，稍具常识的人都知道，孕妇是不能接触的。然而，这样的家庭，这样的书痴一样的丈夫，她还顾得了许多吗？事情却也奇怪，不知是她抵抗力强，还是神明慈悯好人，她竟什么意外也不曾出过，奇也，巧也。命耶！运耶？

想到这里，他掉了泪。泪代表着忧伤，代表着懊悔，代表着愧疚——但仅仅就是这些吗？泪水落到稿纸上，他忙用手擦，稿纸给擦破，他的眼前更模糊了。他再也写不下去，只好搁下笔，坐在那儿默默地想着，想着……

"适可而——止儿——！"

院子里，老气横秋的大公鸡叫了。窗外开始刮起小风，风儿吹动院里的石榴树梢儿，看不到树的摇动，却能听到窸窸窣窣的响声。他情不自禁地朝外边望了一下，只见夜空如一块硕大无朋的厚布悄悄地压下来，压下来，上面有许多明暗交错的物体在微微闪烁。黎明前的黑暗将逝，此刻的如墨苍穹上，正在进行着奇妙无比的变化。

天就要亮了，要开始割麦，他无论如何也得休息一下。他打了个哈欠，又做了几次深呼吸，想让疲劳了一夜的身心舒展舒展，可又舒展不开。他只想睡。恰在这时，套间里又传来妻子的呻吟，这呻吟长久、艰难，比夜间那一次重得多。他忙走进去，见妻子已经坐起来，灯光下，痛苦的脸上却又泛起一抹淡红的晕。她轻轻地说：见红了。

他的心紧缩了一下。

阵痛过去之后，妻子幸福地喃喃道：产期提前了，看来是个小子。你快去请接生员吧。

哦哦……

　　他答应着，退出套间，打开屋门，天渐渐亮了。走出院门，看到已有人早起来在大街上，有的在水井旁边浸草腰，有的在巷头石碡上安镰把。人们不忙碌，也不惶急，都在有条不紊地准备着，可谁心里都明白，一年中最紧张要命的节气已经来到了。收麦如救火，万一熟过了，赶上刮风，到手的粮食就得给糟蹋。万一赶上雨，更惨，眼睁睁看着麦穗长新芽儿。辛苦一年却歉收，谁能受得了呢？可是，妻子偏偏赶在这个节骨眼上生孩子。他急得摇头、叹气、跺脚，真想回到家里冲妻子鞠个躬：我说好人，忍一忍，迁就几天不行吗？

避　　嫌

秀玉刚刚迈进棒子地，一只野兔腾地从她身旁蹿过，她吓得一抖搂，赶紧原地蹲下，看看确无危险发生，这才慢慢立起身，犹自惊恐不已地朝周围睃巡。

秀玉出名的胆小，村头田间哪怕有人大声说话，她先慌神。

胆小属于天性，不过秀玉的胆小夹杂了另外的成分。如今田亩到户，邻里相连，街坊对门，难免马勺碰着锅沿，是非曲直，认起真来须得有人做证。所以，秀玉始终存个小心眼，在村里不惹事，更不担事，无论谁家争吵，她总要赶紧躲开。这样做，不为清静，只为避嫌。

棒子地里带上几垄豆角，是这方农家的老习惯。农历七月末，棒子甩穗，豆棵也蹿足了个儿。今年雨水充足，棵上挂的豆角极多，顺着垄眼望去，近些年才时兴的新品种"笊篱头"上一嘟噜一串，煞是喜人。那筷子粗细的豆角又长又嫩，蒸炒凉拌，可口得很。秀玉哈腰顺垄，只拣细的嫩的摘，没到地头，手里便有一大掐了。她拽根热草秧子将豆角捆好，正要继续往下摘，东边相邻的豆子地里此时忽地传来一声接一声的暴喝：砸死你，我砸死你个×养的！暴喝中夹杂着铁锨的拍击声和呼呼的喘气声。显然，是有人打上交手仗了。

突如其来的声响把秀玉吓呆了，她心跳加速，脸色发白，双腿沉重如铁。哎呀，有什么过不去的事，干吗要打到这步田地呢？对，别露头，别让他们看到自己，赶紧回家去，一旦打出祸来，找我出面做证可就麻烦了。她竭力控制住情绪，尽量喘气匀一些，再匀一些，好不容易稳住心神，刚刚转身迈出两步，又蓦地停住。因为她已准确无误地听出，和人打架的是贾二别古。贾二别古的事谁敢沾边？连村长也怵他七分呢。一念至此，越发想着快躲开，她撒腿要跑，不料脚下一绊，扑哧跌倒，她借势趴在原处不动，以免弄出更大的声响让外边听见……

贾二别古是出名的滚刀肉，在村里人见人恨，人见人怕。遇着他和别人吵架斗殴，不管胜败，总要找个证明人出来为他说话。如果这个人的证明对他不利或道出他的无理来，那么此人肯定就是他下一个打架的对象了。所以，村人憎恨他，烦恶他，又不敢得罪他。那年秋天，他欺负一家的闺女被闺女的父兄揍了一顿，他硬是持刀将人家的耕牛放了血。三秋大忙，对方一家人急得大哭小叫。村长实在气不过，找了派出所把他拘留七天。七天放出，贾二别古找个借口把村长指名道姓绕村骂了三天。有人劝和，他也答应，但提出条件，必须到村长的饭锅里屙泡屎才行。最终还是村长让了步，在街头小饭店请了他一桌这才罢休。贾二别古有句口头语：我怕吗，一个人吃饱，连狗也喂了。大不了一命坠一命。

因为事情牵扯到贾二别古，胆小的秀玉就更加害怕，她大气不敢出，浑身发软，就像给人抽了筋一般。她此刻最怕外边打架的人知道自己在这里，果如此，她就是唯一的现场证人了。她已明显感觉到自己的心哆嗦，唇哆嗦，身上的肉丝也哆嗦。她急切盼着外边的事情赶紧安稳下来，以免沾惹是非而难得脱身。外边的吵打声响了好像一百年，忽然传来一声非人非兽的吱呀惨叫，叫声未了，秀玉心里忽地一闪——妈呀，打死人了！她吓得连连抽搐，一口气没上来，嘴里不知喊了句什么，两眼一黑晕过去了。

几乎就在秀玉发出那声惊叫的同时，棒子地外的厮打停止了。贾二

60

别古用铁锨将一只拍扁了的死耗子挑进水沟，神情怪异地朝这边玉米地里凝望。天高云淡，小风微拂，遍地的棒子叶颤颤巍巍，穗梢一动一动的。贾二别古凝望片时，又怅惘片时，丢掉铁锨，舔着嘴唇进了棒子地，径直找向刚才发出声响的地方。

畦背宽宽，棒棵林立，整块地亩所呈现的是一种稠密的青葱氛围。一个人置身此间，如非刻意寻找，断难发现。秀玉昏昏沉沉地躺倒在青纱帐内，跌仆之时，上衣被棒秸扯破，洁白的胴体裸露大半，衬以坚挺秀美的乳峰，香山玉丘般展示在天地之间。奇异而温馨的花朵最易招蜂引蝶，当然也是魑魅魍魉的享乐之所。

意识朦胧中的秀玉，感到跌进了一道深深的峡谷。谷中有草有花，有石有树，花草树木给她以清凉馨香，石碴子则不顾情面地硌疼了她的肌肤。她想用手在身下拨拉一下，但手臂僵直而生硬，像是给藤葛乱草缚住了。她要坐起来，更办不到，身子牢牢地粘在地上，好似有人在她和地皮之间涂了鳔。她焦急，她惶惑，潜意识里一种巨大的恐惧感不期而至了。

峡谷里开始刮风，花草树木全都哗啦啦地响，地上的石碴子被什么突兀而临的怪物踢得飞向半空，怪物开始走上来抚摸她，搬动她，她想反抗，想爬起来逃跑，但是绝对办不到，因为接下来她的身子就被一股巨大的力量紧紧压住，并以令她窒息的沉重极快地下坠着，下坠着。她想嚷，想喊，想求助于想象中的某个人，但张大了嘴却叫不出声。虽是昏沉晕厥，凭着本能她也意识到发生了什么。她难以忍受，却只能忍受。刹那间，身心俱损地跌入了比峡谷更深更大更让她惊恐莫名的深渊。她仍旧奋力挣扎，最大可能地活动着身子，像在梦魇中极力摆脱神秘可怕的桎梏一样，手脚并地往一边爬——似乎终于爬出了灾难的深渊。这时，一丝不知来自何处的亮光照在她的脸上，若隐若现，她刚要试图坐起来，面前就被一团黑影罩住，一个满是沤臭气的东西在乍明犹

61

暗中死死贴在她的脸上、唇上，一切又如刚才那样重复着了……她被挟制得喘不过气来，憋闷难耐中拼命呼出一口气，终于睁开了眼。这时的秀玉才相当清楚地看到，眼前所面对的是一张淫荡贪婪且疙瘩溜秋的脸，一具赤条条沉重肮脏的躯体紧紧压住自己，而自己竟也是赤条条一丝不挂。羞愧和愤恨交替而至，她只来得及看了一眼面前那个不停耸动着的肩头，就"啊"的一声再次晕厥……

　　秀玉立在村头小院的门侧，出神地朝远处大路上眺望，一只狸猫从墙头上跳下来从她腿旁跑过去，她竟没有察觉。

　　大道上人来人往，有的陌生，有的熟悉，陌生人看她一眼管自走路，熟悉的人也仅仅打个招呼便匆匆而过。秀玉想，现在的人就是这样，走路办事以快为荣，好像每个人的腚后都有条狼狗撵着。秀玉望了很长时间，眼睛开始有些发花，她想自己应该回家去了。这时，南风送过一个轻佻的声音：玉嫂子，青哥怕是回不来了，让我吧，啊？让我吧！是贾二别古的嗓音。秀玉吓得打个激灵，没敢回头就跑回家去，手忙脚乱地闩上院门。

　　妹妹你大胆地往前走啊！往前走——我×……贾二别古在门前停了停，吹着流氓哨子扬长而去。

　　那天秀玉在棒子地里苏醒后，太阳已经西斜。她费了很大劲才穿好衣服，踉踉跄跄跑回家。秀玉用五盆水把上身下身洗了五遍，然后一头抢在床上，哭一会儿，骂一阵，整整折腾了一夜。天明，她终于稳定了情绪——事情已经发生了，怎么办？这种事也不是什么光彩事，让街坊邻里知道了，自己在村里怎么做人？要是传到丈夫东青耳朵里，他又怎么受得了呢？稍有不慎，非惹大祸不可。思来想去，还是哑巴吃黄连，有苦肚里咽。忍了吧！忍为上策。

　　金风送秋，油绿的田野开始变黄，泛白，忙碌的身影在各处隐隐晃动着，准备迎接农人一年中最庄重的收获。可是秀玉日日盼望的在外打工的丈夫东青仍没回来，他托人捎了个口信儿，说眼下工程正紧，难以抽身，让秀玉雇人收秋种麦，自己须到入冬上冻后才能回来。秀玉没办法，只好按东青说的话去做。

自从事情发生后，秀玉再不敢独自下地，夜里睡觉也是惊悸怔忡，时时担心贾二别古挠门。所幸这混蛋除了在街上遇到秀玉说几句下流话外，并未来家骚扰，秀玉的心也就稍稍宽绰了些。然而，糟糕的事还是发生了，月头上秀玉没有来例假。秀玉历来经期正常，这意外变故让她惊骇不已，她担心事情会阴差阳错。之后的事实终于令她惊恐万状，随着妊娠反应的出现，一切都已明白无误，说明她确实怀孕了。她魂飞魄散，登时大哭不止。

哭声招来了一墙之隔的三婶，三婶虽是长辈，年龄却不大，只是比秀玉结婚早些，平日里这娘儿俩就性情相投。三婶是过来人，劝她一会儿，看她片刻，便明白其中原委。三婶刚要给她恭喜，忽然眉梢一挑说声蹊跷，她丈夫出门好几个月了，这女人怎么才"害"病啊？女人天生是刨根问底的脾气，秀玉被她追问不过，闩上大门，关好屋门，哽哽咽咽地将事情经过和盘托出。三婶听了，惊得小眼直眨巴，连连吧唧着嘴说：咋就偏偏是他！她同秀玉合计，要是告上去，政府怎么也得把贾二别古法办。这样的话，仇是报了，可人也丢了。况且这案也判不太重，将来刑满，又怎么和这样的人搅缠？思忖再三，"英雄所见略同"——忍了。为了不让丈夫生疑，决定把孩子做了。

在三婶的帮助下，秀玉到县医院做了人工流产。休息几日，一切如旧。

晚秋消遁中，朔风阵阵，一场严霜降临，寒冬不期而至。城里的建筑工程相继停工，东青终于回到了家。

入夜，北风又起，苍穹灰白，一声似有似无的啸音之后，空中舞起

63

了一天碎雪。雪粒子轻一下重一下地扑打着门窗，使得和暖如春的屋内愈加充满了难以言表的温馨。刚才的缠绻温存中，秀玉好像情热难捺，悄悄地哭了，哭出了声。东青抹去她脸上的泪，问她哭什么。秀玉犹豫再三，说是想他想的。东青当时怔了怔，他从妻子含糊的口气里隐隐察觉到了一种东西，虽然是说不清楚的一种东西，但却是源于夫妇之间似乎先天固有的直觉。因为以往他俩也曾长时间的分开，归来后也曾情热如此，那时秀玉所表现的只有幸福和渴望，并没有像今天这样的缠绵悱恻。当然，这种疑惑在东青的脑子里仅是一闪而过，随之也便自解自释了：是啊，女人孤身在家，想念丈夫之外，收秋种麦，力弱难支，日常生活中求人欠情，能不遇上烦心的事吗？如今自己回来了，哭泣流泪以泄委屈，也是正常的。东青想到这里，用力将被子裹紧，让秀玉的身子紧贴在自己怀里，像哄小孩般地哄她：睡吧，啊？我揽着。

新婚不如久别。这话不假。

古话不俗——再厚的墙也能透风。秀玉流产一事，村里早就有人知道了。春节前，东青和几个要好的哥们儿在一块儿喝酒，回家路上，一个愣头青借着酒劲，挺着脖子，以一种对朋友知无不言的坦率把这事捅给了东青。东青头都炸了，他想起了自己回来时的那一夜，想起了妻子异于以往的情绪，他立即断定，自己当时的感觉没有错。毫无疑问，离家期间，妻子背叛了他。

东青没有拐弯抹角，回到家就盯住秀玉，让她立即把事情讲明白。秀玉早已吓惊了脑儿，东青一追问，立时脸色惨白，浑身哆嗦，一句话没说出来，就汗出如雨晕倒在床上。这时的东青已经没有了同情，更谈不到怜悯，有的只是满脑子妒意和一腔的怒火。秀玉的表现更加证实了他的判断，自己出门在外，秀玉一定是红杏出墙，勾搭上哪个野男人了。所以当秀玉清醒之后，他像公安局审案子似的，面色冷峻，口气严厉：既然已经做下了，说吧！

自然就拽出了三婶。东青从三婶那里知道了事情的经过。绝对出乎三婶和秀玉的意料，东青听后既没暴跳如雷要找贾二别古拼个你死我活，也没嚷骂吼叫气急败坏，反而相当平静地说了句"是这么回事呀"，就该干什么还干什么了。三婶愣了片刻，低低骂道：天生你娘×个王八！随之翻他一眼，扬长而去了。

　　五六天后，贾二别古在村北水湾捞鱼时，不知为什么和东青发生了争执，争到激烈处，两人动了手，结果贾二别古被东青用木棒揍了个臭死，看那架势，若非有人劝着，东青非把对手塞进冰窟窿里不可。

　　贾二别古岂是好惹的？这小子棒伤痊愈，耍起了泼皮，他找上门来，先将两摊狗屎甩在东青的门扇上，之后叉腰而立，堵着门口骂了个不亦乐乎。他从东青的祖宗辈上骂开去，一直数落到尚不知为何人也的重孙辈，真可谓口戮九族，花样翻新。然而，贾二别古这里唾沫横飞，东青那里却是户扉紧闭，没有回声，没有响动，就好像家中无人。贾二别古骂了半天，始终没见东青出来对阵，自己也渐渐感到无趣。他腻了，累了，也烦了，最终将一块砖头砸向东青的门框，转身愤愤而去。

　　翌日上午，贾二别古又来骂阵。今天变了内容，不再像昨天那样给东青"续家谱"。他直奔主题——声言东青之所以打他，是因为自己和他女人有一腿。他向前来围观的人抖出了那天棒子地里的秘密，并指天画地，描景叙情，把自己当时强暴秀玉的场面渲染得异彩纷呈，甚至将秀玉身上某个部位有某种标记都讲得清清楚楚。接着，他嚷叫，跳骂，口口声声让东青还他的娃娃，说秀玉没经他允许就流产，是有意让他贾家断子绝孙，他要到乡里县里讨个说法……

　　围观者有的哂笑，有的脸红，有的气愤，有的已经骂出了声。

　　这时，东青家的大门开了，是慢慢敞开的。东青提着把铁锨，用同样慢腾腾的步子踱出来。他阴沉着脸。面容和手里的锨头一样泛着冷冰冰的铁青色。东青的出现，让所有的人感到意外，贾二别古尤其感到意

65

外，以至那张满是秽言的嘴好半天没有合拢。东青走到距他数步之遥，慢慢立住，贾二别古似乎也突然间找到了债主，他迈前一步，右手戟指：小子，这回你可跑不了啦！

东青非但不跑，反而又朝前迈了一步。他一言不发，表情平静地望定了对手，似乎在琢磨某类向往已久的猎物。与此同时，他将锹头戳地，双手牢牢把定了锹柄的梢头。这是个理想的姿势、合适的姿势，也是最危险的姿势，最眼拙的人也瞧得出其中所蕴含的不祥信号。

贾二别古显然没有感觉到凶险的存在，在他的意识里，对方的举动无非是装装样子吓唬人。他想，我贾二别古是吃娘奶长大的，不是让谁吓大的，吃你这一套吗？有这种想法，当然也就谈不到驻足或者后退了。他扒掉棉袄，甩开膀子，骂着王八、鳖头一类的脏话，视死如归地躬身朝着东青的小肚子撞去。一个硕大的圆物在东青面前晃动闪烁，冬日的阳光下，东青双目微眯，盯紧了那圆物的顶部，口角边漾出一丝近乎凝固了的冷笑，那情景，俨然是在欣赏一个在风中摇曳的嫩葫芦。此刻他肯定在想象，如果用铁器击打在这光光的葫芦顶上，所发出的响声一定很脆，随之而外溢的，必是稠粥般的浆液。这种想象也仅仅是在刹那，他便手随心动地做了个并不复杂的动作，围观者只看到太阳下闪过一道漂亮的光弧，那把铁锹就已拍在了贾二别古的光头上。暴响起处，脑浆四溢，贾二别古一头抢在地上，双腿几经蹬踹，身子一抽，不动了。与此同时，口鼻耳朵里涌出了冒着红泡儿的血沫……

风越刮越紧，雪越下越大。风卷雪飘，大路上并没有存住雪。神情木讷的秀玉出了村口，浑身瑟缩不止。尖利的北风夹杂着冰凉的霰粒子，不停地抽打她的手脸脖颈，钻肉剜骨般的痛。她竭力忍着，也只能忍着。

今天是约定探监的日子，天气再坏也得去，否则就又挨到下个月了。在当地政府和村民的力保下，东青没给贾二别古抵命，判了无期徒刑。在以后的漫长岁月里，秀玉得反反复复走这条路。此刻的秀玉几乎没有别的想法，唯一期望的是东青能够坚持活下去。她已经给了他铁定的许诺，今生今世等他，一直等他。

最后一网鱼

捕鱼是劳局长的一大嗜好。

这嗜好当然并非与生俱来，而是起自他的青少年时代。

那时的他还在乡下读书，人们叫他小劳。每逢暑假，小劳几乎天天泡在河道水湾里摸鱼。摸鱼不同于捕鱼，捕鱼用网罩丝挂一类，摸鱼全凭手上的感觉、指头的力气。说实话，这两样本事他都不行，然而小劳自有妙招——寻一截水洼，找两个伙伴在水洼里往来蹿跳奔波，霎时，水浑了，鱼呛了，一条条翻着白眼浮在水皮上喘粗气。小劳将几截细铁丝做成环状，像戒指似的悄悄套在手指肚上，铁丝的接头处微露稍许，如鹰爪，似针芒，捉鱼入肉，甚是应手。小劳说这叫浑水摸鱼，乱中取胜。伙伴如要和他争抢抓捉，被他在水中照腿肚脚跟上暗暗一抓，立时大呼小叫逃上岸去，看着汩汩冒血的伤处小孔，惊恐地说是让王八咬了，再不敢下水，只能噘着小嘴立在水边上，眼睁睁看着小劳将鱼儿一条接一条地摸去。

以后参加了工作，由小劳到老劳到劳局长，浑水摸鱼的事一直没少干。只是身份变了，捉鱼的方式也变了，不再下水去"摸"，而是改用旋网去"撒"。

每到星期天，劳局长谢绝牌局，谢绝酒场，谢绝来自各处的诚心拜访，独自一人溜到城外，沿着一条千年古河逆水而上。清风徐徐，河水

68

哗哗，他哼着小曲，撒着渔网，一条接一条白生生的鲫鱼鲢鱼相继落进网兜，在享受收获的同时，也尽情享受着怡人心醉的自然风光。

收获归来，记不清已是第几个的"三夫人"小陶将鱼收拾干净，或炖或炸，盘菜碗汤，鲜鱼就着陈年香酒经口入腹，顺势将小陶丰腴酥软的身子揽入怀中，似醒犹酣，氤氲缱绻，个中美妙，俨然人间神仙。

这就是松弛，这就是愉悦，这就是流年水月中的自我调节。

劳局长的自我调节能力的确很强，月前，组织部长找他谈了话，说年底有些领导干部要退居二线，其中包括他。为了不致冷手难抓热馒头，提前给他透个话。组织部长和他是至交，他明白其中内涵，当时就连连点头，表示理解。

理解归理解，劳局长心中还是很沉，虽然精神依旧，心里却有种当年摸鱼时忽然失足跌进深水坑里的感觉。

于是，在这个星期的某一天，劳局长关上房门，沏上酽茶，备好香烟，床上躺一会儿，地上遛一阵儿，那专管思索的千百万脑细胞像计算机一样，飞速而有条不紊地工作起来。仅半天，他就理顺了头绪，平稳了心态——是啊，削减递补，自然法则，没有谁能够逃离这个法则。追忆往事，自己在位以来，人为的不少，孩子们安排得极好，钱财捞得满够，夫人也已换了几茬，是得知足常乐了。眼下，借着身体康健，零件无损，退居二线，轻轻松松地玩他二十年，岂非人生中一大快事耶！

劳局长是个办事有始终的人。刚当上局长那会儿，他先提拔了一批中层干部。那批干部出于对局长的尊敬和感激，很是送了些红的绿的，劳局长坦然不拒亦问心无愧——我向你们讨了吗？要了吗？是你们自愿送上来的。自古"官不打送礼的，狗不咬屙屎的"，把你拒之门外，岂非太无情义了？那以后，每提一批干部，劳局长就照葫芦画瓢来一次。现在要退居二线了，临走放个起身炮，还得赶紧提拔几个，当然……劳局长咂咂嘴唇，心底冒出一股美滋滋的甜意，就像昔日浑水摸鱼到了最

69

后，忽然发现身边还有好几条大个儿的冲自己翻眼睛。

提拔干部的消息不胫而走，在局机关里很快引发了小小的骚动。骚动是以极为隐秘的方式存在，恰如池塘里的鱼儿成群结队潜行于水下，表面上很难看得出涟漪和波影。骚动虽小，劳局长却能感觉得到，这又让他忆起了往昔撒网捕鱼的情景：将拌了香料的鱼饵撒在水里，少顷，从旁边看，水面上依旧平静如初，其实平静的水下此刻已聚集了各色鱼等，它们相互顶撞、抢食、搅闹、攒动，这时，你尽可以平心静气地拾好网，以舒缓优雅的姿势向水面上撒开去，随着坠脚触水时所发出的哗啷声，鱼群便被一股脑儿扣在了网中……

星期天的上午下了一场雨，雨挺大，这么大的雨在晚秋时节很少见，街上水泛成渠，几成沧海横流之势了。

所幸雨过天晴，没有打乱劳局长原定的捕鱼计划。下午三点，他一如既往地出城到了河边，将自行车存在桥头小铺里，只提着渔网鱼兜。这次他没有直奔上游，而是义无反顾顺流而下。上午因为突降大雨，急剧上涨的河水此时开始回落，"涨水王八落水鱼"嘛，这行家的窍门，劳局长自然晓得。

河水朝着东北方向流去，河槽渐深，水面渐窄，这是河水回落的征象。由于水势减小，性喜逆水上行的鱼儿也就更快更省劲地抢上来。并且是成群结队。

下游不远出现一道水脊，水脊两侧有雁翅一样的划痕分流而去。这是一条鱼，一条个头不小的浮鱼。浮鱼很机灵，听到动静便要极快地潜入水内。劳局长立即停在原地不动，他拾网在手，眼睛紧盯着那道水脊。水脊越来越近越来越大，看看就要接近撒网可及的距离了，劳局长正要挥臂甩网，水脊的前锋忽然变了方向，它原处一趔，箭一般射向河心，劳局长失望地吹了声口哨，眼光扫向下游。他知道，浮鱼们性喜竞游，一条在前，后边必有大小不等的同类紧随紧追，那情形很像人类赛

70

跑。劳局长耐心地等了一会儿，并没有出现如他想象的追随者，他摇摇头，提起网打算继续往前走。这刹那，离岸不远蓦地泛了个水花，"就是你吧!"网随话出，劳局长几乎是下意识地把网甩了出去，不偏不歪，却好将那水花满满地扣住。立时，眼前一条长约尺许的大白鲢冲水而起，朝着刚刚贴水的网苗子撞了一头便无声无息。劳局长乐了，他听一个老渔翁讲过，说浮鱼这家伙很像山地里的狍子，个性好奇又傻，它从一个地方遇险逃跑后，总要返回来弄清是什么东西惊扰了自己，如此看来，的确不假。瞧这鲢鱼的个头，无疑就是刚才冲起水脊逃往河心的家伙。

第一网就有收获，劳局长很兴奋。下行十几米，他又撒下一网，这一网捉住两条鲫鱼、一条黑鱼。鲫鱼性大，入网后立即上蹿，有的甚至径达网顶，裹在那里，上不能上，下不能下，像根粗粗的水萝卜。黑鱼莽撞顽劣，而且脾气不好，只要有网碰到它，立即一头撞上去，撞不破网苗，便恶狠狠一口咬住网线再不撒嘴。所以，劳局长今日捉住的这条黑鱼，竟是咬着网苗挂在网外，悠悠打打，像个啤酒瓶般吊着。劳局长很开心，指头敲着黑鱼头说：我请你了吗？我要你了吗？是你自愿送上门来的嘛! 劳局长说完就笑个不停，因为这话他和"三夫人"也经常说。

"鱼过千层网，网网逮大鱼。"劳局长撒着渔网，念着喜歌，往下游越走越远。随着网起网落，帆布袋里的鱼也就越来越多。

树影拉长，太阳西斜。西斜的阳光越过岸上的柳树间隙照在河面上，波光粼粼，珠玉闪烁。水势明显见小，鱼儿明显增多。乐此不疲的劳局长已经撒了多少网，自己也记不得了。他虽然有些累，但仍不想歇手，他经不住持续不断的巨大诱惑。可也是，有谁能拒绝收获过程中带来的能使人震颤的喜悦呢？

下游河道的水面很宽，劳局长的网有七八斤重，加之力气消耗，他已经甩不了很远，他只好在回流里打主意。前边河湾就有一条回流，劳局长看准流头的漩涡处，很轻松很潇洒地将网撒开去。坠脚拖着网苗，在回流中旋了几旋沉进水里，沉到河底，随着网缰传上来的阵阵颤动，劳局长确信又扣住了鱼，扣住了大鱼。

鱼儿们逆水而上，很累，很费力气。这回流就好比人间驿站，专供长途跋涉者歇脚休息。河水来到拐弯处，大部分仍是昂扬奔腾，小部分在河岸碰撞的反作用下，绕着河边慢慢朝回淌。水头带着水尾在这里往来巡回，形成一个水势较弱并且相对稳定的区域。这就是回流。逆水鱼来到此地，有的力疲难支，就情不自禁地游进回流里，小憩之后，再赴征途。有些专擅巧取豪夺的性情凶悍者，也借机游进回流里弱肉强食地吞吃小鱼。

劳局长手中的网缰由震颤转为抖动，一下，一下，渐渐出现一种妙不可言的节奏感。劳局长点一支香烟，美滋滋地吸上几口，就蹲在河边上等着，十分耐心地等着。他知道，至少有条二斤上下的鲤鱼钻进网兜里了。鲤鱼乖巧、精明，入网之初，先是绕着网苗子往来审游，发现破洞，立即拱出。当它看到无隙可乘时，旋即钻入网兜，驴拉磨似的转一遭又一遭，同时狠命地顶呀撞的，妄图从兜里突破。如此劳而无果之后，它会屏息静气地卧在网底，待捕鱼者收网时再瞅机会。新手捕鱼，总是性急心焦，觉出有鱼，立即收网，收网过快，网兜被水冲激泛起，也就在这刹那，鲤鱼便能抓住一闪而过的机遇，精灵般翻兜而遁。在它冲出网底达到水面时，一纵身子跃起多高，接着又叭地摔在水里。这叫"跌脊"，大约出自炫耀本领以示"其奈我何"的心理，可以羡死你，急死你，气死你。劳局长当然不会上当，只等到网里没了动静，这才将烟叼在嘴上，双手交替，一寸一寸地往上收缰。渐渐地露出了网顶，显出了网苗，看见了网兜——果然，一条红尾鲤鱼极不服气地拧动着身子给提上岸来，最终鼓着双腮拍着河岸又极不情愿地叹了口气。

鲤鱼是淡水鱼中的珍品，"宁丢新棉袄，不舍鲤鱼腰"，只要烹调得法，其鲜嫩香美可以是你想象的味道。如今时兴人工养殖，河中的鲤鱼越来越少，劳局长虽然捕鱼日久，也只能是偶尔碰上一条。人逢喜事精神爽，劳局长感到身上又增加了力气，在回流处连撒三网，岂料空空如也，蛤蟆也不曾有一个。他愣了愣，忽然省悟，鱼儿们受了惊吓，早已逃之夭夭，即便老实笨拙的鳖，也不会趴在原处等人去捉。一个大活人，愚了！

　　劳局长提起渔网朝下游走，在一个拐弯的回流中，他又扣住一条鲤鱼。"福不双降今日降"——书圣王羲之的这句话有道理。捕鱼的欲望随着收获的增加而愈发强烈，劳局长越走越远，找到一处回流撒一次网，他已闹不清到了几处拐弯，找到多少回流，只觉得盛鱼的帆布兜越来越沉了。

　　夕阳西坠，暮色四合，眼前的水流已明显缓慢，河面上呈现出一种让人压抑的铅灰色。劳局长环顾四周，心想应该回家了。就在举首之间，却看到了下游不远处的那座引水闸。引水闸前有个水坑，是堤外引水时安装轴立泵的，如今，轴立泵拆走，水坑依旧。平时那坑里就常有鱼，此刻落水，鱼儿肯定更多。劳局长心情振奋，提起渔网奔过去，有种即将发笔横财的感觉。

　　果如所料，水坑恰好处于回流之末，上游的河水来在这里，由急到缓趄一个圆弧，生出了许多大小不一的漩涡。漩涡相互搅弄翻折，在水坑中蹿上沏下，沉沉暮霭中，不时激起一阵阵细碎的水花。可以听到里边鱼群追逐的呷呷声，可以看到大鱼甩尾的虚影，所有的景况，较人的想象还要丰富。距离水坑尚远，劳局长便停步不前，他将帆布鱼兜放在河边，拾好网，分开把，凝神结思之后，这才高抬腿，慢伸脚，向着水坑迈开大丰收的步伐。

　　机灵的鱼儿不可惊动，要想捕住鱼，就必须有超出鱼儿的机敏和轻灵。收获前夕的向往常常绚彩夺目，心啊心，你稍息片刻，不要一下接一下地扑腾……临近水坑，劳局长哈下了腰，他踮着脚尖靠上去，靠到了坑边——几乎在直身扭腰的同时，手中的旋网哗啦啦地撒了出去，准确而圆满地罩拢住坑面。也就半分钟，坑里边一阵骚乱，像有成群的麻雀给装进了竹笼。牵着像通了电流一样抖动不止的网缰，劳局长深深地吸了口气又吐出来，仅凭感觉，他就能计算出此时有多少鱼被扣在了网中。

称心如意伴随着难以形容的喜悦，劳局长大功告成后慢慢在坑边蹲下。他缓缓地回收着网缰，每收一把，网中就传来剧烈的震颤，以致手臂都觉得麻酥酥的。他很清楚，这种震颤的程度标志着网内鱼儿的数量，他开始担心渔网的底兜会盛不下。他已明显感到了来自水下的沉重。网缰已经绷得很紧很紧了，劳局长越来越觉得手腕发坠，两条臂膀也渐渐产生了力不能胜的感觉。眼见着露出了网顶，瞧见了网苗，再搋几把就可——然而，网体忽然间变得死沉死沉，他完全搋不动，也不敢用力搋了。因为他已模糊意识到，网兜已在水底被什么重物刮住，刮得很结实，蛮力横搋，只会把整条网扯烂撕破。

劳局长终于松开了手，凭经验判断，网里有块大石头，很可能是垫水泵遗下的。当初在这里捕鱼，有水泵立在那里可示警惕，水泵移走石头不可能移走，这简单的道理，自己怎么就猪脑子不想，只顾"吃"呢？劳局长傻了几傻，便放开网缰绕向水坑的对侧。他想，石头的这边壁立千仞，另一边说不定就是横丘斜坡，只消顺着斜坡朝上搋，网是可以收出来的。岂料到了对侧后，搋了几次仍没收上来，两侧都给牢牢刮住，看来这石头四棱八角，要想收网，只能下水了。

天完全黑下来，顺河风溜溜地刮。晚秋时节的此刻，立在岸上都有些冷，水里呢？劳局长对着水坑行注目礼，一时拿不准下还是不下。这霎，一只野狗顺着河岸跑过来，它嗅到了鱼味，自然也发现了帆布兜。

因为是野狗，没教养，谈不到什么礼貌客气，径直地就朝帆布兜扑过去。劳局长发现时，已经晚了，鱼兜被狗扒倒，鱼儿撒了出来，正好撒在陡斜的河边，虽然已经苟延残喘，受求生欲望的驱使，仍旧亡命般乱蹦乱跳。跳进河里的，顺水扬长而去；技穷力竭的，就躺在水边上甩尾巴。劳局长急眼了，尖叫一声朝狗冲去，他忘了网缰拴在手腕上，用力过大，网底线给挣断，听到咪咪的响声，显然有一段坠脚在水里和网体分开了。人是有邪性的，糟糕的事情一旦开了头，接下来的行为就可能不管不顾。当劳局长意识到已有部分坠脚舍在了水里时，突然就发死力地将网缰拼命拽开去，拽开去，随着更响亮的咪咪声，一堆没了坠脚的网体很快就团在了劳局长的手里。渔网基本报废。

野狗逃遁，帆布兜里的鱼也已所剩无几。劳局长将那团没了坠脚的网体塞进兜内，一扬手搭在肩上，甩着疲惫的双腿原路返回。

劳局长回到家时，天已很晚，"三夫人"是把持家的好手，在他换衣洗脸期间，很麻利地备好了晚饭。晚饭后，劳局长照例要看一会儿《读者》，他一如往常，举止有度，心态平和，根本看不出有什么糟糕的事情发生过。"三夫人"早已见到一团乱麻似的渔网，明白丈夫今日出师不利，灵性所使，不问，更不说破。她几次凑上来，似乎要报告劳局长点儿什么，但看到对方神情专注的面容，欲言又罢。

客厅的坐地钟响了十一下，该睡觉了。劳局长洗完脚爬上床，灯光下拥被而坐。他合目假寐，微皱的眉梢不时地耸动一下，好像在思索盘算什么。"三夫人"心有灵犀一点通，知道有些话此时可以说了，她悄悄地靠过来，肘尖轻轻地捣他一下说：老劳，今晚你回家之前又有两拨儿来过了。

劳局长撩起眼皮问：谁？干什么的？

"三夫人"很觉意外地盯住他：咋，装什么糊涂呢！

劳局长坐直了身子：说清楚！

三夫人低声道：两个林，大林想副主任转个正，小林想从办公室换到人事科。他俩都是这个数……"三夫人"把手在劳局长眼前伸开，又猛地攥住。

劳局长一声冷笑。

还少吗？"三夫人"略显惊愕。

送回去！劳局长几乎是声色俱厉。

什么?!"三夫人"差点儿从床上弹起来。

送回去，妈妈的统统送回去!!劳局长拳头敲着床帮说。

"三夫人"大惑不解：为什么，啊？为什么哪……

刮住网怎么办？劳局长没头没脑地抛出这么一句，放翻身呼噜呼噜睡着了。

促 狭 儿

　　"促狭儿"从不崇拜娱乐明星，在他看来，影视明星或者歌星和炒菜的厨子并无多大差别，不过一个是做给人看，做给人听；一个人是做给人吃，做给人喝罢了。所以，当原在歌舞团工作的妻子演了半部电视剧就成了明星要和他离婚时，他丝毫没有感到遗憾或难过。只是抛下个六岁的儿子着实让他伤感了一阵，没办法，只好请父母给带着。

　　促狭儿是本地方言，带有调侃般的贬义，大体上是说这个人本质不坏，但做起事来让人感到别扭，有时于不知不觉间让人出点儿丑。庄冶文是名专家级的外科医生，不知怎的也落了个促狭儿。既然已经定性了，我们不妨就这么称呼他。

　　不崇拜娱乐明星不等于厌恶文娱，"促狭儿"除了钻研外科技术，业余时间他还是比较喜欢听歌，而且他的歌喉也不错。所以，但凡有明星大腕来走穴，花一百元二百元甚至几百元买票从不犹豫，他还动员同事们说："去吧去吧，去听吧，你到公园看看熊瞎子还得几十元门票，何况是去观赏一个水灵灵的大活人啊。人家在台上连蹦带唱，有时还装模作样下来跟你握握手呢。值得，值得！"

　　"促狭儿"那天下午看完市里请来的歌星演唱会回到医院，正好接上自己的小夜班。他看看表还有十几分钟的时间，就习惯性地到各处转。转到三楼性病门诊往里瞅了一眼，见李四秃子穿着白大褂儿在屋里正襟危坐，不由哧地一乐。四秃子近几年一直躲在医院旁边的小店里卖野药，上个月医院设了性病门诊，四秃子被胡院长聘进医院，堂而皇之成了性病专家。

"促狭儿"虽然烦恶江湖郎中当专家，却不反对设立性病门诊。有男有女就有性生活，有性生活就会有性病，这几乎是顺理成章的。有病快治，有钱早花，如今得性病的人越来越多，胡院长不设个性病门诊乘机捞一把，他这个一把手不是白当了？更何况，胡院长生性好色，人所共知，有这么个门诊在身边，比专门跑到外头治阳痿方便多了吧。好色不是大缺点，天下英雄爱美人，成语词典里不也说"秀色可餐"吗？说什么道德情操，"促狭儿"才不信呢，据他考证，古时候的柳下惠因为患了阳痿才"坐怀不乱"，他没有能力，想乱也乱不动。较之柳下惠，他弟弟柳下跖比较真实。诲淫诲盗？世上有几个是不爱财色的？

"促狭儿"离婚一年一直单身并且从未作奸犯科，很有些女医生小护士的追他找他，可他总是嘻嘻哈哈所答非所问，弄得这些女人云里雾里难辨真假。医院里有位"决心一生珍藏几个优秀男人"的另类女孩盯上了他，几番公开的感情轰炸之后看看无效，想了个钓鱼上钩的办法——她瞅准"促狭儿"上夜班时溜进病房主治医师休息室里躺在床上等，还真让她等到了。夜深人静，困乏已极的"促狭儿"打着哈欠走进了休息室，走到了她身边并且关了灯。就在女孩做了个深呼吸张开双臂准备迎接无边幸福时，忽然感到左脸颊上湿乎乎的，伸手一摸一嗅，天！"促狭儿"将外科用来治痔疮的药膏给自己抹上了。女孩另类但有洁癖，她知道"促狭儿"喜欢恶作剧，一连呸呸几声跳下床，疯跑到值班室里去洗脸。待女孩将脸洗了几遍又涂上护肤霜返回来时，休息室的门已经关紧并且上了闩。女孩彻底绝望了，对自己的姐妹们说："就是杨贵妃也甭想打这小子的主意！"医院上下纳闷了，这个二茬棍子是怎么熬过来的？

"促狭儿"在三楼转了一圈返回外科门诊时,住院部副主任郎婷婷正等他。郎婷婷带了个熟人来看病,这熟人是他哥哥郎经理的司机,矬胖嫩白,挺着肚子像个企鹅。"促狭儿"问他哪里不好,司机指指裤裆瞧瞧郎主任又看看他,不说。"促狭儿"一笑,拿张报纸卷个直筒又从抽屉里取出一把手电说:"跟我来。"司机吃力地站起身,撇着腿跟他进了套间。不大会儿,两人一前一后返回来,"促狭儿"指头磕着桌面说:"太大了,切了吧。"司机一怔:"不是说能穿刺吗?""促狭儿"说:"穿刺也行,可容易带进细菌去,要是感染了,肿得更大。"司机脸上漾起恐惧:"这,这……"

　　一旁郎婷婷插话道:"别这呀那的了,明天来办个住院手续,让小庄给你主刀。"

　　司机顺从地答应着,站起身撇着腿走了。

　　"什么病?"郎婷婷不走,她是以送病人为借口来找"促狭儿"的。

　　"促狭儿"在墙角水池洗着手说:"睾丸鞘膜水囊肿,鼓起来了。"

　　郎婷婷虽然是住院部副主任,却不懂医学,听"促狭儿"一说立即大惊失色:"哎哟,也得性病了呀!早知是这病,该带他找四秃子去。"

　　"促狭儿"咧着嘴巴踱过来:"嗯,也是,一个秃头,一个秃蛋,豆青狗撵兔子,对上毛片了。不过我敢保证,四秃子一插手,病人那儿很快就会肿得赶上他的脑袋大。"

　　"真是个促狭儿!"郎婷婷笑得直哆嗦,"那就依靠你吧。"

　　郎婷婷三十来岁,长得很"水",全身上下该鼓的鼓,该收的收,皮肤白嫩,腰臀丰满,除了一笑两只眼睛瘪成肉缝儿外,作为女人来讲几乎找不出生理缺陷。婷婷原在一家企业当主管,企业效益不好,哥哥郎经理找到同学胡院长,胡院长就把婷婷调进了医院。现在社会很开放,医院开放得更早,郎婷婷调进医院不久便有了绯闻,人们风传她和胡院长有一腿。郎婷婷的老公本是"风流老醋"，自己半身不遂还非要给老婆治风瘫，我揭你，你揭我，三天两头打成一锅粥。她老公明白自己管不住，终于做了回男子汉大丈夫，说两条腿的蛤蟆没处找，两条腿的女人到处有。于是，半年前两人签了协议，进了派出所，几分钟的工夫就把离婚证办了。

郎婷婷离婚后就认准了"促狭儿"，"促狭儿"技术好，人潇洒，又和她年龄相当，如果和他凑成对儿，真是天作之合。郎婷婷把自己的意愿和胡院长说了，胡院长虽然不想肥水流到外人田，但身为婷婷他哥的同学，至少得装装样子吧，于是一口应承并亲自作伐。他想，一个院长给一个医生当媒人，这不是手到擒来小菜一碟吗？胡院长找到"促狭儿"，把婷婷的意思换成是自己的主意，说这个月老他是当定了。岂料"促狭儿"听他说完，抻了抻眨巴着双眼皮说："我有个建议。"胡院长说："你讲。""促狭儿"的脑袋一侧一侧地说："干脆，你包她作二奶吧。"胡院长的脸皮紧了紧，终于还是笑了，他口气认真地说："别胡扯，身为院长兼大哥，我和你说正事呢。"他怕"促狭儿"说出更有分量的，慌忙借坡下驴："小庄你认真想想，认真想想，我等你的回话。啊？"

胡院长并没把"促狭儿"的婉辞如实告诉郎婷婷，只说这小子很油，让郎婷婷主动和"促狭儿"好好处，处到一定火候他再出马。郎婷婷只解风情不解深意，自此便时时找"促狭儿"处。"促狭儿"本性难改，照旧云山雾罩嬉笑谑骂不说正话，郎婷婷将情况告诉胡院长，胡院长老脸皮厚，半认真半调侃地嘻嘻笑着说："你就不会和他来真的？"婷婷打他一巴掌："你寻思都像你呀，馋狗不离肉桌子。"

话虽这么说，但胡院长的玩笑却让婷婷开了窍，她暗下决心，一定要瞅准机会和"促狭儿"好事成真。每逢"促狭儿"上夜班，她总来陪他，夜间的加餐也是她来张罗。"促狭儿"虽然一如既往地玩世不恭，但明显对她近乎了。那次趁着身边没人，"促狭儿"还扳住她的白脸使劲亲了几下。这让郎婷婷春心荡漾，并在那天晚上钻进"促狭儿"的夜班休息室，躺在床上等他。可是，眼睁睁看着"促狭儿"出来进去好几趟，就是不沾这张床。郎婷婷真有定力，不动也不说话，仰着身子眯着眼，灯光下绽放着俊俏面容雪白酥胸，咬定青山不放松地等着。也不知等了多久，反正病房走廊里已无动静，除主班护士外，其他人都到各自的休息室里去了。郎婷婷就有点儿急，但急也不动，你"促狭儿"精力再充沛，闲下来时还能整夜不合眼吗？闲饥难忍，闲困难熬，咱们就耗着吧。果然，"促狭儿"没能耗过她，终于走进了休息室，终于走到了床边，对灯光下这个令人心荡神移的女人认真欣赏了一会儿把灯关了……

郎婷婷大获全胜，她俘虏了"促狭儿"。

然而，"促狭儿"并不答应和郎婷婷结婚，只说就这么"处"着。郎婷婷很担心，担心"促狭儿"花心大萝卜，说不定哪天就把自己蹬了。她软磨硬泡，非逼着"促狭儿"去领结婚证不可。"促狭儿"绷起嘴唇说："咦咦咦，成双成对倒行，我可没说过要结婚呀！"郎婷婷有些怒，说："你我都那个那个多少回了，还不应该结婚吗？""促狭儿"忽闪着眼皮回道："要是那个那个了就结婚，这世间还不知有多少人要犯重婚罪呢！"郎婷婷的口气软下来："小庄啊，我对你可是认真的，你不能辜负我呀！""是吗？"每次说到这种节骨眼上，"促狭儿"总是顽皮地看她几眼，嘴角上漾起一丝不怀好意的笑。

胡院长终于出马，他把"促狭儿"叫到办公室里说了番语重心长的话。这番谈话好像起了作用，因为"促狭儿"和他交了底，说自己不想再闹一次离婚了。言外之意很明白，他要对自己的第二任夫人进行认真而长时间的考察。胡院长感觉已经到了火候，就和同学郎经理通了电话，让郎经理百忙中抽出时间和"促狭儿"聚一下，一是强化感情，二是作为兄长也对未来的妹夫实地考察或了解。郎经理爽快答应，时间就定在一个"促狭儿"没有夜班的晚上了。

晚宴的地点设在本市最有名的茉莉花大酒店玫瑰园厅，胡院长、郎经理夫妇加上"促狭儿"、婷婷六个人，边吃喝边说笑，气氛热烈而融洽。别看"促狭儿"平日里没正经，到公众场合言谈举止却很文雅，小伙子又长得帅，郎经理夫妇十分满意，喜笑颜开，敬酒夹菜，着实把"促狭儿"抚慰了一番。只顾讨好未来的妹夫，倒把胡院长这个红娘晾在一边了。胡院长有些尴尬，没话找话："老同学，你的企业兴隆，挣大钱了吧?"

郎经理好像睡梦乍醒，对胡院长的话琢磨半天才解开："哦，挣钱，挣钱……"忽然话头一转，"挣他娘的鬼钱啊，弄不破产就烧高香了!"说罢哈哈大笑。把个胡院长笑得摸不着头脑，一时再想不起说什么。"促狭儿"看出郎经理在有意冷落胡院长，有点儿纳闷，为了给院长挽回点儿面子，也为了止住郎经理的狂笑，他很认真地问："真的赚不到钱?"

"促狭儿"一语既出，郎经理果然止住了笑声，他摇摇头说："一个厂子养着数千人，闹个年吃年喝吧，想挣大钱，有门吗?"

"哦?""促狭儿"翻着眼睛做沉思状，"我倒有个办法。"

不料郎经理认起真来，探身问道："好兄弟，什么办法，快说!"

"促狭儿"把只酒杯在桌面上旋了个转儿，口气很轻地说："厂子解散呗!"

郎经理的脸阴了阴重又转晴，胡院长和妹妹都曾告诉过他，这个庄大夫善调侃，刚才见"促狭儿"一本正经的，他还挺纳闷呢。这不，三杯酒下肚，果然原形毕露了。"人不知而不愠"，郎经理念过孔子的《论语》，指着"促狭儿"哈哈哈放声大笑，"你呀，可是……"

郎婷婷唯恐坏了气氛，提议唱歌，胡院长首先起身攥住麦克风说：

"唱，唱唱，我先来一首'走啊走啊走啊走……'"

"走啊走啊走啊走，走到九月九，他乡没有烈酒，没有问候……"

一首不会唱歌的人也能唱好的通俗歌曲，硬是让胡院长唱得像狗转结，由于唱腔过于高低分明，听起来好像连声带也撕裂了。另五位笑得喘不上气来，郎夫人刚刚叉进嘴里的一根鸡腿如同导弹一样喷射而出，弄了郎婷婷一身鸡油。"促狭儿"忍不住跳上去夺下麦克风说："打住吧，再唱就招了狼来了！"

宴会在轻松愉悦的气氛里结束，朗经理十分满意，他和夫人一致认为，妹妹改嫁给这样一位医生真是福气。他们曾听到过有关妹妹和胡院长的传言，巴不得婷婷的航船尽快靠岸，所以这次相聚后，朗经理就催促胡院长和妹妹要加快步伐，千万不要让煮熟的兔子跑了。

然而，不管胡院长和郎婷婷如何施压加码，"促狭儿"似乎始终没有"水中鸳鸯成双对"的想法。又是两个多月过去，胡院长和郎婷婷简直有些沉不住气了。

"促狭儿"的小夜班值到十二点才能下，郎婷婷就一直陪他坐着。晚上十点后，除了急诊室里不时响起病人的呻吟声和医生的吼叫声外，各科门诊大都清闲下来。郎婷婷给"促狭儿"倒了杯开水放到桌上，情深意长地说："累了吧，快歇歇。"然后凑到跟前，似乎有话要说。

"促狭儿"有些感激，学着演员范伟的口气："谢谢啊。"

郎婷婷蛾眉轻蹙："谁和谁呀，和我也说这个？"她又往前凑了凑，一脸幸福和神秘，"小庄，告诉你个好消息，我有了。"说着指指自己的肚子。

"有了?!""促狭儿"端起杯来呷了口开水，笑眯眯地冲着婷婷问，"谁的?"

"什么?"郎婷婷有点儿大惊失色，"你傻啊，还能是谁的，你的呗。"

"哦?""促狭儿"依然嘻嘻地乐,"做了吧!"

郎婷婷脸色由晴变阴:"说得轻巧,你舍得我还舍不得呢。"

"劝你还是做了。""促狭儿"的口气好像有点儿认真。

婷婷板起脸:"说这话?没门!快办结婚证吧,晚了,人家会说这孩子没爹。"

"有爹没爹都是人,怕什么?"

灯光下,郎婷婷的脸变得更白,白得近似"促狭儿"身上隔离服的颜色。她的小眼睛一会儿睁开一会儿闭上,好像在竭力忍受极大痛苦似的。她望着"促狭儿"那副总是漫不经心的神态,嘴唇似颤又抖,抖了足有五分钟,终于紧紧咬住又蓦地张开:"我说小庄,你可不能占了我便宜不认账,我可是有身份也有资本的人,否则……"

"明白,明白,认账,认账。""促狭儿"很负责任地做出承诺。

郎婷婷终于松了口气:"那,你说个时间,咱们去把结婚证办了。"

"促狭儿"淡淡一笑:"不忙,不忙。你要是不放心,还是赶紧把孩子做了。"

郎婷婷开始变貌失色,白脸变得几乎是惨白了,她不像是说话,倒像是咆哮:"姓庄的,你要再说半个不字,让你吃不了兜着走!"

"促狭儿"仍是一脸坏笑地咬着嘴唇,做了个无可奈何的手势。这一霎,那个不曾遂愿的另类女孩踏着舞步走进诊室,字正腔圆地念叨:"要光明正大,不要搞阴谋诡计……"郎婷婷像突然遭受了沉重打击一样冲她呸了一口,转身趄出门去,愤愤地迈着轻盈高傲的脚步飘走了。

接连几天,医院门诊和病房区里时时听到郎婷婷的咆哮,有时还夹杂了胡院长那义愤填膺的斥责。但"促狭儿"仍是一副玩世不恭的嬉笑模样,好像郎婷婷的愤怒和院长的威胁口气都与他无关。有人开始替他担忧,说"促狭儿"恐怕要倒霉了。

那天早晨，"促狭儿"将几双尚未洗涮的袜子撒上香水晾在衣架上，不大会儿，屋里就充满了咸鸭蛋的怪香。小狗贝贝从它的窝里跑过来，跳着高儿地往衣架上蹦。贝贝喜欢嗅闻这怪香，就像"促狭儿"喜欢吃咸鸭蛋一样。

贝贝跳了一阵够不着，扫兴而归，它回到窝边侧放下身子，就很认真很专注地舔自己裆里的家伙儿。突然，贝贝停止动作朝门口凝望着，发出呜呜的恐吓。"促狭儿"听到贝贝的叫声就从卧室里走出来，明白这是有人造访了。果然，防盗门的铁皮被人擂得砰砰响，"促狭儿"从猫眼里望出去，只见那位另类女孩儿立在门外，正左一下右一下地捋着头发。"促狭儿"打开铁门让她进来，女孩儿朝屋内迈了一步又停下，倚住门框连连嗅着鼻子说："又是那味，怪怪的。"女孩儿仍旧习惯性地捋着头发说，"报告好消息，你给人告上法庭了。"

"你是怎么知道的?"

"我叔就在法院旁边的长河律师事务所。"

"理由呢?"

"以婚娶为诱饵，多次对她进行骗奸，致使怀孕……"

"还有吗?"

"一条就够你受了!"女孩儿转身出门扬长而去，"促狭儿"侧了侧头，一乐。

五天头上，"促狭儿"收到了法院的诉讼副本，又过了两天，就接到了开庭通知。"促狭儿"嘟囔说"还挺麻利呢"，开庭那天找到科主任调了一下值班时间，就提着个小包去受审了。

因为是民事诉讼，法庭的气氛并不太庄重严肃。郎婷婷请了诉讼代理人和律师，她和胡院长夫妇、郎经理夫妇都是换了新装坐在旁听席上。"促狭儿"一人做事一人当，不请诉讼代理也不请律师，提着小包

85

很随便地坐到被告席上。法官给他指定了律师，这位律师刚要入座，"促狭儿"起身很礼貌地朝旁边伸出手："先生，您到旁听席上坐吧。"

法官宣布开庭后，郎婷婷的诉讼代理人首先宣读了郎婷婷的诉状，诉状的内容措辞并不狠毒，所提条件也不苛刻，只将她和"促狭儿"的通奸过程大体说了一遍，同时提出要求，让"促狭儿"必须接受这一既成事实。否则，就要赔偿精神损失费二十万元并承担孩子出生后的抚养费用，等等。民事诉讼首先是调解，法官就问"促狭儿"是否愿意接受调解答应郎婷婷的第一项要求，"促狭儿"十分肯定地摇摇头说："不！"

法官的脸和声音都没有情绪地问："这么说，你准备接受原告的第二项要求了？"

"促狭儿"又是十分肯定地摇摇头："不！"

法官好像怔了怔，问："那你为何要勾搭被告？"

"促狭儿"所答非所问："法官大人，你说，寡妇看到男人手中的黄瓜会是什么感觉？"

法官也是个寡妇，听到这话声音有点儿变调了："这个问题与本案无关，我不予回答。请问，原告腹内的胎儿是不是你的？"

"促狭儿"还是十分肯定地摇摇头："不！"

"啊？！"原告席和旁听席上不约而同地发出惊呼，连一向沉稳的法官们也在座位上接连晃了几下屁股。法官敲了敲桌面让大伙安静，随之口气变得有些严厉："请问被告，你和原告发生性关系是否属实？"

"促狭儿"表情依旧，点点头说："属实。"

"你知不知道发生这种关系会造成女方怀孕？"

"促狭儿"忽然笑了："别说我是医生，就是蛤蟆兔子也会明白这个道理。"

"那你为何拒绝承认？"

"因为原告不是因我而怀孕。"

"你胡说！"旁听席上的郎婷婷声嘶力竭了。

"请问原告，你们之间共发生了多少次性关系？"

法官将目光投向原告的诉讼代理人，代理人起身向法官等人致敬，然后从公文包里取出一张表，他按表照念，时间地点一字不差。代理人念完那张表转向法官并递上证据。

法官又将目光转向"促狭儿"："被告请回答，原告所提证据你有何异议？"

"促狭儿"说："没有异议，一切都是千真万确。"法官的脸上漾起欣慰之色："这样说来，你是承认自己的所作所为并准备履行原告所提的某项要求了？"

"促狭儿"摇摇头说："原告的怀孕与本人无关。"

法官轻蔑地一笑："谁举证谁负责，拿出证据来！"

"因为每次我都用避孕套。"

"如果避孕套因质量问题有破洞呢？"

"促狭儿"深深地叹口气，似乎有点儿绝望。他看了看正严厉注视着自己的法官，忽然抿着嘴唇拉开带来的小提包，从里边取出一份盖着公章和私章的文件向大伙显示了一下。法庭工作人员将这份文件送到法官手里，法官看了一会儿又递给陪审团的人员看。随之，他们低声交换了一下意见，法官宣布休庭合议，二十分钟后重新开庭。

法官和陪审团的人退到后边合议，仍在法庭上的人便议论纷纷，有的嬉笑，有的叹气，有的迷惘不解，有的满脑子疑虑。

似乎不到二十分钟，法官和陪审团的人员便相继回到法庭内。众人坐定，只见主审法官起身宣布："鉴于被告所提供的已于四年前做了输精管结扎手术并一直享受独生子女待遇的证明文件属实，法庭判定原告怀孕与被告无关……"

判决书尚未念完，法庭内便出现了少有的混乱。混乱中，先是郎经理夫妇悄悄走人，随之郎婷婷也提起自己的小包跑了出去，闹哄哄的场面急坏了法警，只有胡院长夫妇还端坐原处呆若木鸡。法官见场面糟得不能再糟，急中生智地摸起槌头砸在桌上："退庭！"

　　"促狭儿"走出法庭时，看到那个企鹅一样的胖司机正给郎经理夫妇打开车门，郎婷婷身着淡蓝风衣立在车旁和哥哥嫂嫂说着什么。恰在此时，胡院长和他的夫人陈醋也相跟着步出法庭。陈醋对丈夫和郎婷婷的暧昧关系素来耿耿于怀，刚才郎婷婷当众出丑让她十分爽快。走到"促狭儿"身边时她情不自禁地竖起了大拇指，不料"促狭儿"忽然吃惊地说道："哎，大嫂好福气呀，上个月院长刚在百货大楼给你买了身淡蓝风衣，现在又增加了一身绿的！"

　　陈醋下意识地朝着那边看了看郎婷婷，脸色唰地变了，一转身薅住胡院长的衣领破口大骂："你个没人肺的花心大萝卜，给别人买衣服一身接一身，给我买就舍不得……"正准备开车门的司机赶忙跑上来劝架，胡院长脖子上的纽扣已经给扯掉了两颗。恍然大悟并气急败坏的胡院长要找"促狭儿"对证，抬眼间只见"促狭儿"骑着自行车早已走远了。

　　郎婷婷终于做了流产并迅速调走，听说郎经理也和老同学反目为仇。"促狭儿"在随后的主任医师晋级中被刷了下来，之后不久又莫名其妙出了一次技术事故。对此，"促狭儿"并不懊悔，也不歉疚，仍旧一如往常我行我素。

　　星期天晚饭前，胡院长到楼下储藏室里取一瓶冬虫夏草酒，看准了锁眼却怎么也插不进钥匙。他有点儿奇怪，歪着脑袋细细瞅，果然瞅出了毛病，锁眼给一段半截铁丝堵住，还灌了近似"502"那样的黏合剂，莫说钥匙，就是金刚钻也难打进去。这楼道里有几家的孩子缺教养，经常搞些恶作剧，院长骂骂咧咧地回到楼上取来锤子，要把铁锁砸脱换一把新的。嘭嘭啪啪的敲打声传出很远，内中夹杂着院长愤怒无奈的气喘。都说好锁经不住三鞋底，可是胡院长这把锁却像铜浇铁铸，砸了几十下纹丝不动。这似乎勾起了院长的邪脾气，他又回到楼上取来一根钢錾，插进门环里要撬下门鼻。一边挠一边骂："姥姥的，不信治不了你！"

就在胡院长发奋图强撬门鼻的当儿，门外传来刺耳的警笛声，眨眼间一辆110警车停在楼门外，三个巡警跳下车来蹿进楼道，饿虎捕食般将正在撬门的胡院长擒住。胡院长以为碰上了化装绑票的，又惊又怕，拼命挣扎但不知该说什么。一个娃娃脸的巡警不由大怒："妈的，还治不了你个蟊贼！"手上用力将胡院长的胳膊扭过去，只听到叭儿的一声响，胡院长号叫着瘫倒在地。胳膊无力地耷拉着，很明显肩关节脱环了。剧痛激活了胡院长的神经，对眼前发生的情况他忽然想明白了，一边号着一边解释说："民警同志，我是这医院的院长，你们弄错了！"一位正要给他戴手铐的大个子停下手来问道："院长，院长还撬人家的门？"胡院长忍着剧疼喘口气说："这储藏室……是我家的！"

听到下边的骚乱声，院长夫人及各家住户纷纷跑下楼。证明了确是一场误会后，大个子将手铐掖进腰里打了个敬礼说："对不起院长，我们是接到报警电话赶来的，处置不当，请您原谅！"胡院长头上冒着虚汗，早已顾不了许多，一边朝巡警们挥挥手，一边摁住老婆陈醋的肩膀说："快，扶着我，正骨科！"

胡院长的肩伤养了半个月才恢复，他越想这事越蹊跷，封住锁眼是孩子们搞的恶作剧，可这打报警电话的又是谁呢？半个月中他想了不下三十遍，最后终于锁定了一个人——"促狭儿"。这小子别看表面上大大喇喇的，其实工于心计。楼门早已损坏，他完全可以瞅机会溜进来使坏；他住邻楼四层，完全可以听到这边的细微动静，料到自己打不开锁一定要砸锁，听到敲打声马上打电话报警，110 最多十分钟就能赶到……一切是那么顺理成章天衣无缝。胡院长不由得心里打了个寒战，这小子太让人恐惧了，他涮了你害了你还让你无话可说。想想吧，即使弄清是他你又怎么办？巴不准他还说自己是见义勇为要求奖励呢。没办法，哑巴让狗日了，说不出就忍着吧。他和我已经结了"梁子"，得小心他报复，今后必须防着他，时时防着他。胡院长是双重思维的人，这边思考防备，那边思考进攻；这一面忧心忡忡，那一方面却恨得咬牙。

人的习惯很难改变，"促狭儿"上班前一刻钟必得到各处转转。这天他又转到了三楼性病门诊，此君虽然有点儿玩世不恭，好奇心却大。他想，胡院长敢于把四秃子弄到医院当专家，说不定这四秃子治性病真有些绝法，倒不如和他拉拉，说不定还能在外科上有所获取有所借鉴呢。脑子里思谋着就往诊室里闯，却刚好撞到一个人的身上。被他撞了的人接连后跌好几步，一下子抢在了旁边的检查床上。"促狭儿"慌忙跑上去扶起那人，天！竟然是胡院长。

新仇旧恨涌上心头，胡院长终于"宰相肚里不撑船"了，他整整衣冠拢拢头发，左手攥着两盒"华纳帅克"，右手戟指"促狭儿"："你这个败类、流氓，想谋杀我？"

"促狭儿"好像没有思想准备，躲开鼻尖前的手指说道："我不是有意的。"

"你就是有意的！"胡院长声色俱厉，"你这个搞阴谋要手段满脑子馊主意满肚子坏水的人间败类，别以为我这个院长是好欺负的！"

"促狭儿"嘿嘿直笑，稍沉正色道："院长你说得真对，我就是个满脑子馊主意满肚子坏水的人间败类，把郎婷婷肚子搞大了还嫁祸于人，是吧？"说完装作害怕的样子退到门外走廊上，胡院长随后追出来，两人相对而视，战端重开。

楼上楼下各科室的人听到吵嚷声，摘下听诊器拔掉体温表抛下呼天抢地的病人纷纷朝这里跑。看打架听趣闻是人的天性，更何况对垒双方一个是医生，一个是领导，走廊上不一会儿就人聚如蚁人声如潮。有劝，有问，有答，也有人站出来维护院长形象，也有人公开替"促狭儿"说话。更有的抱着"看出丧唯恐丧局小"的目的，左一句右一声竭力要把纠纷闹大。院长揭了"促狭儿"的短处，"促狭儿"揭了院长的疮疤，一方是气急败坏唾沫横飞，一方是轻歌曼舞嘻嘻哈哈。胡院长眼见着自己在下属面前颜面丢尽威信全失，怒不可遏中，口鼻眼睛同时张到了空前的宽度和强度，几根细长的胡须抖动着，哆嗦着，一连串恶毒透顶肮脏不堪的脏话从嘴里喷薄而出。只骂得两三句，人群中就发出一连串的惊叫，几个在此见习的卫校女生捂着耳朵仓皇逃进屋里并迅速闩上门。惊魂稍定，其中一个女孩大约记起了曾经看过的一篇外国小说，便用小说中一位主人公的话愣怔怔地问大伙："哎，姐妹儿们，你们说，听到院长骂的这话，我还能算处女吗？"

院长终于骂累了，挥舞着两盒刚从四秃子那里取来的"华纳帅克"，嘶哑着嗓子对大伙更像对赶来助阵的四秃子说："医院里有如此恶人，我是待不下去了，待不下去了！"

"离开医院你更难找到遮羞的地方，""促狭儿"看了看四秃子锃明瓦亮的脑袋，眨巴着眼对胡院长说，"你这样的人，干脆找个牛蛋碰死算了。"

"促狭儿"的话引来满庭大笑，有一个笑声爽朗得有些刺耳，"促狭儿"回头看时，那个另类女孩儿将两条衣袖扎在腰里，像个牛仔一样笑得前仰后合。"促狭儿"揽住女孩的肩膀挤出人群走下楼去，如同成仙得道的人，再不计较身后发生了什么……

小时候的月亮

说实话，小时候看到的月亮比现在亮，也干净，给人的感觉是崭新的。所以每当月上中天，我总是站在门前久久地凝望着它，像银盘，像明镜，像个大白瓷盆盛满了水似的。有时发起痴来，横竖要搬条梯子爬上去。

那年那月的一天晚上，我照例站在门前望着月亮想入非非，这时，从村边打谷场上传来熟悉的箫声。箫声很美，很动听，我听了不知道有多少回，不过，每次听着听着，我心里就开始难过。长大后学音乐，才知那曲子叫《苏武牧羊》。

这是从城里念书的义哥回来了，村里只有义哥会吹箫，他一回来，就用箫声招呼我。我和义哥差着十几岁，可是自打我能够记事起，就和义哥是好朋友了。长大后才明白，这叫"忘年交"。

义哥坐在打谷场边的石碾上吹箫，很专注，我到了他身旁他也没停下，只是稍稍一侧头，示意我坐下。我看到义哥仰着脸，眯起眼睛瞅着月亮，轻轻地晃着身子，几个指头灵巧地忽上忽下，那美妙动听的曲子就从指头缝里淌了出来。

义哥吹得醉了，我听得傻了。我望着天上的月儿，几乎不敢喘气，那霎我甚至有点儿害怕，唯恐再有一个另外的声音掺进来，把眼前的什么给弄乱了。是什么，当然说不清。所幸，当时的天地之间，就只有我和义哥。

义哥一曲吹罢，我仍旧望着月儿发愣。义哥甩了甩手，从兜里掏出手绢擦拭着箫管说："三儿，哥毕业了。"那时我已明白"毕业"二字的含义，心中顿时感到说不出的悲哀，因为这意味着义哥要进省城念书，我以后就很少有机会能够和他在一起了。十五的月光，亮如白昼，义哥肯定看清了我失望至极而变形变色的脸孔，他把我揽在怀里，用指头刮着我的鼻子告诉我，他不再继续念书，他要回到村里来，他要用自己学到的文化支援刚刚兴起的农业合作化。

我想我当时肯定是大喜过望了，紧紧搂住义哥的脖子拼命地亲吻，义哥嘻嘻地笑着，露出两排好看的白牙。义哥把我抱起放到他的腿上，从兜里摸出两块橘瓣糖，一块放进我的嘴里，一块他自己含了，我俩边吃边唱："薄荷糖，薄荷糖，小孩吃了不想娘，大孩吃了甜丝丝儿，躺在炕上想媳妇儿……"

我闹不清义哥的父母去了哪里，只知道他跟着姑母过日子。他姑母是个自从年轻起就守寡的老太太，待义哥就像亲娘。义哥下学后，担任了合作社的会计，还担任了村里的扫盲教员。每天晚上，没有上过学的青年男女在社委会里让记工员菊姐写上工分，就去义哥家里跟他学习认字。我因为恋着义哥，每晚总去掺和，时间一长，竟也认得"锄头、小麦、棉花"之类的常用字了。义哥夸我聪明，每晚学习结束，便领我走出去，有时在场里，有时在他的家门口，吹一首好听的曲子奖励我。

那时，我还没有上学，有的是闲空儿，除了吃饭睡觉，每天就是缠着义哥。现在想起来，义哥真是少有的好脾性，他在家哄着我，下地领着我，给我刮木猴儿，做玩具，讲笑话，拉玄呱。二十几年后，我之所以能够诌出几篇云山雾罩的文章来，很大程度上得益于那时义哥给我拉的玄呱。

那是一个中午，义哥用红秫秸篾子编了个八角形的蝈蝈笼子，领着我到野外豆子地里捉蝈蝈。蝈蝈样子长得笨，但是精怪得很，人一靠近，它马上停止嘶叫，屏息静气地躲起来。绿色的身体隐在绿色的豆叶间，人的眼睛很难发现。义哥将双手捧到嘴前，口唇逗动，指缝里就发出噗噗噗的响声。之后，他蹲下身，静静地观察着周围的豆棵。义哥轻声告诉我，这噗噗噗的响声是母蝈蝈的声音，公蝈蝈听到，会跳出来跟着嘶叫。果然，不一会儿，豆棵尖上便出现了几位"好汉"，蝈蝈蝈的叫声在周围响成一片。义哥眼尖手快，麻利地将它们一一抓获，装进笼子里养着。我看得眼热，也想捉一只，义哥说："家伙们咬人，你可得把手心虚空着。"我"嗯嗯"地答应，悄悄朝附近豆棵上的一只伸过手去。蝈蝈是抓到了，手掌里一阵剧痛，又赶忙松开，伸手一看，顺着指缝往外冒血。我吓坏了，甩掉蝈蝈，跳着脚哭。义哥不停地安慰我，把我抱到地头路边上，掐一棵青青菜捻烂给我敷了伤口。血是止住了，疼痛没有减轻，义哥用手指在地上画出三道竖杠，边画边念："一道两道，两道三道，当中好药。"念罢，从中间那道竖杠上捏起一撮土，均匀地撒在我的伤口处。千真万确，伤口立时不痛了。我惊奇地问义哥怎会这么灵，义哥笑笑说他会念咒。我深信不疑，在我的心目中，义哥无所不能。

后来长大了看了点儿药书，才知道青青菜就是中药里的小蓟，能止血。至于那中间一道竖杠上的土何以能够止痛，却仍是百思不解。

棒子甩槌的时节，邻村供销合作社里出了大案，人们纷纷跑去看热闹，我和义哥也去了。供销社仓库的后墙根被人挖了洞，有人贼胆包天钻进去，盗走了十丈白布。县里区里的公安员都来了，查看了现场，然后聚集在供销社门口的大榆树下商量侦破办法。整整十丈白布呀，了得吗！公安员们把挎着的盒子枪甩到腚后，脑袋凑成一堆，分析案情，寻找线索。周围人们的脸上，凝聚着如临大敌的神色。案子后来是否破了，我已经记不得，但公安员挎在腚后的盒子枪，却让我心里足足嘀咕了半个月。我喜欢枪，喜欢听到那发出的砰的一响。小时候，为了看打枪，为了听那砰的一响，我常常不辞劳苦地跟在猎兔人的后边，一跟就是十几里。我长大后之所以拼命拱着当民兵，与这几乎是先天固有的嗜好很有关系。

义哥看到我阵阵发呆，问我是不是想媳妇了。我说不想媳妇，想枪，想公安员腚后里挎着的盒子枪。义哥当时肯定吓了一跳，一个尿腚孩子，竟会想枪？他像审视给我做的那只木猴子玩具一样，对着我的小脸研究了半天，拍拍我的头顶说："行，我给你做一把。"

盒子枪做出来了，是木头的。我有点儿失望，但有枪总比没枪好，我睡觉都揽着它。每天早起，抡了盒子枪跟在义哥身后，甩一下，嘴里叭地一响。那天迎头撞见二爷爷，不假思索，照例冲他叭地一甩。二爷爷吓得一侧歪，随即大怒，吼声连天地抢了拐杖追我。我撒腿便逃，围着宅子转了两遭方才摆脱。后来我从父亲那里知道，二爷爷在解放前被土匪绑过票，受过惊吓，所以落下个毛病，看到拿枪的就恨煞，就吓煞。我不知轻重地朝他"开枪"，哪能不被追得落荒而逃呢？二爷爷被绑票后，我的老爷爷卖了百亩好地才将他赎回来，弄得家道中落。其实，多亏二爷爷遭此一劫，否则，土改时定成分，我全家都得划成地主了。念过私塾的父亲每每说到这件事，总是感慨良多："福为祸所依，祸为福所伏。真是应了古人的话，塞翁失马，焉知非福耶！"

都说小孩儿思想单纯，其实鬼心眼也很多。我在抢着盒子枪进进出出的同时，发现义哥和记工员菊姐好起来了。他们总爱在一块儿走路，总爱凑在一起说话，逢到这时，我似乎就受到义哥的冷落。我感到，义哥那里有一半的亲热和关心，让菊姐从我身上夺走了。用现在的话说，我开始怒火中烧，我决心报复她。义哥是我的，谁都别想从我这里夺走他。报复的方式是变着法地跟他们捣乱，不让他们凑在一起，或者是让他们凑在一起的时间缩短。招数很笨，却很灵验。比如他们刚刚凑到一起，我就跳过去插在他们中间，问一些云山雾罩的傻话。再比如他们像刚刚碰巧似的走在一块儿，我就跑上一处土崖冲着他们大叫："菊姐，你妈在南边喊你呢！"这样，他们只好分手，各走各的。

恶作剧当然瞒不过他们，可他们又拿我没有办法，他们只能冲着我苦笑。阴谋终于得逞，他们不敢再像以前那样经常借故凑到一块儿，义哥的整个人又重新归我了。只是，晚上扫盲班散了后，义哥不再给我吹箫，而是让我立即回家，他说他太累，要早点儿睡觉。义哥是不会偷懒的，我当然听话。可是，时间长了也让人纳闷，我一个小孩子都不困，他哪来这么多觉呢？有天晚上我把盒子枪忘在他家里，半路上又跑回去拿。可是离他家不远，却见义哥出了门，急匆匆像被狗撵着似的，飞步朝南边去了。我很吃惊，就在后边追他，拐过两个弯，不见了义哥的踪影。那天晚上没有月亮，四周黑洞洞的，村边大树上一声夜猫子叫，我吓得头皮发麻，赶忙一口气逃回了家。夜里翻来覆去睡不好，我很难过，因为义哥撒了谎，他骗了我。义哥是不应该骗我的，他为什么要骗我呢？

过了几天，瞅准一个有月亮的晚上，扫盲班结束后，我不等义哥发话就自动回家。义哥一脸的欢喜，找块破布把我的枪口擦了擦，朝着煤油灯头叭叭叭连开几枪。我同样叭叭叭地开着枪跑出门去，藏在他家对面的破墙后边，我等着，耐心地等着，我要弄清义哥为什么骗我，因为义哥本不应该骗我的。老天帮忙，月亮出来不大会儿，义哥也从家里出来了，我赶忙从破墙后头爬出来跟上。义哥走得很急，我小跑步才不至于被他落下。义哥只管朝前走，做梦也不会想到有人盯梢，更不会想到我盯梢。他顺着一条胡同往东去，出了村子，在一个大水湾的边上站住。他咳了一声，只见水湾边上的苇丛里走出一个女的，高挑身材，月光下甩着两条大辫子。天啊！清清楚楚，是菊姐。

原来早就等在这里了！这个菊姐，为了夺走我的义哥，竟然想出这办法让义哥骗我。我再次怒火中烧，要不是碰巧有只蛤蟆正好扑通跳进水里，我肯定要喊出声来的。他们面对面地站了一会儿，就在水湾边的干地上坐下。他们挨得那么近，说着悄悄话，有时传来轻微的笑声，我想，那一定是在笑我，笑我小孩子好糊弄。那一刻，我直想突然冲上去把菊姐轰走。可是，我又怕义哥生气，说我小气：难道只能和你三儿好，就不能和别人好吗？我努力忍住泪，忍住气，顺着湾边悄悄地走过去。我个子小，又有湾边上的苇子遮着，义哥和菊姐只顾了说悄悄话，压根就没发现我。我走到离他们几步远的地方，再也走不动了。因为，我看到义哥的胳膊将菊姐揽在怀里，两人的脸差点儿就碰到一块儿了。我生气极了，自己和义哥好了这些年，他还从没这样亲过我。菊姐插进来才几天啊，凭什么就勾得义哥对她这么亲呢？我想哭，我想骂，可我到底还是忍住了。我决定吓他们一吓。身边正好有块大泥巴，又干又硬，是白天小伙伴们垒城墙时垛起来的。我使出全身力气把泥块搬起来，举起来，轰的一声掷进水湾里。我力气小，掷不远，泥水溅上岸来，弄了我一身一脸。义哥和菊姐同时惊得跳起来，像遇见鬼一样惊慌失措地看着我，看了足足吃块糖的工夫，才一齐压低着嗓门说："妈哟，是你呀！"

我怒冲冲地看着他俩，再不说一句话。僵持了一会儿，义哥走过来，抚着我的头问："三儿，你来这里干吗？"

我不吭一声，转身就走。义哥和菊姐几乎同时追上来，同时拦住我。我抬头盯着他俩，盯了一会儿，终于忍不住哭出声来："义哥，你骗我，你和菊姐好，不理我了?!"义哥一脸的愁苦，菊姐的白脸却变得更白了。她蹲下身捧着我的脸，像求情似的说："三儿，好兄弟，今晚的事，千万别跟外人说。啊？"

我很纳闷，干吗不能跟外人说，不就是在一块儿玩吗？但是，又觉得这霎正好可以讨价还价，擦擦鼻涕道："行，你可不能再勾着义哥不

97

跟我玩了！"我耳边同时响起两下咻的声音，不知他俩是哭还是乐。

早秋一忙，扫盲班暂时中断，义哥每天晚上照例给我吹箫，吹箫之后还亲自送我回家睡觉。他和菊姐说话算话，我心里满足极了，滋润极了。

这天，义哥把我的盒子枪要去，说要做成真的。我不信，他说："你瞧着。"第二天上午，我去找他，盒子枪果然变了样。枪筒上面，用铁丝固定住一只凿穿了腔门的炮壳（子弹壳），炮壳后边是一块装了铁钉的木块，木块两侧钉上皮条，皮条的前端钉在枪身上。义哥将钉了皮条的木块拉向后去，正好卡在枪尾的"机头"上，然后他将那木块轻轻往上一推，木块脱出"机头"，在皮条的弹力拉动下撞向前去，叭一声撞在炮壳的后腔门上。我眨眨眼睛，看不出和原来有多大进步。义哥并不作声，从屋里提出个布口袋，领我到了野外。他从布袋里取出一些黑色的药末灌进炮壳内，炮壳的前口安上一只刮尖了的木头塞，炮壳的后腔门处塞点儿棉花，棉花里裹着从白头火柴上刮来的磷末。准备停当，义哥擎枪在手说"我开枪了"。我还没回应，义哥的拇指就将木块朝上一推，木块脱出"机头"，铁钉撞在炮壳腔门上，只听轰的一声巨响，塞在枪口处的木头子弹像吹哨似的飞向远方。立时，在我和义哥的面前，漾起一阵呛人的火药味。

我大喜过望，也照葫芦画瓢地开了一枪。并且，很快弄明白了，被皮条拉动的铁钉撞在炮壳后腔门上，白磷冒火，烧着棉花，棉花便把炮壳里的火药引着，火药一爆，就把木头塞子拱出去了。这道理，和打兔子枪是一样的。我兴奋异常，问义哥是不是打算秋后用它打兔子。义哥摇摇头，说现在就用，用它打狗。

那时，乡下秋收季节的夜晚，你常常能听到田野里传来"嗷——嗥嗥，嗷——嗥嗥"接连不断的喊喝声，这是护秋。那时，没有人偷庄稼，怕的是狗。棒子成熟前后，狗儿们乐得撒欢儿，夜里跑进棒子地里，一纵身将棒棵扑到，歪脑袋龇牙地大啃大嚼，有时一宿祸害上百棵。于是，人们轮流值班，夜间提了木棒在各块棒子地边巡逻。巡逻者一边吆喝，一边挥舞大棒吓唬。也只能是吓唬，因为无论跑得多么快，两条腿的人终究撵不上四条腿的狗。

狗的智商很高，它们受了惊吓，改变了策略，夜晚出动减少了，却在中午田里没人的间隙溜进棒子地里突击。这样，人们防着白天，仍得顾虑夜间，弄得手脚忙乱。义哥改装我的盒子枪，就是为了解除这种负担。他认为，隔一会儿在地头上放一枪，啃棒子的狗们听到震耳的枪声，逃都来不及了，还顾得上啃棒子吗？这么想是对的，是不是起作用，义哥心中没底，得试一试再说。

当天中午，义哥带我到了村西棒子地。这块地处于两村之间，来这里啃棒子的狗特别多。我们刚在地边上站住，果然就听到地里传出咔嚓咔嚓的咀嚼声，义哥说："吓它一吓。"义哥拽我趴在地头一座大坟后，准备就绪，把枪交到我的手里说："打吧!"我双手举枪，像电影里游击队员似的从坟后走出，朝着棒子地里"轰"地开了一枪。我和义哥都听到了，木头子弹顺着畦垄一溜向南，棒子叶给蹭得呜呜儿急响。枪声过后，棒子地里没有一点儿声息，义哥眯着眼睛瞧瞧我，样子乐滋滋的。义哥蹲在地上往枪里填药，准备来个二次射击。就在他将木头子弹塞好拉起"枪栓"时，棒子地里忽然发出轻轻的响动，我和义哥愣了一下，跳上坟头张望，只见东南地段的棒子梢一晃一晃，像有什么在慢慢朝外移动。义哥张着嘴说："三儿啊三儿啊，打着了，你瞧，它受了伤，正悄没声地往外挪呢。"别看我个子矮，站在坟头上也看出了情况，就说："再给它一枪。"义哥点点头，拽我绕向地的西侧。我们跑得急，脚步声很大，就在跑到西侧准备举枪伏击时，南边呼啦啦一阵乱响，一条大汉猛地冲出棒子地，低着头，提着裤子，舍生忘死地朝西奔去。我和义哥同时跌坐在地上动不得，眼睁睁见那大汉在途中一棵树下跌倒，爬起来时一瘸一拐地又跑。我和义哥吃惊得嘴还没有合拢，那大汉已经掩进邻村去了。义哥脸色蜡黄，一把拽起我："了不得，打着西庄的王二懈怠了！"义哥狐狸拉小鸡般扯着我猛跑，一口气跑进村，钻进家，插上门……

过了两天，听听西村并无动静，我和义哥都放下心来。义哥领我进了那片棒子地，在王二懈怠窜出去的那地界，拾到一根布腰带。腰带的附近有摊粪便，粪便前头折了两棵棒子秸，旁边是嚼过的棒秸碎渣。义哥伸了伸舌头说："好险！"

十多年后开始搞运动，这时的我已是村里的基干民兵了，闲来没事总爱捅支破枪顺街遛。那天下午，公社来人，集合了全管区的群众在学校操场开大会，请邻村的治保主任王二懈怠讲本地革命史。王二懈怠声情并茂："那年我给区小队送情报，回来时让敌人跟上了。我急中生智跑进了一片棒子地，敌人知道我有手榴弹，不敢攻进去，就趴在地头上朝里开了一阵枪，然后迂回包围。我怕让他们拿住泄露了机密，就甩出那颗手榴弹，冒着让枪打死的危险冲出了棒子地。我跑得又急又快，在进村的路上被树根绊了一下，脚都抢破了……"在人们的唏嘘惊叹中，王二懈怠抬起右脚，外侧果然有个大疤瘌。

秋收之后，人们忙着分粮分钱。又是一个月光明亮的晚上，我放下饭碗刚要去找义哥，老社长的话筒在学校高崖子上响起来："社员们都听着，今晚开个斗争会，男女老少都来，一家子不落，一家子不落……"

我跑到学校里时，教室里已经坐满了人。我找到义哥，义哥被几个人围着，他低了头不作声，好像正听那几个人吩咐什么。我挤到他跟前，义哥看到我愣了愣，仍不作声，也不像以往那样捧着我的脸问这问那，只是用手轻轻抚着我的头。我很奇怪，抬头望了望，发现义哥哭丧着脸，在汽灯的光亮中，眼睛红红的。义哥从来都是笑嘻嘻，今晚怎么

100

了？我很惊讶。随后的事更让我惊讶，会议开始了，"斗争"的对象竟是义哥。义哥站在前边，人们轮流发言"斗争"他。我记得很清楚，当时发言者有的慷慨激昂，有的高声斥责，有的慢声细语，有的挖苦数落。义哥一直低垂着脑袋，偶尔也抬起头来想分辩点儿什么。然而，总是他刚要开口，就被老社长厉声喝住。我看到义哥的脸发白、发黄，汗珠子顺着脑门往下淌。看着义哥那愁苦的样子，我受不了，跳起来要往前冲，被身旁的一位远房伯伯摁住。我挣扎着，挣不动，但又不愿眼睁睁看着义哥站在那里挨熊，就哭起来，嚷起来，骂起来。会场被我搅乱了，有几声含义不明的吃喝，老社长朝旁边咕哝了一句，那位远房伯伯朝我屁股上揍了几下，把我弄出会场，送回了家。

那晚我是在哭泣中入睡的。第二天爬起来，头一件事就是去找义哥，想质问他昨晚干吗那么怂。母亲似乎早有防备，我刚溜下炕就被擒住，她说义哥已经犯了错误，是坏人，不能再去找他玩了。我吃了一惊，因为那时认为坏人和传说中的鬼一样，又凶又恶。义哥那么俊俏，那么和善，怎么会是坏人呢？我不信，可又逃不掉，只好忍着。忍到晚上，母亲放松了警惕，我便趁机溜出去，直奔义哥家。

义哥没在家，只有老太太抖着身子在煤油灯下坐着。我说找义哥，老太太擦擦眼上的眵，说义哥下关东了。关东？我意识中的关东是比天边还要远的地方，义哥干吗要去关东呢？老太太继续擦着眼睛，似乎是在自言自语："唉，干了这现眼的事，说是没脸再见庄乡父老，在家躲了一天，这不，趁天黑没人看见，卷着铺盖去了车站。"

我打了个寒战，觉得牙根发紧，嗓子眼里像灌了辣椒末。我打着哽问老太太义哥什么时候走的，老太太擤擤鼻子说："也就几袋烟工夫吧。"

我知道火车站在西边，也不知哪来的胆儿，跑出村顺着大道就去追义哥。我跑得很急很快，要不是月光明亮，拐弯时肯定要撞倒一个人。

这人是菊姐。

菊姐一把拽住我："三儿，三儿，别追，义哥早走远了，追不上了！"从声调中听得出，菊姐哭过，而且还在哭。我被她拽住挣不脱，一腚坐在地上哭喊："义哥，义哥——！"

我的哭喊声又高又长，只几声嗓音就走了调，像父亲夏天在石磙上蹭锄头一样刺啦刺啦的。这沙哑了的嗓音听起来肯定让人害怕，远处树上几只夜宿的老鸹吓坏了，扑棱棱飞起来，呜哇叫着，箭一样向着灰色的天边射去。我泪眼蒙眬地看到，月亮周围的星星跟着我的哭喊声颤了几颤，扑簌簌掉下来好几颗。

不知是我的哭喊声被义哥听到，还是耳朵邪了，西边很远的地方忽然传来熟悉的箫声，轻轻的，悠悠的，忽而拉长，忽而简短，忽而凄楚，忽而哀婉。渐渐地，箫声慢下去，低下去，消失了——像一个受了委屈而又想家的孩子勉强控制住自己的呜咽……

菊姐软的硬的跟我说了许多好话，我也明白是追不上义哥了，只好同意跟她回家。这时我忽然记起一件要紧事——义哥到底犯了什么错？我问菊姐，菊姐思量半天，叹口气说："唉！他把自己工分本上5分的'5'字改成了'8'。"

我不哭了，也不喊了，因为已经哭不出来喊不出来了。我坐在路边不想动，偶尔抬头望了下夜空，忽然惊奇地直起了脖子，不知是泪水模糊了眼睛，还是我的视觉出了毛病，我发现此时的月亮竟然不再像以往那样干净，有许多黑的灰的东西掺和进去了。什么银盘啊、明镜啊，还有什么大白瓷盆盛了水呀……扯淡，分明就是他妈个三花脸嘛！

辛　山

　　早饭后，女儿亚琴背起书包倚在门框上，磨磨蹭蹭地不肯走。那样子，显然是有话要说，但又难以说出口。正在帮着妻子整理菜捆的辛山发现了，问她："干吗？"

　　亚琴犹豫着，低了头："学校今天组织到郊外野游，我能去吗？"

　　"怎么，你怎么就不能去？"辛山大惑不解。

　　"是这样，"亚琴忸怩着说，"每人要交五元钱，买面包、水……"

　　"哦？"辛山一怔。正要推着菜车朝外走的妻子也是一怔。四目相对，两心惭愧，一时谁也不知道怎么说、说什么好。他们眼下没钱，的确没钱。

　　辛山是待岗职工，妻子是下岗职工。待岗的自然暂时没工资，下岗的也只有一百五十元的生活补助费。不错，妻子的生活补助费前天领来了，可是买了面，买了油，还买了煤球……这剩下的，就到市场上批发了青菜去卖。当个菜贩子，赚个水钱，虽然不多，也总比坐吃山空要好些吧。

　　可是，再怎么难，也不能难为了孩子呀！辛山蒙了一会儿，望望女儿那期待而又稍含歉疚的眼神，心里一阵酸楚，他想掉泪，但立即忍住。他转过身冲着妻子，仍是一副盈盈笑脸："哎，我说啊，把你那俩儿零钱拿出来吧。"

妻子兜里有两块钱，是准备卖菜时给顾客找补零钱用的。妻子犹豫了两秒钟，还是掏了出来。辛山接在手里，又跑到外边找邻居胡老四借了几元，一并交到亚琴手里，抚摸着她的头说："好女儿，到郊外听老师的话，去吧！"

亚琴欢蹦乱跳地去了。辛山轻轻地叹口气，转而对妻子说："咱们也走吧？"

妻子声音有些暗哑："走吧！"

辛山帮妻子将菜车弄到门外大街上，看着妻子的车渐远，这才转回家来，对着屋里一堆腈纶线裤行了会儿注目礼，苦笑一下说："我也该上岗了！"

待岗和下岗是本质不同的两个概念。下岗就是失业，待岗则意味着仍有工作，只是因为某种说得清或说不清的缘故，暂时不能上班罢了。

辛山是针织厂的待岗职工，因为是待岗，必须帮着厂里渡过难关。难关的内涵具体而简单，就是将半仓库的积压产品尽快卖出去。

厂子对职工实行"承包制"，每件腈纶衣作价八元算给你，卖了呢，交上钱，卖不了再把货退回去。没有硬性任务，所以也就没有什么压力。

辛山推了半车子腈纶线裤来到西区一个街角处摆摊，和他一同摆摊的还有邻居、工友胡老四，老四是下岗职工，打去年就在这里卖烧饼，两人彼此关顾，相互照应，很有些惺惺相惜的味道。

辛山将"清仓处理"的木头牌子在车前摆好，就坐下来静静地等着。这地点相对安全，除了市管所收点儿这税那费外，不会因有碍市容而被撵得东逃西窜。

顾客三三两两走过来，看到"清仓处理"几个字，脸上差不多都要显出休想让我上当受骗的神色，出于一种让人难以琢磨的心理，一个个撇着嘴走到小车前，把一大堆线裤拨拉了又拨拉，像要从里面翻找金

104

银财宝似的。辛山是个好脾性，任凭人们翻箱倒柜地拨拉，他依旧笑嘻嘻地觍着脸，什么也不说。当然，到末了还是打诨的多，真买的少。

太阳越升越高，阳光从东南天幕上泻下来，把个世界弄得花里胡哨。辛山坐在车子后边守摊，无遮无挡，曝晒得几乎有些忍不住了。眼前的人虽然川流不息，却很少再有到他车子跟前来的。他有些失望，也有点儿沮丧。他侧身看看胡老四，老四腰扎白围裙，满手的油面，一边用擀杖敲得案板响，一边嘶哑着嗓子吆喝："烧饼，烧饼，刚出炉的油酥烧饼了！"顾客虽然算不得络绎不绝，却也是隔一会儿就来一个……辛山点点头，暗自思忖：难怪古人说"积财千万，不如薄技在身"。自己要像人家胡老四似的有一技之长，也不会在这太阳底下挨死晒了。

辛山正瞅着胡老四羡慕得咂嘴儿，一位穿着考究的中年妇女走过来，拽出一条小号线裤抖了抖，再三审视后，先是哭丧着脸找出一百条毛病，接着又杀了一半的价。辛山不是成熟的生意人，货物被人褒贬一通先已架不住劲，似乎自己是真的伤天害理欺骗人了。他很慌，很委屈，还有些生气，可又不敢顶撞人家，他只能面带苦笑，老实沉着地讨价还价。中年妇女的嗓门很高，说话很快，辛山嘴笨，知道抵不过她，只好抱定赔本不卖的主意，移开目光做以静制动状。

这地方乱得不能再乱了，街口上没有红绿灯，也没有交通警察，人流和车辆从四方涌来，像六月的雨水随意乱淌。眼见得从南街筒子里来了个骑自行车的小伙子，后座上带着位似乎是他女朋友的姑娘。小伙子车技很高，虽然带着人，却能像水中鱼儿一样不乏卖弄地在人孔中穿行着。看那小伙子横行无忌的神气，辛山忽然心里一阵扑腾，继之产生了一种莫可名状的不祥感觉，似乎眼前有什么意外情况就要发生了。他听有学问的人说过，这是人的第六感官，也叫直觉。他有些紧张，因为紧张，便有些憋闷，胸骨像给谁一把攥住似的……

"我说卖线裤的，你是做生意还是看街景呢?"一声尖叫把辛山从冥思与不安中唤醒过来，那中年妇女正拿着条线裤在他眼前晃，"还卖不卖了，啊？"

中年妇女一脸毫不掩饰的嗔怪，辛山不由得自怨自责，是啊，这是做生意吗？心神分到爪哇国去了！他强自镇定了一下，忙着给对方把线裤叠好、装袋并收钱。

事实上，辛山刚来得及收钱，他的直觉就在离此不远处兑现了。

这霎时，骑自行车的小伙子已经来到了十字路口。他吹着口哨，晃着车子把，仍旧游龙戏凤似的往前蹬着，满街筒子的人全然不在他的眼里，好像此刻天底下只有他——还有后车座上的她。所以，他的自行车始终没有减速，就在他向西拐弯的刹那，一个老头骑着自行车自东而来，躲避不及，正好和他撞上了。正确合理的说法是——老头撞上了小伙儿，并且是撞在小伙儿的后车轮上，小伙子没有责任。可能因为没有责任，小伙子骂了句"老没长眼的"，便耍杂技似的将自行车左右晃动着稳住了。稳住了也就继续西行，至于后边所发生的，管他呢！

老头子跌得很惨，自行车翻倒时磕在路边石牙子上，脑袋磕破了，淌了许多血。老头的左腿被自行车砸在底下，躺在地上不能动，但能说话。老头嘶哑的嗓门含含糊糊地向路人求救，路人当然很多，有的站住了；有的往前凑，凑近了忽然又退回去；有的立在原地夯手夯脚不知喊些什么。老人头上的血越流越多，满是皱纹的脸几乎成了土黄色。情况很糟。

这糟糕的情况辛山看得很清楚，他稍做迟疑，朝胡老四做了个请关照一下的手势，就拽起一条线裤跑到老人跟前。有人见辛山出头，胆子也大了，帮忙掀起自行车要扶老人站起来，老人一声哀号后重又跌坐在地上。人们这才发现，老人左侧的小腿几乎和膝盖呈直角状态，显然，骨头折了。有人在一旁吆喝："他老了，缺钙！"

辛山用线裤扎好老人头上的伤口，转身招呼过往的汽车和三轮车。

汽车三轮车很多，但都没长耳朵，纷纷像惊枪的兔子从他们跟前一闪而过。辛山很着急，发现一辆车号 0534 的人力三轮在他面前稍稍迟缓了一下，便拦住说："师傅哎，救人……胜造浮屠，帮帮忙，把人送医院……"

三轮车主看看满脸血污的老头，又看看自己干净的车座，小眼睛里闪出一丝奇货可居的光波，他从三轮车上探着半截身子问辛山："是你家老人吗？"辛山迟疑了一下，点点头。车主眯起眼睛想了想，把手掌伸到辛山面前翻了两翻说："车费，你得出这个数。"辛山打个愣，把手掌伸直说："这个数吧。"车主脑袋摇得拨浪转。辛山赶忙将手掌翻一下："这个数，总可以了吧？"车主"喊"了一声，哈下腰来蹬车要走，辛山一把薅住："就按你说的价……"

买线裤的中年妇女立在旁边，看着人们七手八脚把老头抬上三轮车后，忽然掏出手机背过身去，哇里哇啦说了些什么。

医院在东区，离此至少十里，中途要过十几个街口，辛山抱着老人坐在车上，又害怕又焦急。老人的脸色更黄了，像一张黄表纸，并且呼吸急促，脉搏细微，间或轻轻地呻吟一下，停住了。许久，又轻轻呻吟一下……辛山真怕老人死在自己怀里，不是怕担责任，而是替老人惋惜，这么大年纪了又遭此无妄之灾，人这一生啊——唉！

现在，最重要的是时间。还好，在第一个街口处赶上的是绿灯，三轮车载了辛山和老人顺利通过。辛山心里增加了希望，他揽着老人的胳膊已经有些酸麻，可他不敢动，唯恐增加老人的伤痛。他默默地数算着，祈求着，盼望下一个街口仍是绿灯。老天不负好心人，第二个街口又是绿灯。

这地方虽是小城，也是按城市的章程，人力车只能从人行道上走，越过了旁边的白线，轻者罚款，重则扣押经营执照。三轮车工人都是城市通，当然明白这些。可是，问题就偏偏出在人行道上，三轮车正行驶间，人行道上一位骑自行车的人撞着了前边一位的屁股，争执不下，动手打了架。看出丧的总怕丧局小，一些围观的不去劝架，却在一旁架秧子乱吆喝，这地段刹那间滚成一锅粥，人行道彻底堵塞了。三轮车一时过不去，辛山急得都快晕了。他央求三轮车主绕道走，三轮车主的脑袋拨棱着，说根本无路可绕。怎么办，难道眼睁睁看着老头死了不成？最后还是三轮车主急中生智，跑到岗亭上叫来了警察。警察连劝解带吓唬，才将打架的围观的统统弄到路边去。中间闪开一条小窄道，三轮车刚好勉强从中穿过。车主喘口粗气吐口唾沫说："他妈的，碰到这档子事，能把蹬三轮的急煞。挣这份熊钱，容易吗？"

离第三个街口不远时，绿灯还亮着，可是行到近前绿灯熄灭了，辛山的脑子一阵发凉，好像这一分钟的红绿灯转换时间就会要了老人的命。

三轮车又无可奈何地停住了，车主从腰里抽出毛巾擦擦汗，回过头对辛山说："老哥，一路上碰到的，你都看见了，说不着，今儿这车费呀，你还得加加码。"辛山已经急得六神出窍，也不管车主说什么，只把脑袋乱点一气。正在心急火燎的当口，只见一辆摩托车从后边飞驰而来，车上插着一面十字旗，旗下一位交通民警举着喇叭冲街口处喊了几句什么。街口处的交通警察听到喊声，挥动手中旗子，喝令南北方向的车辆行人立即停住。这霎摩托车上的民警驶了过来，高声叫着说："0534 号三轮车，0534 号三轮车，马上跟我通过，马上跟我通过！"

三轮车主迷糊了一下就立即明白了，他赶忙伸腿猛蹬，一拐车把，上了机动车道，跟在摩托车后，一路绿灯，坦荡而行。

摩托开路，行人注目，一路上绝无阻拦，这种类似国家元首般的待遇是何等威风。精神可以转化为物质，物质也可以转化为精神，车主此刻浑身是劲，他晃动膀子，扭起腰胯，蹬着三轮风驰电掣追赶着摩托车，那神气，那架势，俨然一位骁勇善战的武士跨着一匹驰骋疆场的烈马。辛山有一种发自内心的感慨，他甚至没想一想交警的摩托车何以会赶来给他们开路，他只是万分感谢眼前的这位三轮车师傅。瞧啊，师傅挽起了袖子，卷起了裤腿，上身的夹克已经湿湿了，玉米粒大小的汗珠子顺着发际往下流。辛山很激动，好像不是自己在救人，而是三轮车主在救他。他想说些感谢的话，可是话一出口走了味："师傅，您再快一点儿行吗？"

"好嘞！"车主一哈腰，速度果然快了许多。前边摩托车上的交警回头看了看，也"咦"一声加大了油门。

辛山挺后悔，他发觉车主几乎豁出命来蹬了，毕竟，车上是两个人啊！抻了抻，终于颤着嗓音道："师傅，可真辛苦你了！"

"有什么辛苦的，救人是一码事，我不还得挣钱吗？"

车主很爽快，却让辛山的心抽动了一下。是啊，那议定的车费，在他辛山来说可不是个小数目，自己身上总共才有十块钱，还是那中年妇女买线裤时付的。刚才一时豪气，竟满口答应了人家提出的车价，这下可好，到时找不着受伤老人的家属，坐蜡吧。还有，到医院里那一连串的医疗花费……辛山觉得头大了。可是，谁做事长着前后眼呢，也是"情急智生"嘛，干脆，走一步算一步，车到山前再找路，大不了搭上一车子腈纶线裤……心里一豪横，又顿觉释然。

终于看到了医院。更让辛山想不到的是，医院门口竟有许多"白大褂子"在等候着。三轮车刚刚停下，"白大褂"们便一拥而上，抬人的抬人，撑担架的撑担架，只眨眼的工夫就把老人弄进了医院门诊楼。没有挂号，没有询问，也没有谁来像催命似的要押金，一切都是那么迅速、爽快、有条不紊。一旁等着要车费的三轮车主看着辛山连连咂嘴："我说老兄，你的脸面可真大，莫不是有什么近门亲人在市里当官吧？"

辛山摇摇头，他看着眼前的情景，又想起途中摩托开道一路绿灯，也早就坠入五里雾中。正百思不得其解，忽听有人喊他辛师傅。侧转身，却见刚才买线裤的中年妇女在他面前站着。女人的身旁还有两个小伙子，一个扛着摄像机，一个举着照明灯。那摄像机的镜头正定定地对准着他，他有点儿发毛，慌忙躲开了。可是，小伙子的摄像机就如导弹头一样死死地跟定了他，急得他赶紧摇手道："别，别，千万可别……"

中年妇女咯咯咯地笑出了声，她指指不远处停放的一辆新闻采访车，自我介绍说是电视台的，在那街角处看到辛山见义勇为，就给交警队打了电话。交警队接到电话，立即启动本市刚刚开辟不久的"生命绿色通道"。因了这条"绿色通道"，他们才得以一路绿灯而没有耽误对受伤老人的抢救治疗。

辛山已经明白了是怎么回事，他想，在这条"绿色通道"里，最苦最累的莫过于三轮车主了，这正是让他得到慰劳的好机会，自己万万不能抢镜头。心里想着，早已把三轮车主推到了前边，拍拍电视台那位小伙儿的肩头说："兄弟，应该对着这位师傅照，是他主动把老人送来的，我只是帮了个忙。"

三轮车主怔了怔，突然问辛山："这老头不是你爹？"

辛山的脸皮紧了紧，心中暗说"是你爹"，当然没有说出口，而是话头一转接着道："要不是这位师傅见义勇为，老人就得耽搁了。百闻不如一见，咱们不是看过《离开雷锋的日子》吗？让我说啊，这位师傅和雷锋的那位战友也没什么区别……"

这不是辛山给三轮车主戴高帽，他是个实在人，实在人此刻说的全是实在话。中年妇女看看辛山瞧瞧车主，左右为难似的别扭了一阵子，终于让小伙子把镜头对准了三轮车主。

车主很是蒙了一会儿，脸就有些涨红了。事情发生得虽不突然，但也让人有些冷手难抓热馒头的感觉。说真的，刚才途中那摩托开路行人注目的情景，着实让他风光无限了一通。此刻当荣耀的光环再次罩在头顶上时，他先是从精神上受不了，继之从心理上又觉得很是受用，所以当摄像机头掉过来时，他几乎是下意识地一连摆了几个姿势，盘算着照正面好还是照侧面好。

"现如今哪，像师傅这样的人可是少而又少了，"辛山解说员似的向人们比画着，"一见老人跌伤，立时自动停下车来，也不怕血污了车座，就主动地把人送来医院了。一路上为了赶时间，里外两层衣裳都湿透了。瞧瞧，大伙瞧瞧。"

车主显然是有点儿难为情了，他挓挲起双手像是往外推让着什么，口中连连说道："应该的，应该的，一城一地住着，谁能见死不救呢？图个相互照应嘛。"说着就要逃出镜头去，又被辛山一把拽住了。

人越围越多，医院门前渐渐挤成了疙瘩，警察赶来疏导交通，医院的保安也来回乱蹿，很负责任地阻止人们踏上台阶，以免影响了医院的正常工作。人堆核心处，在摄像机镜头的瞄准下，中年妇女接连向三轮车主提了几个有关见义勇为和毫不利己专门利人之类的问题，车主竟然应答自如，说得合理合辙，听不出有什么受之有愧的意思。看来，这位师傅已经适应角色并迅速进入状态了。人们不断喝彩，不停赞叹，说进入二十一世纪后，雷锋终于又回来了。

人们激动不已，都把注意力集中在车主身上。这时，一男一女拨开人群钻进来，口口声声找恩人。中年妇女问了问，知道来者是老人的儿子和女儿。原来，医院按照老人衣袋里的身份证地址给街道办事处拨了电话，街道办事处就通知了老人的家属。中年妇女正要把辛山介绍给他们时，辛山却抢先一步把车主推过来，告诉那一男一女，这就是他们父亲的大恩人。

男的抓住车主的手连声道谢，女的却扑地给车主跪下了。这做女儿的连哭带说，人们从她那断断续续的话语中弄明白，老人从四十多岁就成了鳏夫，靠拉地排车和捡破烂拉巴大了她和哥哥。老人一生不易，儿女则更孝顺，兄妹俩轮流赡养，立志给老人一个幸福快活的晚年。这几天，老人是待在女儿这边，每天吃饱喝足后便骑着自行车逛街景，既解闷儿，又锻炼身体，岂料人有旦昔祸福……

车主赶忙扶起女人，女人虽然已经知道父亲得救了，仍是悲痛欲绝。人们受了气氛的感染，一个个唏嘘不已，车主更是大受感动，在兄妹俩的千恩万谢中也禁不住鼻子发酸两眼湿润，一会儿的工夫就泪流满面了。老人的儿子掏出钱来付车费，被车主一把攥住手说："你现在给老人治伤正用钱，我这里，就算是尽义务了。如果医疗费上有困难，我家里还有些存款。"

"大哥，"这男子汉顷刻间热泪盈眶，他哽咽着说，"你救了我父亲，我兄妹已是感激不尽，不收车费，可实在也说不过去。"

"兄弟，你要是再犟下去，那就是看不起我！"车主嗓音有些发颤，手也开始哆嗦，很显然，他动了真情了。

摄像机嚓嚓响着，记录下这真实而感人的一幕。

伤者的家属来到，事情就算有了交代。辛山悄悄地退出人群，脚步匆忙地朝回赶。他惦着自己的货摊。货摊虽说有胡老四帮忙照看，他还是不放心。因为老四人虽实诚，只是算账有些糊涂，三毛钱一个烧饼，他一块钱给仨还常常再找五毛钱给人家。正走得急，背后车铃响，扭头看时，那位三轮车主正扬手招呼他。车到跟前，车主刹住车说："我拉着你。"

辛山有点儿不好意思："我……没有钱！"

"嗨，都什么年月了，还跟我钱呀钱的！"车主说着伸过手来。

车主很有劲，薅住辛山的胳膊，一下子就把他拽上了车。

虽然不如来时爽快，沿途时时遇上红灯，不过也就半顿饭的工夫，辛山便又回到了西区的街角处。他跳下车，并没忘了向车主道谢，可是车主双腿岔在地上不走，只管翘起嘴角冲他意味深长地乐。辛山怔怔地望着他，车主便笑出声来："老哥哎，你可是没伤没病的，凭什么白白拉你这么远？我一个下岗工人，吃力气饭的，好歹总得意思意思吧？"辛山迷糊半晌，恍然大悟，有种不慎落入圈套的感觉。要争辩，想一想也没什么意思，他下岗，我待业，都不容易，于是掏出仅有的十元钱递给他：

"兄弟，我就趁这点儿银子，要不，只能给你线裤……"

卖烧饼的胡老四眯起眼睛瞅着面前的情景，嘴唇翕动着想说什么却没说出来。三轮车主无奈地咧咧嘴巴，转身骑车走了。对方走出不远，胡老四一把拽过辛山说："就在刚才你回来之前，有辆挂牌牌的汽车风风火火开了来，一下子买走了几十条线裤，说是他们单位每人分一条。给，这是裤钱。"

望着胡老四递过来的一大沓钱，辛山怔了半天，似乎想起了什么，赶忙朝三轮车主走的方向喊："哎，兄弟，你站一下，再给你十元！"

街面上人流如织，凌乱驳杂，哪里还能找到三轮车主的踪影啊。辛山手里攥着钱，脸上显出一丝懊恨之色："唉！你看这事闹的！"

上　岗

　　大榆树的前边黑影闪动，一只小狗般的东西从瑞芬脚下呜噜蹿过，神情专注的瑞芬惊出一身汗来，下意识地将手中电筒攥得更紧。倘有不测，这是唯一的武器。不测事件并没发生，地上的蒿草响了几响，树林里重归安宁。远处近处，时有手电光闪来闪去，抓蝉狗儿的并非她一人，瑞芬不孤独。瑞芬嘘了口气，摁摁仍旧一起一伏的胸口，就又举起了手电筒。

　　手电光下，饱经沧桑的树干粗粝而龟裂，树皮的边缘翘起又外翻，树身上就显出各种样式不一大小不等的沟壑。一些蚂蚁在沟壑中狼奔豕突，像穿行于火山熔岩中的探险者。手电筒光线暗淡，蝉狗儿的颜色又和树身差不多，瑞芬必须凝定心神，睁大眼睛，才能看到小东西们在哪儿爬。

　　终于发现了一只蝉狗儿，沿着树干悄悄往上走，胖胖的身子，细长的腿儿，步履蹒跚，全然一副不谙世事险恶的笨拙样子。瑞芬跷起脚尖，两指捏住蝉狗儿拽下来，蝉狗儿挣扎，细腿儿乱戳，瑞芬的指肚痒痒的。瑞芬把蝉狗儿放进树下的小罐里，顺口道："九十五个。"

　　神明庇佑，已经捉了九十五只，再有五只，就可完成每晚一百只的计划了。瑞芬很高兴，甚至有点儿激动，刚才的虚惊瞬间化为乌有，步履轻盈地走到另一棵树下。这是一棵大树，周围挺潮湿，潮湿的地上散布着肚脐眼大小的洞，蝉狗儿们就是从这些洞里钻出来，像拱出蛋壳的龟崽急于投向大海那样，跌着跟头朝附近的树奔去的。瑞芬擎着手电筒上下找了两遍，偌大一棵树，竟没找到一只蝉狗儿，或许，早已有人光顾过了。瑞芬并不气馁，手电光顺着树杈扫上去，几天来她已得了经验，最先攀上树身的小东西们，有些要在枝杈的间隙里歇息，然后再攒足力气朝上爬，朝树尖上爬。

瑞芬对于这片林子，比对丈夫的胸毛还熟悉。林子长在一座狭长的土岗上，土岗位于村子的北边，来这里的人不说进林子，说上岗。这片林子已经有些年头了，可能源于一种不明底蕴的追忆，树林虽然早已分片分段地分给了各家各户，但却始终没人砍伐。树木越长越高，林子越来越大，葱茏蓊郁，俨然一道亮丽且独特的风景。

瑞芬在城市里长大，从出生到高中毕业，除了学校组织郊外踏青，从没到过乡下。她的丈夫小谢是乡下人，土岗下的村子就是小谢的老家。当年，两人同在一个工厂，一个车间，千里有缘来相会，便相恋了，结婚了。瑞芬来婆家认门，迷上了这片林子，她拽着小谢在林子里穿梭进出，爬柳绕槐，像个初识地球的天外来客。林子里绿草葳蕤，长满了各色小花儿，瑞芬跑累了，爬累了，就躺在地上，掐了草，采了花儿，放进嘴里慢慢咀嚼。她顺着树梢仰望蓝天，蓝天上云丝儿缥缈，游荡，忽上忽下，几乎扫着高高的树尖。清风徐来，周围鸟儿啁啾，树叶飒飒，虽是花季将过，瑞芬仍旧兴奋难抑，跳起身搂住小谢的脖子，啊啊啊连诵几首抒情诗。那以后，每每跟小谢回来探家，她都要上岗进林，享受这乡情野趣的生活。

光阴荏苒，转瞬已经十多年，儿子小冬也已八岁了，暑假后就要升入二年级。可是，去年厂子生产不景气，瑞芬下了岗，一年来，她卖过水果，贩过青菜，在饭店里当过小工洗过碗碟……然而总是赔得多赚得

115

少。小谢见她弄得又黑又瘦，半开玩笑半心疼地说："宝贝儿哟，你城里小姐，天生不是下力的料，还是管管家务照顾好孩子，安心'待业'吧。"瑞芬垂下头，落了几滴眼泪，但没反驳。小谢是车间里的小头头，没下岗也发不了财，月工资超过一千五百元的时候不多。所幸，业余时间还能打打零工，瑞芬也有二百五十元的下岗职工最低生活保障费，加在一块儿，节俭一点儿，多吃馒头少吃菜，日子虽不滋润，也能凑合。

要命的是儿子上学。

今年，家长通知单上除了儿子的学习成绩外，还有一长溜让人看了也明白也糊涂的收费数额，笼统一算，三百四十多元。瑞芬和丈夫相互看着唱了会儿瞪眼戏，同时苦笑，同时询问对方："怎么办？"一旁的小冬眨了会儿眼睛，咬着嘴唇躲到一边去了。

碰巧，小谢的父亲想孙子，往他们厂里打了个电话，问暑假期间能不能把小冬送回乡下老家。小谢心中一动，何不顺水推舟，让瑞芬和儿子一块儿回去呢。娘儿俩在乡下待上四十天，省了水电煤气，省了吃喝，自己再勒勒腰带打打零工，这学杂费不就出来了。他回到家把这想法和瑞芬一说，瑞芬满脸通红："唉，羊羔跪乳，乌鸦反哺。咱倒好，不如畜类了！"小谢喃喃道："这年月，顾不得脸皮了，以后情况好转，咱们再加倍孝敬老人们。眼下，还是先让农村支援城市吧。"

五斤橘子四斤香蕉，外加两张车票，二十多块钱的成本，小谢就把瑞芬娘儿俩打发到了乡下。

有奶奶爷爷的呵护，小冬不几天就成了没笼头的马驹子。每天都有小哥哥小弟弟们找他玩，他就跟在小伙伴们后边，扒瓜、摸枣、逮蛤蟆、疯跑。孩子玩得高兴，村邻庄乡看着也喜欢，本村的孩子回到老家，爱不够，疼不够，争先送来枣啊桃的。那天，南院二叔领着儿子大顺又送来一盘"炸老蛸猴儿"，说是昨晚上岗抓来的，也不卖，专为炸给孩子吃的。这里的人把蝉叫作"老蛸"，把蝉狗儿叫作"老蛸猴儿"，

"炸老蛸猴儿"在城里叫作"炸金蝉"，饭店里定为上等菜，一盘要卖几十元，像瑞芬她们这种家庭，难得有条件享受。儿子吃得口角流油，瑞芬在旁看着，咽了几次唾沫，也没舍得动一个。

每年这时候，城里的一家饭店都要来这里收蝉狗儿。早晨来，早晨走，图个快捷，要个新鲜。价格逐年增高，如今已是每只两角了。乡下人，钱来得艰难，这样的生财之道当然不会放过，每晚都有大人小孩上岗去抓。二叔和大顺爷儿俩晚上看瓜园，这是抽空抓来专门送给小冬的。

小冬吃馋了，逼着爷爷给他上岗去抓。爷爷岁数大了，眼神也不好，当然不能去。缠不过他，瑞芬只好答应带他去抓。还算走运，娘儿俩每晚都能抓到几十只，回来用盐腌了，用油炸了，大人孩子都有口福。再好的东西，吃长了也生腻，小冬大约是吃腻了，有时就把抓来的蝉狗儿送一些给自己的小伙伴。那天早晨，他竟把几十只蝉狗儿都给了大顺。大顺附在他耳朵上嘀咕了些什么，转身兴冲冲地跑走了。早饭后，大顺又兴冲冲地来找小冬，照样附在小冬耳朵上嘀咕了些什么。大顺走后，瑞芬发现小冬站在院子里不动，走过去一看，小家伙手里正捏着一张五元钞票发愣。问他哪里来的，说是大顺把蝉狗儿给卖了。小冬把五元钱交给母亲，又领着母亲走进屋里，走到床边，掀起凉席，凉席下面几张钞票，有两元的，有一元的，还有几张毛票。小冬仰起脸："妈妈，攒起来，交学费……"瑞芬的呼吸有些急促，她看着小冬手里的五元钞票出了会儿神，颤着嘴唇自言自语了一阵，将小冬搂进怀里，汪出两眼泪水。

瑞芬开始认真了，晚上抓蝉狗儿时，不再像以往那样有一搭无一搭。学生时期，瑞芬曾是短跑运动员，如今虽然三十多岁，腿脚似乎不减当年，有那爬到高处去的，她竟还能攀树去捉。娘儿俩齐心协力，十天过后，床席下面竟有了近百元的存款。

117

那天晚上，林子里黢黑而沉寂，抓蝉狗儿的人们都相继走了，只有树顶上钻进的点点星光、周围夜虫的啼鸣陪伴着瑞芬娘儿俩。收获很大，小罐里差不多就要满了，小冬打了个哈欠，嚷着要回家。瑞芬口里应着，下意识地举起手电筒又在树上照了一下，却见树杈的一侧正对卧着两只胖大蝉狗儿。那两只蝉狗儿大约受了光的刺激，停住不动，瑞芬便照住它们不放。蝉狗儿处的位置很高，站在地上够不到，瑞芬想攀上去，又恐手电光挪动后蝉狗儿跑掉。她想了想，擎住手电筒，蹲下身来拍拍小冬。小冬机灵，脱掉鞋子蹬上母亲的肩膀。小冬说："妈，你撑得住吗？"瑞芬说："没事，妈的劲头比牛都大。"瑞芬慢慢直起身来，小冬随之升高，伸手——还是够不着。瑞芬跷起脚尖，小冬也尽量将胳膊伸长，伸长——终于抓到了，小冬喊道："妈，是两个老蛸皮呀！"

瑞芬听到一个"皮"字，立时软了腿，口中嘟哝着"可累死我了"，糊里糊涂便往地上坐。小冬未及提防，喊了声"妈"，扑通跌下。瑞芬醒过神来，小冬已经哭出了声："妈，我的手，我的手！"

小冬手腕脱臼，小臂的骨头也跌出了一条缝儿。请医生复位后，为了保险，又捆上了夹板。只这一下，那挣下的一百元也就没了。往后呢，每隔几天松夹板、涂药，又得花钱。要想尽快复原，就得加大营养，这是医生嘱咐的。公婆这里并不富裕，还不能告诉小谢，告诉了他又有什么办法，还不是一根肠子两头挂。瑞芬千思万虑，躲在暗处流了几次泪，一挺脖子，每晚继续"上岗"。

月光从树顶上钻进来，林间草地散洒着碎琼乱玉。瑞芬在这棵大树的枝杈上找到一只蝉狗儿，一束月光恰好照在那里，蝉狗儿已在慢慢蠕动，准备继续自己的行程。

瑞芬放下手电筒，手脚并用攀上树去，行动迟缓的蝉狗儿转眼之间被捉住，瑞芬虚空着左手把蝉狗儿握在掌中，小心翼翼地朝树下滑。虚空着的手掌难以将树身攀牢，蝉狗儿又拼命挠她的手心，有什么东西一挡，瑞芬左肩甩了甩，差点儿跌下去。她慌忙搂住树干，贴紧了树身喘息。

不远处的蒿草响了响，一个熟悉的声音说："嫂子别慌，我帮你。"瑞芬低头看时，西院里那位平日很腼腆的陈家老二站在了树下。陈家老二个子很高，他举起两只手，恰好托住瑞芬的屁股，慢慢朝下放着，放着。老二的两只手随着瑞芬身子的下降而不断上升，最后攥在瑞芬的胸前不动了。与此同时，一个硬硬的东西犹犹豫豫顶住瑞芬的大腿。瑞芬的上身软了一下，脑子里闪出无数淡黄色斑块，斑块跳跃着，晃动着，几乎要把她弄迷糊了。这刹那，瑞芬忽然忆起了昔日的百米起跑，双腿下意识地猛蹬，听到身后"吭"的一声，瑞芬双脚落地，身体立时轻松。

瑞芬提起小罐跑出树林，身后传来陈家老二哀哀的声音："嫂子，给你五十块……"

林外风清夜静，月光映涌如流，土岗的草坡上，罩着朦胧迷离的光晕，形同一层淡淡的薄雾。岗下的村子平静安谧，没有狗咬，没有猫叫，只是偶尔传来一两下关门落闩的声音。瑞芬走下土岗，走进村里，走到家门前，正要推门而入，忽然一阵怅惘，心里顿觉空落落的。她平静了一下自己的情绪，抬头仰望，月光中的夜空依然星光闪烁，一条淡白色的带子绵延悠长，无头无尾地伸展开去，她认出，那是横亘苍穹的云汉——天河。瑞芬眼睛一酸，低低叫道："小谢……"

年　夜

　　小年过后，空气里已经融入了淡淡的"火药味"，乒乓的响动将冷风寒气赶跑，揽来愉悦的氛围一如管弦乐的前奏，让人们的心境朝着一个古朴神秘且又辉煌璀璨的时刻自然铺展着。

　　较之这种热烈的气氛，我似乎更偏爱一种沉寂安然的人间原色。可这种怪癖，自进城以后就再也难得满足了。去年的除夕夜，当我怅然若失般步出家门时，却又意外地发现了沐浴自己心性的理想之河。这时的大街上，没有白昼的人声聒噪，亦无昔日夜晚仍还吱哇乱叫的汽车喇叭，除却寥若晨星的匆匆人影外，只有房屋、树木和明灭闪烁的灯火。好一种怡人心醉的宁静啊！我不由信步踏去，竟至渐渐越过栅栏横陈的湖滨公园，站到了人工假山的一侧。置身于这种高远清醇的境地，但觉灵魂悄然离躯，慢慢地飘向那个想象中的未知世界……

　　心一旦静下来，自然会想到以往，特别会忆起最近发生的特殊故事。生活中，我从来不去买菜。说来惭愧，家里人说我傻，是最容易上当受骗的一类人。小商小贩们个个目光如炬，一眼就能看出我很好糊弄，可以任意要高价、少斤两。我心中不服，生意嘛，人家小商小贩如果不是为了多赚钱，凭什么大雪寒天中仍旧蹲在小店里，一边打理着渐渐变蔫的菜蔬，一边笑脸相迎前来光顾的采买者呀！我们每月拿着高工资，吃着舒服饭，再和为一块钱一毛钱苦挣苦熬的人斤斤计较，实在有伤风雅。

不顾家人的劝阻，腊月二十那天我踱进一处菜市场，并非为了照顾菜贩，实是为了自己说不明白的一种逞强心理。

我虽然从不买菜，职业习惯，但凭眼神就能看出菜农与菜贩的区别。菜贩接钱时眼露虚光，脸上同时显出又赚了你一家伙的得意之色；而菜农接钱时眼里流露出的不像是天经地义的交易，却好似在接受别人的施舍。

虽是寒冬腊月天，因为除夕日近，菜市场里仍旧熙熙攘攘，人流如织。更由于农村推广塑料大棚种植，时新菜蔬经年不断，市场上花样迭出，青葱满目。我的目光在一个个小菜摊上停一下越过，越过又停一下，耳旁是嗡嗡嗡的嘈乱声和时而激烈时而和缓的讨价还价声，几个菜贩子人分远近，遥相呼应。"哎——，打价不如随价挑，识真货的快哈腰。""咦，你这菜里掺水了？""哎——大婶大婶说得对，俺这菜里使了水。俺若菜里不使水，你这买菜的光咧嘴。""嗯？刚才还是八毛一斤，一会儿咋就一块了？""呵呵，大哥大哥长傻了，没听说好马撵不上青菜行吗？……"购买也是一种欣赏，欣赏也是一种享受。我一路走下去，脸上笑眯眯的，心中也被那种轻松舒怡的味道滋润着。走到一家茄子摊前立住。眼前是好嫩的茄子哟，茄皮亮光光的，黑红之下，透着一种淡淡的微蓝色。我听家里人说过，这样的茄子品种优良，生长期长，需水肥适度、光照充足，肉质鲜嫩，稍有韧性，只能用手撕，不能用刀切，红烧茄条，最出味道不过了。

我蹲下身子摸摸茄子，细腻而滑润，像触到绸缎似的。

我有点儿爱不释手："多少钱一斤？"

卖菜的口气有点儿迟疑："一块五。"

我拣了两个中等大小的茄子放进秤盘里："称一称吧。"

卖主按了下秤盘键："一斤半，高高的。给一块八毛钱吧。"

我有点儿诧异，难道这个人不会算账吗？如此做生意，岂非宅子连地也得赔上！我提醒他："错了，你算错账了。应该是两块二毛五。"

卖主口气硬硬的："一块八！"

我抬头看了他一眼，是个二十几岁的棒小伙儿。面孔黝黑，头发直立，显得挺倔。不只头发直立，额上的几道皱纹也别扭，像一道道扇骨，支棱着。我禁不住笑了，一是笑他长相有趣，二是笑他卖菜算账糊涂。等他把茄子装进塑料袋里递给我后，我再次提醒："你不会算账吗？一斤一块五，一斤半……"

小伙子仍旧口气生硬："我本来是卖一块二。"

"可我并没跟你还价呀？"

小伙子仍旧面无表情："你是唯一买菜不还价的，我就更不能糊弄你。"

我摇摇头，取出两块钱递给他，起身走了。走出不远，随着身后一声大喝，卖菜的小伙子拽住了我："找你两毛钱啊！"

两毛钱，追出了这么远！正想推辞，小伙子将两毛钱塞进我兜里，转身跑回他的菜摊上继续料理生意。我看看手里的茄子，瞧瞧菜摊上的小伙儿，眼中蓦地漾出了泪花儿。

回到家后讲起这番经历，家里人不相信，说我造的。

……

我站在假山一侧，想象着当时的情景和当时的小伙，真有些出俗入圣神游八极的感觉。这时，身后一个低沉的嗓门响了："喂！你在干吗！"

尽管声音不大也不带有某种威胁性，但一向胆大的我却也出其不意地吓了一跳。惊回首，只见路边塔松下站着一个人，夜色中对方身上似乎还闪动着一点儿什么。这让我立即想起了现在社会治安较为欠佳的有关传说，于是就紧张，就警惕，并开始在抵抗或逃跑间掂对着最适合自己身体现状的抉择。想到对方手中可能持有利器，我决定马上逃走，可是未及拔腿，那人已闪电般挡在了我的面前，依然问着那句话："先生，我盯你好长时间了，你在干吗？"

蒙了一下终于解开，坏人是不会发出这种诘问的，与此同时也已看清，面前立着的是位年轻的警察，一只手插在裤袋里，另一只手在胸前横着。我悬着的心终于放下了，礼貌地解释说自己家向来无春节守岁的习俗，并且，春节晚会越来越没味道，不感兴趣，所以就出来欣赏这城市中的大年夜。

年轻警察似乎仍旧存疑，不放心地问我大年夜有什么好看的。但当听说我是个写书匠后，口气终于缓和了："我说嘛，除非你们这些总是想象大于实际的文人，这除夕之夜谁还这么魔魔怔怔的！"

我粲然一笑，明知故问了一句："你来这儿干什么？"

他纳闷地望我一小会儿，指指自己的警徽又侧侧头，意思是嗔我竟看不出他的职业。出于职业习惯，我几乎又是下意识地冒出了一句傻话："这大年夜，别人都在团聚，你不想家？"

他稍一怔，轻声道："你说呢？都是肉体凡胎爹生娘养，这会儿谁不想和家人一块儿过个团圆年？如果大街上不安宁，人们在家里过年能安心吗？"我正后悔失言，对方嗓门忽然高了："为了家家都能过个太平年，总得有人承受孤单吧！"

望着小伙子那年轻而又略带冷峻的脸，我说什么呢。在这万家灯火的大年夜，从东岳泰山到西域新疆，从海口城市到北国漠河，此刻似乎有许多像他这样身着警服的年轻人，劈寒风，踏冰雪，正紧张而热诚地保护着每一个"家"……

这时，远处大楼上的钟声响了十二下。光亮中，年轻的警察也没和我说声再见就转身离去，不大会儿就消失在远处的夜色中。我驻足原处，身不由己地朝他离去的方向轻轻一躬，心里暗暗祈祷：好兄弟，你和那位卖茄子的小伙子一样，是最诚实、最善良、对别人最负责任的人。我，祝你年年好运，夜夜好梦！

心　性

　　梁欣骑着自行车行至福圣路拐弯处，被一个斜刺里骑车冲过来的大汉撞翻，大汉的自行车圆圆满满地把她压住了。大汉挺文静，也挺端庄，满脸的和善相。可是，这么和善的一个人，说话却有些粗野："小妮子，没长眼吗？"

　　梁欣很委屈，明明是你违反交通规则撞了我，怎么还唬人呢？她费力地掀起压在身上的自行车，慢慢地往起爬。那大汉不再说话，可也不搀不扶她，任她千般痛苦只是默默地瞧着。梁欣刚刚爬起半截身子就又"哎哟"一声跌倒，她的膝盖痛，痛如针扎。周围已经站了好些看热闹的，见此情景就有人喊起来："哎哟了不得，这孩子八成是烧饼骨（膝盖骨）给摔坏了。去医院，快去医院吧！"这一声喊，那大汉再不沉默，从梁欣身上拽起自行车钻出人群，嘴里喊着"坏了坏了要迟到了"，惊枪的兔子一样钻着人空逃走。

　　说真话，要是大汉扶她一把或者抚慰一番，梁欣感动之余疼痛肯定会轻点儿。这是心理作用，人在受到鼓励或安慰时，抗病抗疼的力量会相对强一些。可是，大汉不仅没扶她，反而跑了。大汉这一跑，梁欣不免生气，一生气，膝盖就疼得更重。不过梁欣还是支撑着爬起身，并且硬挺着站直了。膝头很疼，疼得她想哭。可转而一想，自己是六年级学生，都十二岁了，一点儿小伤还值得哭？对，要坚强！像书上写的英雄

125

人物一样，负了伤也得硬挺着。她终于挺住了，并且咬着牙拽起了倒在地上的自行车。在她跨上自行车的刹那，左膝盖一阵疼，疼得钻心，她皱起眉头，坚持着朝前蹬，蹬一下一咬牙。渐渐地，疼痛有所缓解，只是膝头仍像揳了根木荏子，一动，一扎。

她骑得很慢，自行车一溜歪斜地朝前驶去，梁欣有一种腾云驾雾的感觉。离学校还很远，再加快一点儿吧，梁欣脚下用力，自行车发出唰唰唰的声响。恐怕得迟到了！梁欣一阵心焦，身上头上冒了汗。她抬手擦汗，忽然一惊，面前出现一个拄拐棍的老头。老头个儿小，走得也慢，虽然拄着拐棍，脚步依旧蹀躞。梁欣立即刹闸，心想慢一些慢一些，千万不要碰着老人家。梁欣的车速慢得就像步行，比步行还要慢，她打算慢慢地从老头身旁绕过……天啊！巧得很，越小心越出错，就在她调整车把从旁绕行的前一秒钟，小老头却出人意料地扭转了身子——他要横行过街。

要是梁欣再慢一点儿，小老头就从前边过去了。

要是梁欣再快一点儿，小老头肯定在她车后了。

然而不快不慢，小老头的一根罗圈腿恰恰蹭在她的车轮上，像是戏中预先设计好的情节，这个苍老干瘦的身躯十分自然地沿着车子前叉滑倒在轮下，同时发出与年龄不太相符的凄厉惊叫。梁欣赶紧跳下车来扶起老头，老头瞥了一眼这位肇事者，双目紧闭，唉哼连天，脸皮痛苦而绝望地抽搐着——天哪，世界末日啊！

撞倒一位老人！梁欣吓得要哭，可她竭力忍了忍咽下泪水，撑住自行车蹲下身子问道："爷爷，碰到哪里了，真对不起，我太冒失了，您能站起来吗？"

梁欣问了好几句，小老头才咬牙皱眉地嚷："还站起来？疼死了，疼死我了！天老爷啊，骨折了啊！"

梁欣的脸吓白了，把一位老人撞成骨折，这可怎么办？她看看四周，想找个交通警察帮帮忙，没看到警察，却招来了许多看热闹的人。有个中年男人走上来并蹲下身，从上到下捏了捏老头的腿问："大爷，您觉得哪个地方不舒服？"老头哭丧着脸说："都不舒服，两条腿都不舒服。啊呀，疼死了呀！"中年男人笑了笑："大爷您别害怕，不是骨折，我敢保证。"老头的脸部表情由痛苦转为愤怒："什么，你敢保证？你算哪壶醋呀？"

中年男人立起身说："大爷，先别管我是哪壶醋，你有风湿病，这么躺在水泥地上会使病情加重。起来吧，有事起来说。"

小老头惊奇地看着中年男人，一时竟说不出话。中年男人微微一笑，转身走了。围观者中有认识这人的，告诉老头说："他就是中心医院出名的骨科专家郑教授，听他的，没错。"小老头想了想坐起身来，但仍是龇牙咧嘴皱着眉头嚷："疼死了，可把我疼死了！"有人问他到底哪里疼，小老头翻着白眼蜷起腿，揉揉膝盖道："烧饼骨，烧饼骨磕碎了。"

人们哄地笑出声来："烧饼骨摔碎了还能蜷起腿呀？"

没什么热闹好看，围观的人群便也失了兴趣，说着笑着相继散去。围观的人走了，梁欣不能走。坐在地上的老头不能走，自己能走吗？可是，此刻受伤者和肇事者同时怔住，好像对这突然到来的静寂有些不适应，一老一少四目相对，一时间谁也不知说什么了。大约那位中年男人的劝导起了作用，小老头抻了一会儿挣扎着要起来，梁欣赶紧扶着他。老头试了几试，还真拄着拐棍站起来了，只是摇摇晃晃站不稳，所幸梁欣一直在旁扶着，搀着。老头又试着往前迈了两步，还行。梁欣长长地松了口气，谢天谢地，总算没有闯下大祸。正准备说声"爷爷再见"，小老头一伸手拽住她，眼睛里闪射着温和的光："孩子，我真的走不动了，你也不是故意撞我，可是，你能送我回家吗？"

老头声音细软，口气柔和，真有点儿乞求的味道了。梁欣感到很不是滋味，本来自己撞了人家已经错了，眼下倒让人家跟乞求自己似的，这算哪回事呀。一感动，觉得眼睛有些潮湿，胸中也热辣辣的，当即推起自行车说："爷爷，应该，我应该送你回家。"

老头住在园艺小区，离此并不远。梁欣一手推着自行车一手扶着他，看着老头一瘸一拐地蹒跚而行，就想叫辆出租车送他回家。然而老头坚辞不受，说溜达着更好，舒展筋骨，兴许走到家就没事了。世间虽坎坷，到底好人多。你瞧，老人被自己撞了，不光没像人们传说的那样百般敲诈，连几块钱的出租车费都不让自己花。梁欣感到说不出的春光明媚神清气爽，尽管注定要迟到，可她心里却非常踏实，再不像刚才那样着急惶悚了。

穿过马路顺街西行，再走一二百米就是园艺小区，一老一少边走边说，聊得很是投机。家庭住址、哪所学校、父母情况……梁欣愉快地回答着老头提出的所有问题。

走进园艺小区，来到五号楼前，楼南是一排底楼住户的套院。老头走到东边一户摁了门铃。不大会儿，院门敞开，眼前突然出现的情景让梁欣蓦地怔住——那个在福圣路拐弯处撞了她的大汉当庭而立。天！人生何处不相逢啊！大汉看到梁欣，下意识地倒退了两步。可是没等梁欣反应过来，一个更让她目瞪口呆的情景又出现了——刚才还挺精神的小老头一下子趴在她的自行车把上，连喘嘘带呻吟地哼唧着："坏了，坏了，这孩子把我撞坏了！"

后退两步的大汉好像打了个激灵，赶忙趋前扶住老头问："爹，没事吧，你要挺住，可得挺住啊！"说着朝梁欣闪了一眼："你这孩子，撞了人不招呼送医院，倒弄回到家里来了，你说怎么办，啊？怎么办？"

老头倒在儿子怀里，呻吟声越来越大，他断断续续地对儿子说："这是市扒鸡公司梁经理的闺女，电话是……哦，可别难为人家，啊？一个孩子家……"

128

梁欣一下子就傻了，完全傻了，她不明白这是怎么回事，老头刚刚还挺好的，何故一进家门就不行了呢？莫非是……她不敢想下去，她认为不可能，这么好的一个老人会弄虚作假诳她？不可能。那样的话，老头完全可以躺在马路边上不动，为什么还要回家？

那位大汉将他爹背进屋里，放在床上，梁欣跟在后边走进去时，只见套间里探出一个苍老的女人脸，冲床上的老头看了看，撇撇嘴又缩回去了。大汉嘱咐他爹沉住气，说马上就打120找救护车。说完这话他并没打电话，只是转脸告诉梁欣，他爹原有心脏病，刚出院不久，今天被她撞翻，麻烦大了。他让梁欣有个思想准备……

大汉口气沉重而严厉，但梁欣并不觉得有什么过火，她此时恍然大悟，原来老人是有心脏病啊！一念至此，心里开始发毛，老头真要为此丧了命，自己就是个罪人哪。梁欣没再多考虑，马上掏出手机给父亲拨了电话。父亲那里刚"喂"了一声，梁欣这里就哇地哭了："爸爸，爸爸，你快来吧，我，我把一位爷爷撞坏了，我闯了大祸了！"

通话过程中，老头躺在床上没再呻吟，一直眯起眼睛静静地听梁欣和她父亲说话。电话打完，老头像断了电的破冰箱被重新启动，马上又恢复了声调古怪的吭哧声。

梁欣立在老头床前泪流满面，嘴里不停地说："爷爷，对不起，真对不起，我太莽撞了！"

疑　似

　　大喇叭里播出的歌曲伴随着吹鼓手们高亢嘶哑的唢呐声，流子终于把魂牵梦绕的小丫娶进了家门。看着小丫千娇百媚细腻柔嫩的脸蛋，流子高兴得咧开了嘴，像哭也像笑，末了，竟有几滴糖珠儿样的涎水淌到了嘴角。

　　夜落乌啼，闹喜的人已作鸟兽散，流子日思夜想的时刻终于来到了。该想的想到，该做的尽量做到，事前，娶了媳妇的哥们儿曾向他传授过初夜的秘诀，流子心领神会信心百倍蓄势待发。然而，完全出乎流子所料，既没有想象中的推辞忸怩和羞涩，也无哥们儿所说的艰难迟滞或阻隔，一切好像是水到渠成，流子的航船轻而易举就进入了航道。在获得充分的惬意与满足之后，刚才飘飘欲仙的流子忽然大彻大悟：妈妈的，有问题了！

　　越想越懊丧，越想越疑惑，人生彻变的起始之夜，流子的心里就拧了个结。他现在感到很作难，小丫就像个刺猬，捧着呢扎手，扔掉呢是块好肉——舍不得。

　　流子能把小丫弄到手，很是费了些周折。

　　流子住村东，小丫住村西，相隔挺远，却经常见面，因为他们是地邻，春种秋收都在村南大洼。流子虽然长得高高大大，但模样并不出

130

众。小丫却是细高挑白净人，一对大眼配着长长的睫毛，看人时一眨一眨的。她说话先笑，显出一口洁白整齐的小牙，透着神韵，透着甜蜜，透着对男人的诱惑。小丫的笑曾经一百次地撩拨着流子的心，所以他也总是千方百计地找借口和小丫接近。流子原以为小丫是高不可攀的主儿，岂料试探之后才明白她并不是眼睛长在头顶上的人。于是，那天黄昏收工回家时，走在路上流子看看四周没人，就夯着胆子抓了下小丫的手。小丫非但没翻脸，反倒挺体贴地问他是不是有相亲相爱的意思。流子真是大感意外，他使劲攥紧那只细长白皙但不算柔嫩的手，盯着小丫的脸蛋儿着着实实幸福了半天。然后，他鼓起勇气吭吭哧哧地说："丫儿，瞅个机会咱们拉拉。"

自从那天之后，流子总在盼望这个能够和小丫"拉拉"的机会。可是，这个机会也总没出现，似乎小丫已经把诺言忘了。与此同时，流子却意外发现小丫经常和村里那个油头粉面的小木匠拉近乎，有一次两人好像也面对面地拉了拉手。此案一发，流子如同喝了半瓶独流老醋，心里酸酸的、涩涩的，有块棉花桃子般的东西在胸口堵着，吐不出，咽不下。流子心中焦躁，有一天晚上真想冲进小丫的家里问问她。然而，小丫的老爹是出名的刁钻二百五，平日见了他流子眼皮都不撩，惹翻了他，自己挨一顿大棒是少不了的。于是，流子的心里就又塞进了一把乱草，拽不出来也消化不掉，眼瞅着面容消瘦双腮朝里抠，他只好自我安慰，认定小丫水性杨花，但凡男人她都想贴乎着，绝不是那种书上描绘的爱情忠贞者。这种女人看谁都是一样，别看能和自己拉拉手，兴许在另外的地方还和小木匠搂抱呢。想到这里，流子的心里敞亮了一些，但仍是酸酸的。

那天下午闲极无聊，流子便跑到自己的棉花地里坐着。其实，流子跑到棉花地里坐着，也是这种酸楚心情造成的。他想在这清静的地方好好想想，理理头绪，看和小丫的事情是否还有转机。棉花长得格外茂盛，绿乎乎的枝叶遮天盖地，流子这样的五尺汉子坐在地里看不见头顶，只是由于棉铃虫太多，弄得棉桃少了。第一茬棉桃给虫子拱掉，第二茬棉桃好歹坐住一些，最后一遍杀虫药打过之后，他也终于稳下心来静等收成。至于产量高低，就像和小丫的关系，只能听天由命。

流子坐了一会儿，感到有些累，就侧身躺在了棉花垄里。他一边盘算着今年秋后是否应该买台小拖拉机，一边做着这个年龄常做的理想梦。渐渐地他云山雾罩想入非非起来，不由透过棉叶盯住高天上的片片云彩。那云彩游游荡荡走走停停，幻化出许多让人浮想联翩的奇妙之像。七月八月看巧云，有块云朵不知怎的在他头顶上停住不动，一会儿像野鸭，一会儿像狗熊，一会儿像战马，一会儿又像飞龙。看着看着，这朵云忽地变化了一下，把流子吓得一愣怔，因为云彩中探出一个人的头脸，千真万确像个人，再看，正是小丫。

流子迷瞪了半天，越看越像小丫的头脸。他不明白那朵云怎么会忽然变幻成小丫的模样，为了能够更清楚地看到那朵奇异绝伦的巧云，流子往东边的地埂上挪了几垄地。可是，这一挪，却再也看不到小丫的影像了。天上仍是一朵云，一朵平常的白云，好像刚才小丫的模样随着风儿远逝天外了。流子懊丧万分，后悔自己不该贪得无厌，致使幸福的感觉全然丢失。流子丧气地侧起身来，这才发觉自己竟在地邻的棉田里了。地邻就是小丫，既然无意中挪进来，那就干脆在这里待一会儿吧。流子放倒身躺在棉垄里，重又开始了内容丰富的想象，认定那朵云里的影子就是小丫。因为小丫经常在这里侍弄棉花，她长得俊，人爱云也爱，天长日久，巴不准影子就给印到天上云彩里了。他听老人们说过，美女都是天上的星宿，无论在人间待多少年，天宫中总有她的位置。小丫这么俊俏的一个人，肯定就是来自天上的星宿了。既然是天上的星宿，影像留在空中云朵上也就理所当然了。

流子正然想得出神入化，忽然听到有什么东西摩挲棉花叶的声音传过来。他本想起身看一下，但不愿打断这飘飘欲仙的美好感觉，便依然在田埂上四仰八叉地躺着。沙沙沙的声音越来越大，流子随意地朝旁边斜了一下眼睛，只见一双白腻的小腿自棉花缝中渐渐向自己靠近。哎哟，姥姥唉！这不是小丫那双玉腿吗？除了她，谁的腿能配有这么白腻细嫩呀。那么，小丫到此，是看她自己的棉花地，还是有意贴乎自己？倘是后者，那可是前世行善修来的福。流子兴奋又紧张，竟控制不住地有点儿哆嗦。他想轻轻叫一声，又不敢；不叫呢，又好像有根草尖在喉咙口挑呀戳的。眼看着那双白腿就要从面前跋涉而过了，再也捺不住，就像小时候豁出命去跳越井口般低低地喊了声——"嗨！"

小丫似乎吓了一跳，停住脚怔怔地发了会儿呆，左右瞧瞧忽然很肯定地问："流子，你在哪里？快出来，啊？"

"在这里，你脚底下！"流子幸福得牙关发紧。

小丫低头看到了他，挺奇怪地问："嗯，你在这儿躺着干吗呢？"

"等你呀！"流子的声音含情脉脉。

"撒谎。"小丫看看身后，追根刨底的口气说，"你是神仙啊，咋知我来这里？"

"我觉着你准来。"流子真的撒谎了，"有缘千里来相会，无缘对面不相识嘛。"一激动，流子来了灵感，竟把《新白娘子传奇》上的歌词用上了。

小丫一笑，笑得流子心荡神移。流子伸手拉住小丫的手往下拽，小丫不再说话了，她再次往后看了看，便装作蹲下身子拔草，顺势也躺倒在地垄里。只是，他在田埂上，她在地垄处，中间隔着两垄棉花。由于是大白天，这距离在流子看来已是近得可以身贴身了。流子伸手去摸小丫的胸脯，小丫攥住他的手，迟疑了一下还是让他摸了。两人就这么隔着棉花垄子抓着手，相对凝视了足足十分钟，小丫到底说话了："流子，你是真心的？"

133

"你是天上星宿下凡尘，我求都来不及，咋说不是真心呢?"流子由于激动又幸福过度，竟脱口将刚才想到的话说出来。

"你可不能挑我的毛病。"小丫口气认真。

流子信誓旦旦："我连你的头发丝都看成金的，哪还有什么毛病?要是有一星一点慢待了你，天打五雷轰。行吧?"

小丫听他如此说，很激动，就将身子移过一条棉花垄。流子二十三四的大小子，半生何尝与女孩家靠得这么近过，更何况是脸对脸躺着呢。顷刻间，这个像生牛犊子小叫驴样的男人便已心猿意马了，他情不自禁地将小丫往更近处拽，小丫脸颊飞红，喘气粗重，显见得也是春心荡漾难以自持了。然而，小丫仍旧挺得住，任凭流子使出吃奶的力气，她只把个身子在棉垄那边死死地撑着。流子一时性急，便忘乎所以地要从棉花棵间钻过去，女孩脸皮薄，有忍性，小丫下死力用手顶住他，使劲顶住他。但终究抵不住流子力气大，不一霎他就从棉花棵间挤过去，满怀满抱地搂住了小丫。小丫低低地尖叫了一声，立时瘫在原地不能动了。流子兴奋得发昏，他做梦也没想到幸福竟会从天降，刚才还是想入非非的事情，眨眼间竟就变成现实了。他双臂箍紧，全身拱起，心中狂跳不止，就像第一次在河里游水坐船似的既兴奋又害怕。此刻，流子只觉得世界一塌糊涂，只有面前那缕飞升的彩霞……

流子和小丫正然游荡于五里雾中，忽然凭空一声炸雷响，把这对不知天高地厚的青年男女震得分开了。在棉花地的南头，一个沙哑的嗓音在狂喊："小丫，小丫!"

是小丫的爹，跟在女儿身后来的。刚才小丫进地之后左顾右盼，就是因为看到了爹的身影。小丫年轻，做事又有点儿毛躁，装作拔草伏下身，躺到棉垄里与流子对面相向只顾了无边的幸福，全然忘记了地头上还有个爹。此刻听到老爹杀人一样的狂吼，美梦惊醒，随之出了一身冷汗，忙不迭推开流子跳起身，侧脸对着爹惶惶地分辩说："嚷什么嚷啊，

134

人家就没点儿别的事吗?"说着装作系裤带,同时转身朝着地头上走,虽然小丫尽量稳住心神,毕竟还是行止仓皇变貌失色的。地边上的老头好像不大相信女儿的话,依旧小眼溜圆满脸疑惑,他在努力盯住女儿刚才起身的地方,发现那里此时仍有不停晃动的棉棵。

原来流子听到吼声也吓得呆了,他伏在棉地里好一会儿一动也不敢动,待小丫立起身朝地头上走,这才意识到必须逃跑。当然,他绝对不敢立起身来,想一想便学了自己家中的叭儿狗,肚皮贴着地面往前慢慢地爬。也是流子人慌无智,只顾运动却忘了会暴露目标,那不停晃动的棉棵,早被小丫她爹的眼睛瞄准了。看来是捉奸老手,他并不急于采取行动,也不再做任何形式的叫喊吵骂,只是以与老年人不相符的麻利腿脚迅速赶到地北头,顺便从旁边地里折一根粗粗的高粱秸攥在手里,像猎狗拦截兔子,亮起架子在地头上守着。

流子千难万险爬出棉花地,刚要松口气,一仰脸差点儿吓尿了裤子。面前一双粗糙裸露的老腿像是两根拴牛的桩子,不用细看也明白这是小丫她爹的。流子的头皮麻了足足一分钟,明白就要大难临头了。人在紧急关头有两种情况可能发生:一种是吓走了脉,趴在原地动弹不得,这种人俗称"怂包";一种是迷糊一阵迅速反应过来,在极短的时间内想出应急变通的办法,这种情况叫"情急智生"。还好,流子属于后者。他从糊涂懵懂中清醒过来,脑子里闪过的第一个字就是"逃"。逃不脱呢? 也有个说法,可以耍赖,只说自己在棉花地里拔草时突然肚痛难忍,躺下歇息的当儿不知怎的就滚到老头地里睡过去了。至于小丫来到这儿,他压根就不知道。老头若不信,就让他问小丫。流子清楚,小丫就是傻了疯了也不会说实话。

流子定了主意,便一脸苦相地仰起脸,然而几乎就在同时,他面前出现了一副骇人的景象,老头双目如炬,鼻子里呼呼喷气,手中的一根青秫秸像打桩似的冲他后背抡了下来。流子见势不妙,条件反射,一个驴打滚,秫秸带着呜呜哨音贴着后背扫过去,十分响亮地抽在他的屁股上。流子尖叫一声蹦起来,刚刚想好的应对内容瞬间跑到了爪哇国去。他顾不得辩解,更不敢反抗,就在老头再次抡起秫秸尚未落下的刹那,哈腰一个旋身从对方胳肢窝下穿过,像侥幸突围的败兵一样如飞逃走了。

小丫的老爹第二秫秸没能抽上流子,因为用力过猛,身子朝前欹出很远才勉强站住。真不幸,那么好的棉花立时就被踏折了十几棵。老头既恨且气又心疼自己的棉花,回头见流子已是逃出百丈开外,料知好狗撵不上怕狗,愤愤地呸了一口,嘴角上咬出了血。尽管如此,他还是象征性地朝前追出一段距离,之后便平地跳起三尺喷着唾沫喝骂:"流子流子,我×你妈!"

流子听得真切并不回头,只在心底里对骂:"我×你妈!"

"流子流子我×你奶奶!"

流子同样听得真切,迟疑了一下暗暗算出一笔账——奶奶和妈,嗯,差着一辈呢。于是,心底里决定不再对骂。

"流子流子,我×你祖宗!"

这一句流子也听到了。可是,他不但没有回骂,却于心中暗自大笑:老驴驹子,真浑,你忘了咱们五百年前是一个祖先了?

流子学生期间曾经拿过全校八百米冠军,当此危急时刻的速度更非昔日可比,所以,那老头下一句又骂了什么他已经听不到了。流子飞回村里,窜到家中,关了门又上了闩,之后便倚住门板回忆刚才那先甜后苦的经过。

塞翁失马,也是流子之福。

老头对流子的报复措施没有达到预期目的转身又不见了小丫的那一刻,他就断定自己的女儿八成已是"破鞋"了。他把女儿关了整整五天,让女儿在家里闭门思过。老头不糊涂,当时还有几个人在地里干

136

活，他和流子小丫三人上演的那出戏肯定早就传遍全村了。你想想，一个让男人抱过的大姑娘，尽管长得好看，在这偏远的乡下还能找到好主儿吗？倒不如借着高坡好下驴，干脆把女儿嫁给他。于是，五天头上老头倒托媒人找到流子，说只要能够交上五万元罚款，这闺女就是他老婆。正在家中提心吊胆的流子得到这"柳暗花明又一村"的好消息，当时就乐得糊涂了。

　　五万元花了，小丫娶进家了，初夜已过，流子心里的那个"结"却再也解不开了。
　　怎么就这么痛快呢？流子反复地想。
　　如果小丫没经过男人，那么在棉花地里她能那么放开脸和自己搂搂抱抱吗？
　　是不是小丫她爹知道女儿行为不端，有意找自己这个冤大头？
　　倘若小丫没有破过身子，那自己在新婚之夜的经历又怎么解释呢？
　　很自然，流子又想到了那个油头粉面的小木匠。立时，一些令人生疑的景象又在眼前起起落落。那天结婚时，小木匠作为庄乡也来参加婚礼了，流子清楚地看到，小木匠当时神色黯然并且有点儿魂不守舍，一双眼总是直勾勾地盯准了盛装艳服的小丫不放。偶尔侧过头来往自己这边瞧瞧，眼睛里便闪出既羡慕又忧伤的虚光。流子当时很有些幸灾乐祸，心里话，小子呀小子，我看出你也喜欢小丫，可是你不及我走运，不及我胆大，这就叫先下手为强。呵呵，从今以后你就只能对着我的窗户唱你的小夜曲了。当时，小木匠好像也看出了他的心思，有一阵儿还故意久久地盯着他，目光里流露出贪婪、狡诈和一种说不清楚的诡谲。现在想起来最让流子深感不安的是，小木匠在离开婚礼之前曾对着他吹了声意味深长的口哨，脸上显出集市上的驴贩子们惯有的赚了对方一把的得意之色。流子就想，这小子说不定早就占了小丫的便宜，只因那天

137

闹了那么一出，小丫的父亲脸上挂不住，这才将错就错把小丫推给了自己。倘非如此的话，很可能小丫早躺到小木匠的床上了。横想竖想，流子的脑袋越来越大，难道说费尽周折才弄到手的小丫真是个二手货？

流子表面大喇喇，心中有数，虽然怀疑小丫与人有染，但并不显形于色。为了证实自己的推断，他开始了有条不紊的秘密侦查。小丫正沉浸在新婚之初的兴奋中，每天梳洗打扮后到左邻右舍或大街上玩乐。流子悄悄地跟踪监视，不露汤水不显痕迹，小丫的一行一动甚至下厨房进厕所都被他尽收眼底。当然，有普遍更有重点，流子的重点勘验还是妻子和小木匠的关系，所以，每当小丫穿戴整齐站在外边浏览街景时，流子总是远远地隐在一堵墙或一棵树后，屏息静气盯紧了小丫的立脚之处。

功夫不负有心人，流子终于发现了一些蛛丝马迹。比如，每当他们在大街上遇到时，两人总是站下来相互笑一笑，或者说几句话；每当小木匠在谁家干活时，小丫也总似属无意地跑到那家看看瞧瞧，就像小木匠身上有块磁石吸着她。特别是街上相遇，他俩总在左顾右盼，唯恐别人看到似的。流子越看越觉得他们之间有问题，对自己的判断更加深信不疑。可是，流子又不愿把个绿帽子无端地戴在头上，因为这在乡下是个大忌。因为一旦出了名，就会被人认为是个"二道贩子"，是个草包窝囊废。本村本街的，你眼睛长到腚沟里了，这么清楚的事都看不出来，分明是心甘情愿当王八呀！

既然木已成舟，还是借着顺水好行船吧。流子做了万千思考之后下了决心，还是着眼未来，不再过多地计较小丫的历史问题，人生几十年短而不易，踏踏实实过日子要紧。眼下，重要的是不能让他们的关系继续下去，否则就是用自己的裤带勒自己的脖儿，傻透了。流子曾在县城防疫站的门口看到过几个大字——防重于治，防治结合。这话说得很在理，对于这两人来说，先防，防他们继续偷情；后治，实在防不下了再治，治他们通奸。

　　流子有了既定方针，再不过多地产生忧虑，感到心安神定，信心大增。棉铃虫都能防治，还防不了一个偷汉子的老婆吗？他的办法很简单也很直接，就是死盯，像电影里的包打听跟踪革命党人一样死盯。小丫走到哪里跟到哪里，明明白白地跟着，再不像以前那样偷偷摸摸隐身暗处了。时间长了村人开始笑他，说他没出息，出来进去离不开老婆。流子并不介意，你笑就笑呗，我自己明白。

　　那天下午流子和小丫在院外出粪坑，捎着工具从旁走过的小木匠打招呼："哎，还真下大力呀？"流子未及回答小丫就先说话了："呵，不下力地里能长粮食吗？"流子心中一阵激灵：妈妈的，暗语，这是暗语！果然，他看到小木匠很别致地冲小丫打了个手势鬼鬼溜溜地走过去。流子咬咬牙：娘那个腿，还有暗号呢！我得小心提防，静观默察，无论如何不能让他们打了"短平快"。想想吧，真要到了"治"的那一步，恐怕小小木匠也给生出来了。怪不得说防重于治呢，金玉良言，一点儿不假。流子整个下午处于临战状态，在忧虑与思索中觉不到劳累，干活也好像特别快。

　　晚饭后，小丫说要到娘家取个鞋样给他做鞋，流子的脑袋爹了爹立时明白。他不露声色地"嗯"了一声，起身就陪小丫前往西头岳父家。好像流子跟在身边已经习以为常，小丫轻灵纤巧地走走跳跳，看不出有丝毫的介意。流子就想：妈妈的，装吧，你装我也装，反正不能让你们日哄了。他就对小丫说："小丫，你爹到现在见了我还是气哼哼的呢。"小丫笑了："还不就是为了那回棉花地里的事吗？"流子的心跳了跳道："嗯，要是那回你松松手给了我也许早没事了。"小丫啐他一口："想得美，你寻思这女孩家的事是随便就给人的吗？喊！"流子千没羞万臊子地在心中骂了好一阵，暗暗道：不随便？只是不随便给我吧，你可早早就让小木匠给整了！

见小丫两口儿进了门，小丫她妈赶紧忙着沏茶倒水敬女婿，老头子嘴里嘟囔了几句，借口补渔网钻进了西跨屋。小丫自从结了婚轻易不来娘家，今晚来了，就和母亲有着说不完的话。流子催了几次小丫总是不起身，流子当然也不好说什么。抻到大毛郎爬上中天，墙上挂钟当当当地响了十下，小丫突然发话说："流子你要是累了就先回去，我陪妈再说会儿话。"流子想：来了来了，脱不了身支我走呢。妈妈的，看起来不拿个"现行"你是不收场啊。心里嘀咕着，便装作真累了的样子打个哈欠道："也好，我头前走，你也别太和妈粘缠了，明天还得浇地呢。"说着，辞别母女二人起身走了。

　　其实，流子并没回家，他出了这个门进了那个门——一个废弃了的早年生产队的饲养棚。饲养棚和他岳父家斜对角，相距只在百米内，在这里盯梢小丫的行动真是再理想不过。流子搬了块砖头倚门而坐，夜阑更深，只有阵阵微风贴着地皮悄悄地刮，周围静寂而沉闷，天地间显得那么空旷而寥廓。流子喘了口气倚在门框上休息，他累了，真累了，几天来整地运肥准备浇水，农活忙得脚不在鞋里，他真想放倒身子美美地睡上一觉。可是，不行啊，小丫一时不回家他就一时不放心，但凡红杏出墙，稍不留神就会给人摘走了。流子强打精神瞪起眼，像猎狗等兔子一样直勾勾地朝斜对面的大门口瞅着。

　　……不一会儿，小丫果然出现了，怎么出的家门，流子并没注意，只是一抬眼就看见小丫急匆匆地往北走。为什么要往北走，流子不明白当然更不能问，他只是跳起身紧紧地在后边跟。夜色朦胧，周围的一切都显得迷迷糊糊，小丫不时地回头又回头，流子非常麻利地纵跳着身子，及时隐在墙根或树后。小丫穿过中街又走过一条胡同，不大会儿进了小木匠家里贮放饲草的场园屋。流子的心疯狂跳动，妈妈的，这对狗男女原来一直是在这里跑狗子呢！一抬脚，整个人轻飘飘地到了门前，伏身低头，像《水浒传》里武大郎一样抢进屋里去捉奸。然而，出乎他的意料，屋子里空空落落，只有一堆饲草在屋角处垛着。流子四顾无人，大惑不解，升天了？遁地了？明明看到小丫跑进来了嘛。眨眼间又想到，可能躲在草堆里，刚要冲上去，忽然感到侧面热乎乎的，一转身，竟是小木匠龇着红牙花子冲他乐。流子吓得先是闭上眼睛随即又大怒，挥拳头打过去，身子往前抢了一下睁开眼，门口一条粗大的黑狗正伸出舌头饶有兴味地舔他的脸……

流子惊得跳起身，黑狗呕儿的一声吓跑了。流子气得拽头发，妈妈的，怎么一会儿工夫就睡着了呢！旋即想起了今晚的计划，慌忙跑到岳父门前去看，门关着，推了推已经落闩，显然小丫早已走了。流子懊悔异常，赶忙拔腿往家跑，边跑边回忆刚才的梦，深感梦境蹊跷：小丫……草屋……小木匠……嗯，了不得，八成是神明梦中指点我。是不是应该先到草屋去看看？转而一想还是先回家，回家见不着小丫，这个梦就应验了。想着跑着，已到家门口，大门虚掩着，屋门却插紧了。流子敲门，屋里小丫愤愤地说："你跑哪儿去了这么晚才回来？"流子当然不会说实话，撒谎说到邻居家串了个门。小丫也不多问，开门放他进屋，管自上床去睡。

流子心存疑虑，翻来覆去睡不着，便拽开小丫被头朝里钻。小丫说累了困了，裹紧了被子便呼呼睡去。流子的心一下子没了影，因为小丫从来都是顺从他。没疑问，这小娘们儿刚才肯定有了小木匠，否则她不会这么反常。以往的经验，每逢他和小丫好过之后，小丫总念叨着"累了困了"酣然入睡。眼前的情况，却好将她以往的习惯验证了。流子感觉头脑发涨，手脚冰凉，一股灼热的东西从腔子里涌上来，好像要把自己的喉头戗破。他想哭，想骂，想狠狠扇自己的嘴巴。妈妈的没出息的困种，为什么关键时刻睡着了呢？这下可好，老婆瞅了空子，小木匠得了便宜，真是人算不如天算，他流子再次成了货真价实的绿头王八。他想把小丫拽起来拷问一番，转而又犹豫，怎么拷问，问她刚才是不是和小木匠到草屋里野合去了？她要不承认怎么办，又不能马上送到法医那里去检查。天！流子躺在床上千回百转，抓胸脯揪头发翻滚挪动，直到夜色褪去黎明将至，他才稍稍迷糊了一霎。

第二天，一向强壮如牛的流子病了。小丫问他，说是头疼、胸闷，浑身的骨头像散了架。下半晌，流子开始发烧，嘴唇上起了燎泡，手脚乱伸还不停地说胡话，嘴里一股劲儿念叨着大木匠小木匠的。小丫吓得变貌失色，赶紧请了医生来，医生望触叩听之后打起了愣，说是弄不清什么原因，可能是怪病。怪病怪治，医生给下了银针，开了镇静退烧药，还用小刀削了根桃木橛子插在屋角。瞎驴撞槽治了两天，流子的病却也真的渐渐转好，不再头疼也不再发烧，只是仍旧浑身瘫软，心口憋闷，饮食无味，不思茶饭。好像以药为食，以食为药。他的话也明显减少，每天除了瞅着小丫出会儿神外，就是仰面朝天研究屋顶上的房檩苇箔。

小丫从没经过这阵势，慌得就像掉了魂，她一步也不敢离开流子，整天守在床前伺候着。每到饭时，总要再三追问流子想吃什么，有时面条，有时水饺，只要流子开口，总会不辞劳苦地给他做好。为了给流子补养身子，小丫请人从城里捎来大个儿的鲤鱼，有时炸，有时炖，有时清蒸，有时黄焖。小丫把做好的鱼端到流子面前，再将鱼刺一根根择掉剔净，一块一片地放进流子的嘴里。流子说不吃了，小丫就把鱼盘放进锅里盖好温着，流子随要随到。无论他吃多吃少。饭后茶余，小丫就俯在床前，给流子抚额头揉身子，叙家常说闲话，尽量不让他感到寂寞。逢这时，流子就感慨万端，唉！多好的媳妇呀，就可惜有那么个疤残！

在小丫的精心照料下，流子的病很快康复了，只是留下个后遗症，时时地瞅着媳妇发愣。两人之间更是形影不离，小丫下地，他必然相伴；小丫上街，他必要跟着；小丫到院外倒垃圾炉灰，他也得在后边瞄着。小丫觉出反常，就半开玩笑地问他："咋回事，怕我丢了？"流子讪讪一笑不置可否。为了保证自己的纯种血脉，流子开始加紧复习功课。小丫感到奇怪，一次情热中问他："我说流子，自从你病了一场，咋就变成不知饥饱的叫驴了？"流子正在忘情，一句话不由脱口而出："我怕小木匠还……一直惦着你呢！"

流子话一出口就后悔了，他感觉小丫的身子明显抖动不止，随之双手插到他的腰胯上发力往外一托，被子随即帐篷一样鼓起来，一百几十斤的男人刹那就给掀到了床下。亮着灯，一切都在明晃晃的照射中，流子惊恐愤怒但却压低声音道："你，你干吗？疯了？"小丫坐起来，脸色通红，双目如炬，似怨似恨又似羞地看了他好一会儿，说了句"我是一片真心喂了狗"，便侧身朝里睡了。流子呆了片刻爬上床，心中暗忖：准是妈妈的说到痛处了，要不她怎的不着急不争辩不咒骂，这就叫理穷词亏哪。他此时再不后悔自己刚才的冒失，反而认定是歪打正着，即使不能正了小丫心性，起码也有个敲山震虎的作用。

流子的疑心越来越大，开头只防小木匠，到后来，但凡能和小丫接触的男人都成了他的防范对象。他以往听人说过，俊俏女人多是水性杨花，只要和第一个男人开了头，接下来就会有第二个第三个。因此，青年壮年概莫能外，即使十几岁的孩子接近小丫，流子也要乜斜着眼睛盯紧了，好像稍不留神别人就会搂住他的老婆。在他的严密监视下，小丫的心渐渐散了，碎了，有时发呆，有时愣怔，有时一惊一乍，干起活来丢三落四神不守舍。小丫的话越来越少，越来越木讷，除非烧水做饭干农活，到末后连屋门也不愿出了。常常坐在窗前凝望蓝天做着莫名其妙的手势，脸上像破伤风病人那样似哭似笑，口中念念有词好像祈祷什么。

对于小丫的变化，流子倒是很觉宽慰，但他仍是"以防为主"，处处留神。为了尽量减少小丫遇到其他男人的机会，进家的爷们儿一律站在院子里说话。自己非要外出不可时，必要掐准时间，关上大门，还得从外边用柴棒坷垃做个记号。那天流子到西头岳父家借小车，回来后一看夹在门扇缝里的柴棒没了，立时三脚两步冲进屋里，见到小丫安坐窗前优哉游哉，酸溜溜的心这才清爽了些。但他仍旧忐忑不安，里里外外地搜啊找啊，直到在门扇下边找到那根柴棒又算了下时间长短才觉踏实。流子如此谨慎，村里的男人也怕惹是生非，不光不到他家来，见了小丫总是远远躲着。

白天好说，要紧的是晚上。生在乡下忙在地里，你不可能关上大门朝天过。有些农活上的事流子也必须和庄乡四邻打交道，白天人们忙得脚不沾地，有些诸如联合收割共同浇地一类的活，就得放在晚上一块儿议论决定了。流子家不许别人造访，他就必须去别人家。为了防备红杏出墙头，流子又想出了一个神仙纳罕鬼灵惊的好办法。他从沙河边上拉来一车细沙堆在墙角处，逢到晚上外出，便将几锨细沙均匀地撒在小院里，再用扫帚轻轻荡平，一边荡着一边后退，退到门口放下扫帚迈到院外再将大门严严地关上。如此一来，莫说是人，即使一个老鼠，不管你从门口进来还是从墙上跳下，只要入院进屋从上面走过，完整的脚印便清清楚楚留下了。精到的招数，绝妙的主意，流子应该申请专利。

那天晚上，流子又有事必须外出。他看看小丫，小丫一如往常坐在屋里，一会儿做沉思默想状，一会儿对着镜子照照自己。流子注意到小丫近期越来越正经，无论和他一块儿下地干活还是上街有事，总要紧紧跟在后边或者傍他而行。如果有个男人从他们近旁路过或者凑过来和流子说话，小丫马上扭脸低头神情庄重，那样子好像时时防备别人抢她似的。除了夜里睡觉应付公事外，莫说别的男人，对他流子也只是若即若离。流子高兴得直打嗝，心想自己的一系列防范措施终于奏效了。

不过，流子从不做"大意失荆州"的事，今晚外出依然按部就班。他握着铁锨哼着"你是我的玫瑰你是我的花"，从墙角处铲起一锨锨细沙往院里抛撒。细沙飞流成一个漂亮的扇面，一片接一片地散落在院里，像一匹匹黄棕色的绢绸在一层叠一层地铺陈着。流子撒完细沙摸起扫帚，从屋门口慢慢地往外荡呀漫呀，就像麦收时节在场院里轻轻漫掉麦粒堆上的麦糠似的。他干得很细致也很惬意，那股认真又潇洒的架势和节奏，让人感到不是在防备老婆偷汉子，而是在作一幅能让人赏心悦目的水彩画。流子做得很投入，很传神，全然没有想到小丫此刻在经历着什么。

流子做完最后一道工序准备放下扫帚时，忽然看到小丫手持菜刀直挺挺地立在屋门口，一边傻呵呵地冲他笑，一边用菜刀一绺接一绺割自己的头发。流子眼前闪过一串光怪陆离的魅影，脑袋耳朵一阵乱响，马上明白小丫出了大毛病。他定定心神蹿到屋门口，伸手要夺小丫手里的菜刀，小丫用与女人身体不相符的快捷速度避过去，双手握刀朝着流子猛砍猛戳。流子吓得魂飞天外，三几步跳到院外呼天抢地嘶喊："杀人了，杀人了——！"

街坊邻居听到喊声跑出来，月光下只见小丫手持菜刀披散着头发，像个凶神一样在大门口立着。流子站在距离院门十丈开外，进不敢进，退又舍不得，跳大神似的迈着羊步挺着脖颈双手乱舞扎。人们情知不妙，慌忙跑到西头叫来小丫的爹妈，小丫虽疯，所幸还能认人，在爹妈的劝说抚慰下收起菜刀回家了。人们松了口气，正在纷纷议论，忽听流子的院中又起了骚动，不一刻，只见流子和岳父一前一后窜出院门亡命而逃。紧接着，小丫在后边举着菜刀追出来，边追边喊，喊声回荡在乡村的夜空，像狼嗥一样凄厉哀绝，摄人心魄。人们慌乱了一阵渐渐听清：

"杀，杀，凡是男人我他妈统统地杀——！"

艰难的抉择

何光庆的小名叫二串子。

去年，文化馆的刘馆长下乡看望业余作者，听到有人如此呼唤何光庆，忍不住笑得前仰后合。刘馆长以前曾在剧团里唱铜锤花脸，笑起来嗓门直如擂大鼓，笑完了又问他："我说你咋叫这么个名？"

何光庆红了脸："小名，爹给起的！"

的确别扭，二串子是这里的方言，指家禽、家畜或者庄稼杂交改良后的新品种。他是人，何以也叫这么个名？可是，父亲在他两岁时就已辞世，这其中的内涵便再也难以为人所知了。

搞文学创作——特别是搞了多年并在县里挂了名，如果长期不见铅字，那心情无异于女人患了不孕症，一面对自己的"前途"仍旧信心百倍，一面切齿攥拳暗中诅咒些什么。当然，平日最忌讳的，莫过于别人谈论"绝户"之类的腌臜话。

二串子就是这角色。

从进入新世纪就开始文学创作，五年的时间里，别说散文小说，即便四句一首的民歌又何曾在报刊上登过？他常想，是自己确实无能还是编辑们看东西眼花，瞧他们弄出来的那些长的短的让人看了也明白也糊涂的文章，很多是鬼鬼祟祟带着股子臊腥味，有什么玄妙？有什么道道呢？可是，自己就连那样的东西也造不出来，这他妈的就恼煞，愧煞。

如今夏夜，溽暑湿热，他仍旧坐在靠窗的长条桌前，专心致志写他那篇构思已久的短篇小说。小说题材新颖，立意深刻，长期的愤愤不平加上此时的创作冲动，使他伏案疾书，旁顾无暇。三几只高脚蚊从空中盘旋而来，分别落在他的肩头和脖颈上，长嘴如钻，打机井似的朝他肉里扎。可是，这位造小说的人竟无感觉，莫非真如头上有了光圈的大作家们说的那样，这情况证明他是"入"进去了？

外边，夜色淡而无光，有小风撩拨墙头上的小草，声音低沉细微，像一双神秘之手在悄悄揉搓死人的头发。间有黑的白的影子从窗前房檐下掠过，让人惊惧猜疑，觉得世间或许真有魑魅魍魉什么的。

屋里开始有了响动，先是窸窸窣窣，继而叽叽喳喳，再后来就有什么精灵开始大打出手了。他受了大惊扰，不得不从小说里拽出脑子来，先照自己的肩头脖颈拍打几下，这才眯起眼来朝响动处睃视。原来，有四五只老鼠之流簇在墙角，一个个拉开距离做以静制动状，架势很有些练内家拳的味道。因为给畜牲们打乱了思绪，何光庆气愤已极，从桌下抄起块七八斤重的磨镰石发死力掷去。几乎就在同时，墙角处的那位失了耐性，愣头愣脑冲上去咬它对面那位总是默不作声的高个子。高个子老谋深算，后发制人，巧妙地缩起脖颈又朝前一拱，尖嘴正中进攻者的前胸。进攻者给顶得平地掠起又扑倒，爬起来尖叫着仓皇地逃。它慌不择路，刚刚逃进一片似可掩身的暗影，忽觉冷风飒飒，一座大山迎头压下。这狗男女只来得及"嗯"一声，就结结实实砸成肉饼了。

可能是这一连串的惊扰，几只苍蝇从隐蔽处飞出，懵懵怔怔朝窗子撞去，为黑暗所阻，又倏地踅回。有两只在空中飘了几飘，便不知天高地厚地落在了桌面灯光下。何光庆当即抄起蝇拍，随着快捷清脆的连珠击响，一只给拍得稀烂，一只落荒而逃。他放下蝇拍，又摸起窗台上的喷雾器，被一种莫名其妙的近乎仇杀的心理所驱使着，径直走向那个最黑暗的角落。离那儿尚远，已听到蚊群所特有的嗡嗡声，好像这厮们已

147

经明白就要遭到断难避免的血腥屠杀。

喷雾器的哧哧声连续响着，终于没有了蚊子的叫声，却招来了套间里的咒骂："作死么？不是人的……"后边唠叨些什么听不清，但肯定是不文明的话。他吓了一跳，忙停住喷雾器，愤怒却十分胆怯地说了句："真格的——悍货！"

套间里无回声，想是被他斥作悍货的人已经重入梦乡了。

何光庆抻了抻，放下喷雾器，忽然忆起苏东坡戏笑龙丘先生陈季常的诗来：

> 龙丘居士亦可怜，谈空说有夜不眠，
>
> 忽闻河东狮子吼，拄杖落手心茫然。

他今年三十四岁，比日本电影《追捕》里的主人公杜丘还要小两岁。可是，他没有杜丘的艳福，碰不上真由美——而是年近三十才碰上她。她粗而矮胖，很有一膀子力气，那形象跟某作家所写的《翡翠烟嘴》里的主人公的老婆差不多。就这，还是在他从乡医院里学会了针灸拔罐子之后，由七邻八舍帮忙鼓捣来的。否则，至今光棍一条也很难说。

屁股重新回到座位上，刚刚书归正传，外边院门忽然咚咚乱响。一个好像让人卡了脖子的嗓门在狂喊："二串子，快，救人哪！"二串子屁股安了发条似的弹起来，抓起急救包出门就跑。背后传来连声怒喝："关门，关门呀！"半夜三更，是应该关门，可院门眼看就要给人砸破了，还顾得上关屋门吗？这不，拔开门闩，对方就像一堵破墙似的撞进来："串子，救救——我儿！"

看样子患儿病情够重的，否则他爹也不会这样舍生忘命了。何光庆跟着来人一溜跟头跑到他家终于松了口气，因为，这霎孩子正坐在床上

148

啃苹果，从头查到脚，没病；又从脚查到头，还是没病。没病怎么睡梦中又哭又闹呢？最后，孩子妈笑嘻嘻地做了结论，说这小子只要白天受点儿惊吓，夜间准"癔症"。

何光庆既欣慰又丧气地走回家中，用小刀拨开已经落了闩的屋门，寻思继续写下去。可是，身子发软，思绪烦乱，脑子里再抠不出半个"鸟"词，写什么？怎么写？睡吧。他悄悄走进套间里，又悄悄地和衣上床，绝不敢弄出半点儿动静来，生怕惊醒酣睡中的老婆，又骂。可是，他睡不着，又不能动，想想这僵尸似的躺着也是一种灾难，只好又悄悄地溜下床，踮着脚尖回外屋桌前去写……

老天眷顾苦命人。几个夜晚的苦熬，何光庆的小说终于脱稿。以十分的虔敬，抱着极大的希望，他跑到县文化馆求文学组的老师指导审阅。文学组的这位老师以前在工艺厂专给火葬场里扎花圈，曾替领导写过材料，也给县广播站里投过稿，前年厂子垮了，就调来这里"抓文学"。老师审稿子像当年扎花圈一样负责，字斟句酌看了两遍，很认真地提了些"色彩布局"什么的。何光庆听不懂，却又一股劲儿地点头称是。老师很受感动，开始和他拉实话。他先问小说这东西能不能顶饭吃。何光庆迷糊了一阵，摇摇头。老师就笑嘻嘻地劝他，说既然不能顶饭吃，干脆就不写，腾出这些工夫串乡卖野药，收入也是蛮不错的嘛。何光庆赧然一笑，心中却极气恼。他想，如此说法，那么当年的鲁迅不会是后来的鲁迅，最初的郭沫若也不会成为后来的郭沫若了。想归想，却不敢反驳。老师见他沉吟，又换了口气："伙计，说真的，这劳什子我根本看不出个子丑寅卯。干脆，你去趟省城，找个懂玩意儿的唠唠吧。"

何光庆还真是邪气入里，还真听了这位的话，当天就坐火车进了省城，并在第二天就找到了一位他早就闻名却无缘谋面的作家。这位作家年龄不大，很有才气，也很真诚，看了他的小说后有点儿吃惊地问：

"真是你写的?"

何光庆听他问得蹊跷,但还是点点头。

作家仍疑惑:"不是抄来的?"

"没干那断子绝孙的事。"

"啧啧,"作家微红了脸,"看来你倒是个会写小说的。可惜……"

"可惜什么?"

作家脸上现一种苦笑,没往下说。稍沉,话又扯到正题上:"这样吧,稿子的个别地方我再动动手,然后给你往刊物上转一下。"

"能发表?"何光庆心尖直朝胸外顶。

"稿子是没说的。可是……算了,尽力而为吧。"作家说着立起身,就手摸起桌上一本刊物递给他,"拿回去看看,这上面有两篇东西还不错。"

何光庆明白主人在下逐客令,忙知趣地起身告辞。回到旅馆忽然想起,只顾了激动和高兴,咋就没说句拜托谢谢之类的客气话呢。惶惶然自叹愚陋,上了回家的汽车,心中兀自七上八下。

拖着疲惫的身子赶回家,刚进门,厨房锅灶旁蓦地传出女人的吼声:"哪里死去了?"何光庆像条件反射一样当即立住,勉强吭哧出一句话:

"不是跟你说过,去城里……"

"一待就是好几天,这家还要不要啦?"

"改稿子呀!"

"呸!"老婆一口唾沫掷出来,"我寻思你在城里坐月子了呢。"

何光庆又气又恼又不敢发火,便低声诅咒,骂老婆是个二百五。岂料女人天生耳朵灵,霍地从厨房里跳出来,双手掐了腰胯骂:"哦?二百五,你瞎了,浪了,疯了,那雾干吗不寻个好的?"说着骂着逼过来。

女人五大三粗,何光庆从来就有些怕她。况且每日的空闲时间里,

150

他除了写还是写，这家里家外的活，几乎是女人自个儿担着。何光庆自觉欠情。特别是这次一下离家两三天，舍下孩子舍下地，还舍下个轻易不敢守空房的她，于是就心虚，就理亏，赶紧溜回到屋里去。他反身闩上门，只盼事情不要闹大。所幸，此时院中漾起一股焦煳味，女人脾气虽凶，柴米上却极负责，骂着嚷着，还是很迅速地拔脚冲回厨房里去了。

女人自此不理他，他赔尽小心，直到第四天夜里才渐缓和。也只有到了这时，他才倒出心思去回忆前几天的事。想到文化馆那位老师的劝告，想到那位青年作家的话，一时间又虚烦懊闷说不清是什么滋味。他几乎整夜失眠，总考虑自己的文学之路是否走错了。天明时他迷迷糊糊打了个盹儿，睁眼醒来时，夜间所想所虑又烟消云散，吃过早饭看看无事，就又坐在桌前构思小说。

尽管电话基本普及，但何光庆所居村子目前仍是只有两部电话机，一部在学校，一部在村支书家。从省城回来的第七天开始，每日上午十点左右，他就借口看新报纸上的新消息，专门去村西小学坐等电话。学校的老师们就奇怪，这个一向傻里傻气的土先生，怎么忽然关心起国家大事来了？

也不知过了多少天，电话没等来却等到一封发自省城的信。他再不管什么新报纸上的新消息，抓起来一气跑回家。拆信看时，两句话：

光庆兄：

　　大作初审通过，殊有希望。静候佳音。

末了署名，赫然是那位青年作家。

何光庆喘气变粗，连声音听来也不像自己的了。"这不是在做梦吧？"他用人们习惯用的办法掐掐大腿，挺痛。真的，是真的。他刚想跳起来跑出门欢呼，忽然想到《儒林外史》上范老先生的那句名言——"啊啊，中了，中了！"于是，头上身上当即冒了冷汗，强捺住没有跑出家门，唯恐时运不济随了范进。

大丈夫处世处事，总要未思进先思退。何光庆小说初审通过，他决定暂时秘而不宣。这样，即使万中有一泡了汤，也省得惹人笑话。不过，他面孔虽平静，心里却总有两种感觉在交替变幻着。有时，他觉得飘飘欲仙，世间一切都美好；有时，他又惊悸怔忡，像饿急了眼的人看到有谁端上一盘肉包子但又恐怕那包子不是给自己的……就这么喜怒忧思悲恐惊地熬了两个月，终于接到了编辑部的通知——小说决定采用，并在今年的第五期刊发。

何光庆将那短短几句话的"通知"放在桌上，出神地看着，想着，嗯，人生最幸福的时刻，大约就是这愿望即将实现但还没有完全实现之前吧？不知过了多长时间，忽觉脸上湿漉漉的，伸手一摸，是泪，咦，怎么哭了！尽管哭了，那模糊的泪眼仍旧盯牢了桌上的通知，想动，不敢动；不动，心里又痒痒的。他此时的心情就像一个初产妇首次见到自己的小宝贝儿，想抱一下，亲一下，可又怕弄不好掰断胳膊捆折腿。于是，只好挓挲着两只手，用渴望又胆怯的目光热乎拉地盯着。大约盯了半个小时，何光庆忽然觉得心里有些不对劲，脑子里产生了那种在文章里经常看到、但在现实生活中一直没有体会到的所谓迷惘恐惧的感觉。随之，心跳开始加快，凭他多年乡医的经验，每分钟至少一百六十下。这突发的心动过速往往情况不妙，他赶紧掐住一个内关穴。手指上用力，心中自己嘱咐自己：克制，千万克制着，务须不要因为神经过度兴奋导致衰竭。倘若因此而"喜死"了，还不如人家范进呢。岂料，越这么想，心跳越快，连掐内关穴的手指也开始哆嗦。也是天无绝人之路，就在这危难当头的关口，老婆从外边带着一身泥汗回来了。这女人虽然脾气不济，对丈夫可是绝无二心的，见他如此情况，吓得脸也白了。她赶紧将他扶在床上躺好，又按照光庆的吩咐给他掐紧了两个内关穴。不知是身子放平的缘故还是女人掐穴的手劲大，约莫过了抽支烟的工夫，何光庆情绪渐渐平静，心跳也开始减慢了。女人又给他喝了杯热开水，心率这才终于恢复到百次以下。何光庆直着双眼看着房箔，瞧瞧屋内，瞧瞧周围，当与老婆那温存有加但轻易难得的目光碰在一起时，他真有一种劫后余生应该与之尽情相爱的感觉。女人将他从床上轻轻扶起来靠在自己怀里，他着实舒服了一会儿后，长长地呼出一口气：

"娘哎，总算是……没有产生严重后果！"

这以后他落下个毛病，稍一紧张兴奋，就产生那种异样的感觉。逢这情况，他就赶紧躺倒，右手指紧紧掐住左小臂上的内关穴。而逢到这种情况出现，老婆就一反平日的悍相，变得小鸟依人的模样，既周全又细致地耐心伺候他。为了享受一下这难得的温情，他有时真想多"病"一会儿。无奈性格所使，他憋不住，至多坚持五分钟，就一骨碌爬起来，喝杯水转一遭，又鬼使神差地坐到桌前去写。老婆说他犯魔怔，常常瞪圆了小眼睛指头剟脸地挖苦他。这情景他已经习以为常，所以只作听不到、看不见。然而，作为男子汉总是耐性有限，那一日终于脾气发作："你，简直是头牛……！"声音先高后低，末了宛若蚊蝇哼唧。

这一来打翻了泔水缸，大片的前所未闻的脏话臊话扑面泼来。懵懂中，何光庆的衣领也被这女中豪杰的铁钳大手薅住，眼前是嘴唇的扇动，耳中是嗡嗡的吼声："娘的腿，俺是牛，你是马。得，得，牛配马，一毁俩。走，咱离婚去，你这文不文武不武公不公母不母的二串子，稀罕你吗？啊啊……"

何光庆吓傻了，接不上话。他只好拼力挣开身子夺路逃走，饭可以不吃，小说可以不写，婚是不能离的。乡下人缘路窄，说媳妇就像买龙驹，离了这个村，怕是再也难找这个店了。更何况，自己已是三十大几的人，儿子都已四五岁。离，离你哥的腿！想着，跑着，跑到院门口猛地立住。因为他听到屋里传出铁蹄踏玉镯的咔嚓声，心中一惊，失声哭道："我的钢笔——完了！"

这次大战之后，再在家里写作就跟做贼差不多。每要行文谋篇，总要瞅准女人出门之后才敢摆摊。哪怕是在写作中好不容易"入"进去了，只要听得女人在门口一声咳嗽，马上就得闪电般坚壁清野。弄不利索，轻则白眼相溅不烧水不做饭，重则一声断喝继之是或撅或骂。

如此岁月，何光庆实在难挨。难挨也得挨。挨了一段时间后他忽然茅塞顿开，傻了，痴了，为什么不去县里找刘馆长呢？他可是曾经暗示过文化馆里缺个搞创作的，说不定就是在启示我。何光庆兴奋起来，选了个风和日丽的好天气，骑了自行车径奔县城而去。也是天缘巧合，县工艺厂上个月复了工，"抓文学"的老师嫌这文学没出息，重又回去扎花圈了。如此一来，这位置正好空着，而何光庆又是本县文学史上唯一将要在省级刊物上发表作品的人。馆长找到文化局长一商量，水到渠成，当即答应。当然，是临时工。即便这样，何光庆也高兴。他是个急性子，第二天就驮了铺盖卷来文化馆上班。

差不多像所有机关单位一样——"人以群分"。文化馆并非世外桃源，也是兵分两路。刘馆长和副馆长各有自己的人马，何光庆是馆长弄来的，以人划线，很自然地就给打入了刘姓一伙。尽管他不承认，可别人就这么认定了。王麻子膏药，易糊不易揭。初来乍到的何光庆深明自己的处境，更没忘记自己是干什么的，他就处处谨慎，事事小心，唯恐得罪了不能得罪的人。说他如履薄冰当然是言过其实，但谨小慎微四个字用在他身上却可谓恰如其分。

文化馆艺术部是副馆长的天下，艺术部负责人老马更是副馆长的护腚毛。人前面后，只要有机会，老马就替副馆长吹好话。究其原委，据说是副馆长曾经放出话来，日后一旦"亲了政"，老马是首先应当提拔的。人们当面喊他马部长，背地里却叫他马喇叭。"马喇叭"处世敏感且有强烈的报复欲，馆里人有的远他有的敬他但大多数却是惧怕他。

何光庆却偏偏得罪了他。

那天，文化馆小礼堂里搞晚会，馆里的人都在后台张罗，何光庆自然也不例外。何光庆五岁的儿子前几天进城来找他，多日不见，父子情深，就住在爸爸身边不走了。此刻儿子跟在他后面，人小嘴却巧，问这问那闲不住，逗得人们直乐。晚会进行到高潮上，一场民乐合奏刚上台就打响了。特别是那位吹唢呐的中年人，宽领长袖大背头，鼓腮突睛前甩后仰，一曲高亢悦耳气象万千的《百鸟朝凤》，把台下观众吹得欢声雷动。这后台上的人，也看傻了，听呆了。何光庆正自听得入神，儿子忽然在下边拽他的裤子。他低下头来，儿子马上问他："爸，这里头哪个伯伯挣钱最多？"也是活该出事，他不假思索随口就答："问什么问，吹喇叭的！"说完，好像觉得有什么地方不对劲，下意识地一扭脸，咦，旁边正好站着马部长。马部长驴脸拉得挺长，眼角斜了又斜，显然是在涮他。他暗暗叫苦，唉！说什么不好，干吗说这么一句。又干吗昏了脑袋，明明是个唢呐却偏偏说成喇叭？他悔，他恨，恨不得扇儿子也就势扇自己的嘴巴。

立竿见影，第二天早上他再见到马部长，马部长就开始嗯嗯啊啊打官腔。一双羊眼把他从头到脚睃来巡去，看样子是要在他身上琢磨点儿什么。何光庆明白大事不妙，干脆除了大小便他就房门不出，省得碰上马部长手足失措的。一连两天，相安无事，并且其间在走廊上遇到马部长时，人家还主动和他打招呼。这让何光庆不由得自贬自责。嗨，我这不是以小人之心度大人之腹吗？看来，马部长并不像人们说的那么小肚鸡肠啊。

马部长"大人不把小人怪"。可是，他的部下却不知是有意还是无意，竟然潜移默化地和他泡上了。这些人忽而对他爱答不理，忽而对他热情有加；有时当众唤他二串子，有时又一本正经地喊他何作家；有时嬉皮笑脸装疯撒人要他代己受过，有时又认真的口气求他替自己干这干那。一天到晚，把他搞得精神紧张，身心疲乏。可人家名正言顺又看不出是无理取闹，你就是奋起反抗也得师出有名啊。没办法，他只好忍着，受着。更为让他恼火的是，音乐队竟在他的窗前搞起了露天排练场，每日里鼓钹琴号教他难得安宁。如此气氛如此场合，他还写？怎么写？

这天午后，天阴沉沉的，云彩由薄变厚，渐渐地像块篷布将大地盖住了。人的情绪有时很受天气影响，何光庆今儿的心情就极为不佳。他躲在自己的小屋里，不看书也不写东西，只是默默地坐一会儿再立着，立一会儿再坐着。他踟蹰不安了很长时间，这才明白是自己想起了家。在家时，因性格与乡医身份的关系，受人尊敬惯了，如今到得这里，听人口风，瞧人脸色，这不，最近又遭人侮弄，与家中情景相比，真他妈两个世界。而自己昔日的"事业心"和创作欲，也渐渐云烟雾岚似的悄然飘走了。说真的，这些日子他还特别想家，想以往那虽不引人注目但却非常现实的乡医生活。此刻，他就像一个离婚后又娶或嫁的人，经过一段时间的相处，发现这"新的一个"毛病也挺多。故而就时不时地拿他（她）同原配相比——是那一个好，还是这一个好？因为不得要领，于是就生出更多的忧愁、慨叹和烦恼。可能受他情绪的影响，儿子也总闹着要回家。他稍稍思索片刻，不犹豫，拍拍儿子的头顶表示同意，就毅然去找馆长请假。

流水日月好快，转眼间他已经将近四十天没回家了。女人虽悍，到底是一日夫妻百日恩，说良心话，他是有点儿想她。但是等到进门见了面，反倒不如进门之前觉得有话可说了。远了香，近了孬，是这么个道理。不过，丈夫很长时间没回来，女人心中也自有女人的想法。虽然嘴里不说，可行动上已经表露无遗了。瞧，又烧水又沏茶，那种亲切、那种近乎、那种热情、那种温柔，在以往的日子里他何光庆何曾受用过？

晚上，天阴得更厉害了，门外黑沉沉的像扣下一口硕大无朋的铁锅。儿子守着他妈，说一些这些日子在城里见到的新鲜物新鲜事。他妈抚着儿子的头顶听得津津有味且不时发出啧啧的赞叹声，显然对于儿子能有机会大开眼界羡慕已极了。她不断地朝着丈夫身上送秋波，即便丈夫偶尔和她对上目光，她也就立时高兴得容光焕发。女人，到底是一个纯洁憨厚的女人，在其凶悍桀骜的表层下面，仍旧柔情似水。这些，何光庆看到了吗？想到了吗？也许，他的内心深处此刻正有别的什么东西在不断骚动着。

的确如此，这时的何光庆正独自闷坐窗前，望着外边的漆黑夜幕而冥思苦索。他的脑中胸中在不停地翻腾，他在心里默默地祷念着，筹算着，一向舒展的眉头也不由自主地皱成了疙瘩。显然，他是在进行艰难而痛苦的抉择。

大约十点钟，屋外响起了咝咝的风声。又过了一会儿，如墨夜空划过一道白弧，紧接着是雷声滚动。这雷声由远及近，由小到大，猛然间天上龙吟虎啸，炸雷凌空劈下，窗玻璃震得嗡嗡乱响，似乎整个乾坤都在雷声中哆嗦。再一道白光闪过之后，雨柱便如蝗如箭，瞬息急骤，密不透风，宛若天河倾倒，水幕哗然而泻。

电闪雷鸣风雨吼叫中，女人已经远离了门窗躲在床上，孩子也紧紧地靠住母亲的身子，生怕被什么怪物抓走了。而他，只是机械地关了门窗，仍旧木讷讷地在原处坐着。女人以少有的温柔嘱他离窗子远些，他却如练气功的人入了定般浑然不动。直到又一道闪电送来了又一声强大的霹雳，他才长长地呼出一口气，好像雷雨终于冲掉了他心中的积郁。这刹那，风更大了，院西房山外的枣树枝子被风直甩过来，狠命地扫着房顶上的瓦，唰啦啦的响声一阵接着一阵，像有猫爪子样的东西在反复挠他的心。他终于坐不住，开始站起身来在屋里来来回回地遛。

风雨一直威势不减，看样子是非把天河倒干不可了。就在这风雨呼啸天地混沌中，像那日夜里他坐在桌前写小说时发生的情况一样，忽然外边的院门被人砸得似劈似裂。门板的爆响中杂有人的嘶喊，喊声尖厉刺耳但尾音凄楚嘎哑，在这风雨黑夜中听来让人格外心惊害怕。何光庆愣怔了好一会儿，才像健忘症患者突然恢复了记忆，明白了这不要命的叫喊意味着什么。他惶急地扯条塑料袋子披在身上，拉开屋门便射了出去。蹿进大门洞里时，木板门已给撞开了，一只连泥带水的大手猛地抓住他，嗓门变音变调似哭又似号："兄弟，快，你嫂子抽风吐白沫！"

从声音里听出，是东街肉铺里的二青哥。何光庆问清了二嫂正在月子中，那个可怕的产科病"子痫"从他脑际霍地闪过。对这种病的丝毫迟疑都无异于杀生害命，他马上跑回屋里取了闲置许久的急救包，跟着二青哥连跑带跌地去了。

他们赶到时，病人已不再抽搐，但却昏迷不醒，脉搏又快又弱。测体温，体温升高。待到测完血压，何光庆身上头上立时冒了汗——毋庸置疑，不折不扣一例子痫。这病的死亡率极高，他以往只在医院学习时见过但没负责治疗过。即使能够治疗，看样子肯定也是晚了。更何况，自己弃医日久，手中的药械又是少这缺那。他就埋怨二青，说："二嫂这样的情况为什么不早找医生？"二青说傍晚去过乡医院，医生忙，让把病人送了去。这不，还没来得及走就下起了雨。要不是有人告诉他，连光庆从文化馆回来还不知道呢。

再不能犹豫了，天下刀子头顶锅，也必须立即去医院。可是，二青这里正忙着套驴车，床上的病人又开始抽搐了。病人全身僵直，唇颤肉跳，放大了瞳孔的眼球死命盯住自己的婴儿，一动不动，一眨不眨。盯了一会儿，忽似不忍目睹般地翻上眼去，牙关拼力咬动一阵，口中咝咝地吐出了血沫。血沫变成血条，血条又变作血沫，血沫血条越吐越少，抽搐的幅度也越来越小——蓦地，二嫂长叹一息，像终于吐尽了人间怨尤似的松弛了嘴巴……

"人是不行了！"一旁那位经验丰富的老接生员说。

何光庆汗水泪水模糊了脸，在乡邻们的协助下，安排着已去的二嫂，又抢救昏厥了的二青哥。此时，他诊治着活的，眼望着死的，暗恨回天无术，又思问心有过。"过"在哪里，他既糊涂也明白，这霎脑中总觉得有个绿点闪来闪去，绿点终于定位不动，渐渐幻化为奇怪的音符，音符排列成行，似乎显现出这样一句话：你作为一个万物之灵来到世上，知不知道自己究竟应该干什么？

二青终于苏醒。可是，降生三日就要饱尝丧母之苦的婴儿又开始哭闹。累了？饿了？还是让这些失魂落魄的大人们惊吓了？抑或是你那稚嫩的小小心儿里也有了什么直觉，要为你故去的母亲洒些送终的泪，并以此表示对世事对大人们无谓相恋的谴责？尽管你越哭越柔弱无力，可是，你仍旧顽强地转动着脖颈，同时又东一口西一口的……

何光庆再也看不下去了，他抱起了婴儿，轻轻地摇着，又轻轻地抚他的脸颊。岂料，这个三天的婴儿却一口叼住了他的手指，拼命地吸呀，吮呀。他感到一阵的胸痛，就不敢动，也不想动，不愿动，擎着手指让孩子的小嘴咂咂地吮。十指连心，不假。因为他恍惚觉得，孩子正通过指头吮他心房心室里的血。这刹那，他脑子里又重现了一幕幻景。不，不是幻景，那是真实而且历历在目的。

——县医院的走廊里，他扶着一位本村的患者在连椅上坐着。相距不远的连椅上也坐了位乡下女人，女人的怀里紧紧抱着个两三岁的孩子，孩子早已气息奄奄全无希望了。可是，女人仍旧不肯放下，仍旧那么死命地抱着，亲着，似乎等待这心头之肉重新复活。女人无声无泪，也不说话，双眼有光却无神，很明显除怀里的孩子外已经忘却了世间的一切。富有同情心的人们或远或近地观望着这悲凄的场面，有的叹气，有的流泪，有的在相互侧头低语，显然是在议论着什么。有位可能是这女人丈夫的男子终于忍不住了，轻轻拽了下女人的胳膊说："孩子是不行了，咱——回家吧！"女人似乎听懂了这句话，惊骇地望望这男人，又看了看怀中的孩子，双目忽然越睁越大，越睁越大，睁大到一个让人难以相信的程度之后，脸色开始发青，继之浑身哆嗦，紧接着大叫一声，抱了孩子朝对面墙上狠命撞去。奇怪的是，这女人没撞死，也没撞昏，而是翻身爬起来跑了。她边跑边笑，左手抱紧孩子，右手扑拉着头上脸上的血……

那一霎，何光庆好像骤然产生了今生誓做苍生大医的想法。

可是，后来呢？

不知是在什么时候，何光庆才处理完事情回到自己家里。他躺在床上，身心疲惫已极。他真想好好地睡上一觉，可偏偏又睡不着。他眯缝着眼睛，尽力使大脑出现空白，但无论如何也办不到。这时，风停雨停，窗外静静的。细听，远处又有龙吟虎啸似的声音，那是大雨过后，村南河里开始涨水了。他仰躺在床上，双眼在黑暗中直视着房箔。女人就在他身边，动一下，又动一下。毕竟时日久了，不见面不说话，以往的"过节"早被忘得一干二净，这就是夫妻之间的故事，是但凡成家立业的人都能体会到的。何光庆的女人当然也不例外。自打他进家起，就明显感到妻子的脾性绵多了。特别是今日，丈夫下午跑了几十里路，在二青家忙了半夜，现在回到家又一句话不说便躺下，看他忧虑重重的样子，女人就愈发爹手爹脚，连说话声都比以往小得多。

黑暗中，光庆抽搐了一下，忽然翻了个身。胳膊蹭在女人的肩上，女人就挺舒服地伸了伸腰，但她随之就坐起来，变音变调地问："你，你怎么哭了？啊？"

哭了，何光庆是哭了。抽噎之声时断时续，女人慌了手脚，要开灯，被何光庆抖动着手拦住。女人如坠五里雾中，更加惶急地问他："你干吗要哭啊？"

"唉！当初…"

"当初又怎么了?"

没有回答。

他躺着,她坐着。他明白自己为什么哭;她在琢磨他哭是为什么。儿子在睡梦中翻了个身滚向旁边,她挪挪身子靠他更近一些躺下。她扑拉他的头,又扑拉他的背,口中喃喃如哄婴儿:"不哭,别哭了,啊?"

夜,凉而深沉的夜。他终于止住泪,猛抬头,又有影子似的东西从窗前掠过。

无 妄

老邱站在街口石牙子上，百无聊赖地打量着眼前的世界。眼前人车混流，熙来攘往，一个交警在附近转来转去，不时地呵斥着那些企图钻空子违章的。老邱拄着拐杖，一只脚抬起，另一只脚落下，一起一落间，稍稍地拧个旋儿，像是让下肢充分舒筋活血。

老邱的心情很沉重。这年月，不富裕的人总想富裕，富裕了的人想更富裕。老邱属于前者，所以做梦也想发个小财什么的。省吃俭用买了一年多的福彩，好容易中了个奖，不料领奖那天现场一兑，姥姥的，心急眼花，把个3愣是看成8了。一着急，血压腾地升了上去，一阵恶心头晕昏倒，抬回家吃了两片降压宁又喝了半碗醋，这才勉强稳住。之后他的血压一直不稳，隐在街角卖野药的毕三麻子说闹不好就得偏瘫，所以教给他这么个锻炼的办法。

老邱憋在家里感到别扭，耐不住便经常拄了拐杖到外边来转悠。今儿转到这条街上，遇到昔日的牌友李二懈怠坐着轮椅迎面走来，两人就站下说话。李二懈怠半年前让汽车拐了一下，住了仨月的院，一条腿残废了。肇事司机是一家大酒厂的，有钱，住院费外，又赔了李二懈怠十几万。按说李二懈怠拄条拐棍也能走，但惦着以后找酒厂承担可能产生的后果，便整天在轮椅上赖着。

可能和李二懈怠说话时间较长，两人分手后，老邱觉得双腿开始发

162

麻，他明白血压上升了，怕弄出大病来，就立在原地将两条腿左一遍右一遍地悠达。一边悠一边想，姥姥的这李二懒怠倒走运，一条腿换了十几万不说，以后有个大病小灾，人家酒厂还得包着。这样的好事，千载难逢，咋不让俺老邱也遇上呢？当然，自己遇上了就不能碰得太重，更不要折了腿，有点儿皮外伤做做样子就可。彼时，赖他个十万八万的，连将来养老送终的钱也有了。隔三岔五再到肇事车辆的单位上喊几嗓子吓他一吓，说不定逢年过节还能大包小包的来看望我呢。老邱想到得意处嘿嘿嘿地笑出了声，笑了一阵儿忽然头晕，眼前也飞萤乱舞好像小时候看到的万花筒。

老邱情知不妙，心想赶紧抄近道回家吧。他迈下人行道刚刚朝前走了两三步，一辆自行车擦着身子从面前慢慢驶过。自行车是往右边街上拐的，带起了一股微风，微风未逝，老邱的脑子里便倏地闪过一个五彩缤纷的想法。意识和行动并举，一向笨拙的右手也突然变得格外灵活，只一把，老邱就将那自行车的后衣架抓个死牢，与此同时，身子也随着自行车的牵力惯力给甩向了外侧。老邱的身子立不住，当然，他本来就不想立住，借势朝前跌下去，趴下去，连自行车也给拽倒了。

骑车的是一个小女孩，小女孩从自行车下边挣出身子站起来，看到仍旧死死抓住车后衣架的老邱连砸带吓，哇地哭了。第一个跑过来的就是那个离此不远的交警，交警在事故发生的瞬间正好朝这里瞧了一眼，他拍拍女孩的肩膀很负责任地安慰说："别哭，这事与你无关。"小女孩惊魂稍定，仍旧辩解说："叔叔，我根本没碰着他。"

事实上，倒在地上的老邱这霎已是懊悔万分，因为摔到地上的他虽然仍旧抓牢了自行车后衣架，但头脑中的意识曾在刹那丧失过。当堵塞的沟渠重新疏通，清凌凌的泉水再次浇灌这片眼看就要焦枯的土地，土地上的禾苗渐渐复苏的时候，老邱心里涌上的第一个词就是"完了"。他感到头颈松软，口眼别扭，左半边身子也失去了知觉。他恍惚明白这就是那一跌的后果，自己本来可以不跌，可是……他想和交警及围上来看热闹的人说点儿什么，可呜噜了半天也说不出话。唉！姥姥的，这下倒好，真的半身不遂了！老邱很痛苦。唯一的安慰是，自己也像李二懈怠那样找到了一个较为理想的归宿，而这个归宿的期待就是手里抓着的自行车后衣架，这是理，这是钱，这是希望的原野……老邱想着想着就什么也不知道了。

交警打了个电话，眨眼间街口边上停下了一辆巡逻车。交警们简单交谈了几句，蹲下身来观察老邱的情况，其中一个青年交警要掰开老邱抓着自行车后衣架的手，可费了半天劲没奏效，那只手坚韧有力，指头就像铁条一样紧紧拢合。青年交警咧咧嘴说："看得出，这老同志是练过功夫的。"没掰开老邱的手，却从老邱的衣袋里找到了身份证，交警们一边按照身份证查找老邱家的电话，一边联系120派救护车。

老邱住院了，住院费自理。

老邱的家人坚决反对，因为老邱是被那女孩的自行车撞倒的，住院费由对方负担外，还必须有数量可观的赔偿金。现在的这种处理结果，很明显是做证的交警被女孩一方收买了。可是，当交警们将街口"电子眼"的拍摄资料调来重放后，老邱的家人傻了。资料显示，老邱是在自行车驶过之际，从后边伸手抓住车后衣架的。也就是说，当时的老邱感觉不好，幸亏及时伸手抓住车后衣架撑了一下，否则非得摔成大面积脑出血。如此说来，不光怨不得女孩，还应该感谢人家。老邱的家人悔愧不已，只好向对方赔礼道歉说好话。

老邱当然不知道是这种处理结果，他此刻正躺在病床上，眼睁睁看着一个新来的实习生在自己身上反反复复练穿刺。细如毫芒的头皮针似乎是根蝎子尾，实习生捏在手里直哆嗦，老邱看到这位模样姣好的小女孩冒着虚汗朝自己慢慢伏下身，在带班护士的一再鼓励中下手了。要是

164

扎在患病一侧还好受，然而偏偏扎的是那只好胳膊，胳膊上的静脉血管绷起着，裸露着，粗细程度和刚从菜地里摘下的豆角差不多，可实习生就是扎不准。第一回扎偏了，第二回扎滑了，第三回用力过大，一下子穿透了，老邱的手背上胳膊上伤痕累累，渗出的血点子一个连着一个。老邱疼得龇牙咧嘴，喉咙里呜噜一阵却说不出话。他想抽回胳膊，试了试抽不动，歪眼一瞧，原来带班护士早就防着这一招，一双白嫩的肉手就像两只章鱼爪，将他粗糙的几乎脱皮的小臂捉个死牢。老邱绝望地闭上眼，明白此番瘸驴进肉坊，只能任人屠戮了。宰割与无奈交替了大约十分钟，老邱耳畔里响起一声尖叫："扎住了，我扎住了!"睁开眼，果然，盐水瓶里的液体开始朝那个长而圆的小管子里滴答，滴答……

真不错，现代医学真的产生了神奇效果。一个星期后，老邱的病情有了好转，患侧能够稍稍移动，脑子清楚时还能像结巴嘴和人吵架一样，不连贯却可以迸出几句意思明显的话。又过了一个星期，不光患肢能够移动，说话恢复，别人扶着他还能坐起来，越坐时间越长，有时一坐半天，支持不住了才肯躺下。病情好转，脑子更清楚，老邱明显记得自己这半身不遂是因为一辆自行车，他开始感到奇怪，从打清醒后到现在，肇事人的家属为何一直没来探视呢？这不正常的现象让老邱十分不安，他断断续续地诘问家人，家人怕他受刺激弄得病情反复，只说正在调解中，估计对方得赔许多钱，没和他说实话。老邱稍感欣慰，心中仍旧保留了那一片充满希望的绿野。又过了几天，老邱能够坐在床沿上悠达腿了，有时还可以扶着床沿走几步。老邱很高兴，家人也很高兴，最起码下半辈子他可以自己照顾自己了。

这天，病房里收进个新病号，也是因为车祸。

抬进来时受伤者一动不动，撂在病床上就直挺挺地躺着。听陪同前来的人说，是一辆三轮摩托车撞了他，120急救车赶到后，不容分说就

165

弄进医院里了。急诊室里一个年轻的值班医生看到他浑身脏乎乎的，没解衣也没搭听诊器，粗略检查一遍嘴里嘟哝着："瞳孔对光反射消失，脉搏已无，完了！"不料伤者听到此处，忽地从检查床上蹦下来，满屋子人吓得几乎尿了裤子，以为是诈尸了呢。所幸跟来的家属胆子大，招呼一声拥上去摁住，费了好大劲才重新放倒他。肇事者却是长长地松了口气，因为只要人没死，他就谢天谢地了。

伤者家属提出入院观察，肇事者很精明很干练，满口应承并主动找医院联系。目的很明显，哪怕多花几个钱，好有时间让交警部门来进行现场了断。这个医院是交通事故的定点医院，院方巴不得借机捞一把，立刻办了住院手续，当即将伤者送进病房。过了一会儿，医院的业务副院长亲自来到，对于"瞳孔对光反射消失，脉搏全无"却能从床上蹦下来的这个伤者，副院长是怀了极大好奇心的。看着大睁双眼一动不动的病人，这个颇有心机的老头定定神哈下腰，先是两个指头绕着伤者手腕摸了一遭，又将伤者的双眼分别扒开细看，边看边咧嘴，末了摇摇头嘿嘿儿地笑着走了。他笑，伤者家属也笑，笑得病房里的人莫名其妙。

病房里只剩病人后，伤者家属止住笑，他告诉大伙儿，自己是伤者的侄子。这位侄子很直爽，人们从他嘴里知道，伤者姓蔺，急诊室里那个年轻医生其实很不靠谱，老蔺是天生的"反关脉"，脉搏只在桡骨外侧才能号出来，光认脉窝，能摸得着吗？当然这也难怪，用一个老中医的话说，西医号脉就好比挂马掌的修理锁，有些地方是摸不着门的。还有，老蔺的那只眼是颗假眼珠，假眼珠能不"对光反射消失"吗？病房里的人全都笑起来，有个肋骨骨折的病人笑岔了气，疼得在床上直打滚，家属赶紧跑出去叫医生，大伙这才勉强忍住。人们止住笑后却又奇怪地看到，老蔺对满屋的笑声全然无动于衷，依旧挺在床上，就像练气功的入了定。有人猜测，八成是让摩托车撞傻了。

第二天上午查房以后，老蔺坐在病床上，手里摆弄着一支圆珠笔解闷。笔尖一会儿给推出一会儿又缩进，老蔺的脸皮便随着笔尖的进出紧一下又松一下，嘴唇微微张开，脑袋轻轻哆嗦，失神的眼睛一眨不眨，那情况和日本电影《追捕》里的横路敬二差不多。一床之隔的老邱看着有趣，虽然到现在仍有些口齿不清，却总想凑上去和这位难兄难弟说个话。半个小时后，那个肇事者来叫老蔺的侄子，说是一块儿去交警队听取调解意见。这位侄子低声地和老蔺交谈了几句，见自己的叔叔没什么反应，就和来人一块儿走了。

老蔺的侄子走了，老邱陪床的家人也不在，老邱感到一种说不出的寂寞。"同是天涯沦落人"啊，我得和这老兄拉拉，长个心眼，关键时刻要清醒，该说的要说，该要的就要，总是一言不发，别这么傻了巴叽的让肇事者给糊弄了。老邱心中涌起一股责任感，这么寻思着已从床边翘起了屁股，双手拄了拐杖，一瘸一拐地朝病友跟前挪。挪到老蔺床前，面对面坐在床沿上，先是以嘘寒问暖的口气说道："老弟呀，觉着好些了吗？"

老蔺没动，没说话，甚至连看也没看他，仍是盯着手中的圆珠笔尖，脸皮紧一下，松一下，好像除了手中的圆珠笔，世上的一切都不存在了。老邱真是热心人，毫不介意对方的冷漠，他又往前凑了凑，脑袋一点一点地说："老弟呀，你得心中有数，谁撞了你谁包着，除了住院费营养费，得记着索赔。啊……索赔，就是让他赔你钱。嗯……赔多少呢，里头可是有学问，卖东西不是讲究漫天要价吗，这事也一样，得漫天要价。不要白不要，这年头，胡闹八方吃饱饭，堂堂正正饿死人啊！"

老邱的嘴里虽然像塞了棉花桃子，但还是把话说明白了。老蔺好像点了点头，眼睛虽然仍旧望定笔尖，但嘴里终于发出低沉的笑来，笑声有些阴阴的古怪，老邱一激灵，脖后起了一层米粒般的小疙瘩。他想，这人倒霉，别看没伤着胳膊碰着腿，可着着实实给撞成傻子了。人啊，瘸了拐了不要紧，一旦傻了这后半辈子不就完了吗？看着眼前的病友，

167

老邱暗自庆幸自己没有变傻。真要像这人似的傻了，别说肇事者赔给十万二十万，就是赔座金山你也不懂得享用啊！

老邱正自唏嘘，老蔺的眼光忽然离开笔尖痴痴地盯向了他，似乎还想听他说点儿什么。老邱大喜，心想这人的心眼还没全拴住，不错。他又向前挨挨屁股靠得近了些，正要再抒肺腑，忽然看到对方那双眼睛一大一小，小些的冲他直眨巴，大些的虽然也是黑白分明，却像刚刚宰杀的死羊眼，凝固不动而且毫无光泽。老邱年过半百依旧有着强烈的好奇心，因是第一次见到假眼，他想看个究竟，身子再次向前俯了俯，一边研究那只假眼一边口中念念有词："咦咦咦，还真是假的呀！"

就在老邱饱尝眼福其乐融融的时候，盯着他的老蔺又呲呲地阴笑起来。老邱一懔，心中有些发毛，正要将脑袋收回来，忽觉面前一道蓝光闪过，右眼一阵钻心扎肺的剧疼，他只来得及哼了一声就出溜到床下。随之，病房里响起了惨叫，病友们一阵大乱，马上跑去唤医生。这时的老蔺却好像置身度外，仍旧呲呲呲地阴笑着，一只小眼很是专注地盯着举到面前的圆珠笔，笔体下半截沾满了红乎乎的血……

老邱眼球摘除后被转到了眼科病房，因为关系到"故意造成人身伤害"，不光医院和双方家属打官司，连警方也介入了。然而，最终的处理结果仍像上次的交通事故一样，让老邱的家属痛心疾首大失所望——老蔺的侄子出示了老蔺以往的病历，证明自己的叔叔是个精神病患者。医院和警方联合调查后，认定老蔺病情属实，而精神病患者对于伤害对象来说，是不负任何法律责任的。非但如此，连一分钱的赔偿金也不用拿。更何况，让他赔偿也没钱，这位老光棍自打年轻就患精神病，他自己还靠政府的低保金养活呢！

老邱的偏瘫再次复发。本来过几天就可出院，经此惨祸后，他又在医院住了两个月。家中和子女们的积蓄已经告罄，再撑下去全家就得吊起脖子没饭吃了，而老邱的病情并无明显转机，彻底治愈看来是完全无望，家人斟酌一番又和医生商量了一天，决定出院。

当然，老邱出院后还得继续治疗，每天由社区门诊的医生来家输液用药。说真的，一连串的事故弄得家人也烦了，这老爷子咋就这么背运呢，瘫了半边身子又瞎了一只眼，似乎天下倒霉的事全让他摊上了。老婆心疼老伴，儿女碍着是自己亲爹，安慰也好，敷衍也可，反正死马当成活马医吧。

最最不幸的是，老邱身瘫心里亮，眼瞎脑子清楚，他一直惦着赔偿金的事，想起来就呜噜着问儿问女问老婆。虽然说不明白，家人也知道他所指所讲是什么，有时应付几句，有时干脆不回答。时日一长，老邱的好奇心和求知欲渐渐变小，竟至再也不问，好像对赔偿一事彻底忘却。只是，老邱好像有了另一番心事，经常翻着一只眼睛看窗外，看一会儿收回目光眯眯眼，然后就是长时间的沉默。细心的老伴解开了他的心思，知道几个月的治疗把老头子弄腻了，弄烦了，他一定闷得不行，一定是想念外边的世界。还真是，老伴把这意思一说，老邱"嗯嗯"不迭，就连那只独眼也在瞬间内闪射出满是喜悦的光波。

于是，在一个阳光和煦的上午，儿子借来了一辆轮椅，拉着一张长脸将老邱抱到上边，推出楼门，推上大街。大街上依然人流如织，熙来攘往，老邱脖子还可转动，眼睛仍能侧视，几个月来难见天日的老邱贪婪地看着外边的一切，情不自禁深深地吸了口气，脸上身上泛起些许活意，似乎又回到了那个久违的年月。

走到中心广场附近，老邱忽然听到有人喊他，不能回头，却能听出是李二懈怠的声音。果然，李二懈怠拄着拐棍从后边赶上来，身边跟着老伴、儿子、儿媳、孙子还有一条小哈巴。儿媳挎着小包，儿子提着相机，老伴紧随身边，一只手伸出来似挽似扶。老邱正奇怪李二懈怠为何不坐轮椅了，牵狗的小家伙凑上来说："爷爷，下来吧，下来跟我们一

169

块儿到广场照相好吗?"老邱费力地点点头,又费力地伸手抚了抚小家伙的脑瓜,然后朝李二懈怠看了一眼算作回答。

李二懈怠全家对老邱寒暄抚慰了一番,兴高采烈地走进广场照相去了。此刻广场里正回旋着悦耳动听的音乐,广场上空飘浮着片片风筝,风筝下面男女老少往来穿梭,欢声笑语,一片繁华。老邱远远看着正摆好姿势照相的一家人,心头一阵酸楚,那颗仍旧完好的眼睛闭上又睁开时,一溜混浊的泪水就淌出来了。

动　力

　　日上三竿，屋外渐暖，林阁老抄起烟袋提起马扎，摸着细长灰白的八字胡出了家门，瘸着腿却能一溜小跑地径奔饲养处南边而去。饲养处是大集体时生产队喂牲口的地方，眼下虽然已废弃几年了，可人们就像约定俗成，仍旧顽固地这样称呼着。

　　每逢寒冬腊月北风刺骨的天气，林阁老总是和几个相好的老伙计不约而同来到这里，坐在背风向阳的饲养处土墙前，吸着烟拉个呱，眯起眼睛任由融融日光朝着身上泼洒，暖和、舒服而惬意，比猫在家里可强多了。

　　林阁老来到土墙前时，双会爷和三七爷早已坐在那里了。林阁老放下马扎，朝手上连连呵了几口气，马虎着眼四下睃巡了一下说："还差一个。"双会爷㖞了㖞没牙的老嘴嘻嘻一乐："嗯，八成又让老扤拽住了。"说着呵呵呵地笑，流出了哈喇子，又急忙伸出手来擦。他们议论的是东正爷，东正爷和老伴是出了名的"黏高粱"，平时总在一块儿依依偎偎的。东正爷每天都是早早来，今儿不知何故，天这晌了还没到呢。林阁老不怀好意地跟着嘿嘿儿笑了一会儿，看看日头懒洋洋打个哈欠说："娘哎，大冬天里晒太阳，活恣煞，这霎给我个县长也不做。"

　　冬日的阳光就像炕炉里燃烧棒芯时的温火，慢吞吞静悄悄地向外散发着绵绵的热，远处有两三个人拐街串巷，似乎在挨家挨户地分发着什么。少了一个人就像少了半边天，仁老头闲扯之余不时地侧头西望，间或有人问上一句，老东正怎么还不来呀？

终于，呜呜儿的风声顺着巷子送来了脚步声，不大会儿，东正爷提着马扎一拽一晃地出现在巷口，一边朝这边拐一边咝哈着嘴说："天儿，像是剜肉哪！"林阁老转过头来笑："哥，这话我可是听着耳熟，那年你娶媳妇，俺仁去听房，新嫂子不是有这么句话吗？"那二人正抽烟，一听这话笑呛了，接二连三的咳嗽声霎时间搅乱了世界。东正爷的脸皮紧了紧，放好马扎喷道："嗨，也不怕笑岔了气，一个个都这把年纪了……"

双会爷止住呛咳转过脸："老东哥，今儿怎么才来，俺仁可是早到了。"东正爷扬扬手中的烟袋变得有些眉飞色舞："咱二孙子不是昨儿订了婚吗，今天两人非要进城照相，我打发他们走了才来的。呵呵，现今的年轻人，疯了，啊疯了，这大冷的天，呵呵。"

"怎么去的？"年龄大好奇心同样强的双会爷瞪大了眼睛盯住东正爷的脸。东正爷笑道："骑车呗，俺家又没电驴子。"双会爷的眼瞪得更大："这天儿，还骑车？"东正爷呵呵笑道："就是啊，顶着这么大的风，愣是蹬起来像飞，这劲头也不知哪儿来的。"

双会爷张了张嘴："嗯，年轻，好时候出在年轻啊。"

林阁老瞅了几人一眼，若有所思道："这叫动力，嗯，是动力。"

林阁老当年念过私塾，进过学堂，虽然难免有时放粗口，但说话多是文绉绉的，他的嘴里经常冒出新名词，这在文化不高的老哥们眼里，能和孔圣人相比。小时念书挺好，他爹说儿子将来怕是要当阁老，阁老没当成，名字却是传下来了。"动力"这名词有些深奥，仁老头三双眼锥子一样盯紧了林阁老。林阁老磕掉烟灰吐口唾沫说："十几年前咱们修河返回时，离家四十里天就黑了，可是没人说住宿停步，只是一股劲儿地朝家奔，为了个吗？"

172

东正爷嘿嘿儿笑道："当时离开老婆都两个月了，憋得头晕，能不奔家吗？"

林阁老像老师启发学生似的伸出指头画了个圈："这就叫动力。"

冬日的暖阳喜欢照顾乡下人，生有柴火炉子的屋内仍是阴冷难耐，老人和小孩纷纷跑到外边晒太阳，倒是后生们火力大，不是满街疯奔，就是迎着朔风劈腿练拳。此时，几个练武的毛头小子正咋咋呼呼地朝村前场院走去，三七爷抿了下稀疏的胡子，出神地望着他们的背影对老伙计们说："那年，咱们也就是这岁数呢……"

——长城内外的局势越来越紧，小日本已经占了东三省，老人们说今年夏天出了北虹，看来真的要天下大乱了。那天上午，东正、双会、三七和林阁老正在村南场院里练拳脚，回家省亲的宋军长突然迈着正步走过来，用力摁了摁每个人的肩膀问："几位小爷们，想不想跟我当兵吃粮精忠报国？"四弟兄望着宋军长，眼前同时出现了岳飞的影子，心里一热当即就答应了。几天后他们被宋军长带回部队，编入令人眼红的卫兵营。

卢沟桥事变后，战争全面爆发，日本兵像潮水一样压过来，又像退潮一样给打回去，形势变得胶着。然而，战争讲的是实力而不是口号，七天七夜的阻击没能挡住日本人的进攻，部队开始渐次后撤。撤退中又中了敌人的埋伏，队伍给打散了。东正他们的卫兵营改为战斗营，掩护大部队向南转移，日本人一直尾随追到天水河。

天水河的渡口处，东正他们所在的连队担任阻击任务。战斗打了一天一夜，天水河北岸躺倒了成片成堆的日本兵。连长打没了脑袋，连副打掉了胳膊，军官几乎换了一遍，士兵也大半伤亡了。是日夜间，班长东正成了最高指挥官，他回头看看宽阔的河面，转身瞅瞅所剩无几的弟兄，终于绝望地哭出了声。追赶已经南下的部队没了指望，渡河逃命更无可能，他擦把眼泪仰起头，发布了无可奈何的命令："有亲的投亲，有友的靠友，赶快逃命！"

所幸，他们一块儿出来的四个人，除了林阁老被炮弹炸掉了脚后跟，余者并无大损。三个人连抬带背带着林阁老，当天夜里跑出四十多里。自此晓宿夜行，不几日就进入到山东地界。这天夜间他们又跑了七八十里地，天明时刚要进村歇息，不料被一帮出来打劫的土匪包围。土匪看到他们有枪，上前米动手就抢。他们奋起抵抗，接连打翻十数人，但终因寡不敌众被活捉了。他们被带回到土匪窝里，头头亲自审讯，灯光下看到他们身上穿着破军装，明白是抗日前方退下来的败兵，便有意要他们入伙。头头命令给他们松了绑，好酒好菜款待，就像照顾久别重逢的弟兄一样。

林阁老的脚伤得到治疗，一天好似一天并且终于痊愈了。土匪头头再次邀他们入伙，并答应让东正做老大，四个人横竖不应。最后，只将枪支弹药留下以做酬谢，几个人换上便衣，义无反顾地踏上了回家的路。

离家越来越近，几个人不由拉起了家常。他们说得最多的就是回到家后决心过安稳日子，再也不东跑西窜了。他们想爹，想妈，想那熟悉的村庄和田地，更想那些朝夕相处的父老乡亲兄弟姐妹。越是这么想，归家之心越是急迫，他们清楚记得，至今也难以理解，那天夜里竟然冒着大雨急行一百里，天放明时终于远远看到了村子的轮廓……

"这就叫动力！"林阁老眼里闪着泪光说。

太阳是通人性的，看到老头们喜欢，它也跟着兴高采烈，阳光如同轻柔的绢丝洒下来，土墙前愈发意融融暖洋洋了。那几个拐街串巷的人在阳光与北风的角斗中继续游走，渐渐看清了，是乡村医生带着卫生员挨家挨户打防疫针呢。林阁老似属无意地朝远处瞥了一眼，脸上略显惊慌的神色。他这人很怪，一辈子不惧刀枪不惧恶人，单单怕扎针，倘有病患，他宁肯大口喝苦汤大把吞药片，也决不扎水针下旱针的。逼紧了又躲不开时，便裹紧被子躺在炕上，两腿抽筋身子哆嗦。儿女老伴明知他是装的，却也无可奈何。近些年来，村里的防疫针扎了不下几十次，乡村医生卫生员费尽心机，竟一回也没捉到他，他成了村里防疫工作的老大难，是在公社（当时还没改乡）医院挂了号的。

林阁老见打防疫针的几个人渐行渐远，脸上绷紧的肌肉终于松弛了。"奶奶的，估摸着大冬天你也不能找到街上让人脱光了！"他像自言自语，又像对别人嘟哝，之后侧身朝饲养处的土门看了看，有备无患地朝近前挪了挪。"奶奶的，逼不到劲上，出不了动力。"林阁老仍旧习惯性地晃动着身子让屁股适应了马扎，随之高声说，"那年鬼子进街，咱四个人弄着东正嫂子逃亡……"

东正爷似乎打了个愣怔，脸上出现了少有的凝重。他唏嘘道："那年要不是阁老兄弟，你嫂子她就完了！"

……事情来得很急，当时四个人正在东正爷家里吃午饭，听得北边远处一声枪响，接着街上出名的"没事忙"林二鞑子就顺着街筒大嚷："了不得啦，据点里下来日本鬼子，要捉新媳妇塞古——塞古的！"随着这喊声，村里顿时大乱，咕咕咚咚的脚步声中，男女老少跌跌撞撞地跑回家，关门闭户，人喊马嘶狗叫唤。那年秋后，村里娶媳妇的只有东正爷，同时东正爷也明白，鬼子这回是冲他来的，因为前几天赌钱他得罪了据点里的伪军班长周大棒子，周大棒子当时就发狠，说非要让他明白马王爷三只眼不可。不用说，这是周大棒子挑唆鬼子找算他来了。东正爷新婚不久，东正嫂正是比花姑娘还要花姑娘的时候，让鬼子兵看见捉了去那还了得？新媳妇听到这动静，当时就吓哭了。东正爷不敢犹豫，一边背起新媳妇朝外跑，一边吩咐双会爷快去槽上牵走驴，走驴是大户人家备下的脚力，不能干活只供骑。尽管女人不算重，可背在身上

175

跑不快，东正爷打算出了街口后就让媳妇骑上驴，冲出南街奔进那片大荆丛就安全了。大荆丛上千亩，人入荆丛如鱼入海，没有几十人的队伍也难搜得到。

几个人护着新媳妇跑出家门后，远远看到鬼子已经顺着街筒过来了。双会爷审时度势，立即招呼东正爷赶紧背着媳妇钻胡同抄近道，他自己则要骑驴引开鬼子朝另外的方向跑。没承想一慌神的刹那，大走驴挣开缰绳顺街撒了腿，他灵机一动，借势就势，跟在驴的后边追，边追边喊："快跑啊，鬼子来捉你了！"北边又是几声枪响，显然鬼子上了当。

东正爷身子虚，驮着媳妇钻进胡同没跑多远就已汗流浃背，步子也越来越慢。身子骨最棒的三七爷正打算替他背一会儿，忽见东正嫂猛地挣脱身子跳下来跌一下，随之就爬起来甩掉那双绣花鞋，撒开四寸小脚混在三个爷们中猛跑如飞，那速度那气势，谁也追不上她。

可以清楚地看到东正爷愣在原地好一会儿才撒腿追上来，他想赶上媳妇扶一把，可无论怎么卖力就是撵不上。混乱中他看看那两位弟兄，两位弟兄也在瞪起眼睛看着他，他们怎么也不明白，一个身体纤弱几乎见风要倒的小脚媳妇，咋就跑得这么快呢？说话间已到了胡同尽头，越过胡同南口的那堵断墙就可出村了，东正爷拼命跑上前想把媳妇撮上去，不料媳妇一举手把件花布夹袄甩到身后，然后扳住墙沿双腿一弹，就像军人训练跳越障碍似的跃过了那截高高的墙头。甩到后边的花布夹袄落到了林阁老的头上，他舍不得扔掉，团了团夹在了腋下。然而令人不解的事情接着发生，东正嫂跳过断墙之后长长地嘘了口气，一屁股坐在地上不能动了。她搬起自己的小脚哎哟哎哟地叫了一阵，看看身边的断墙带着哭韵问东正爷道："哎，我是怎么过来的？"

东正爷实在是没有工夫回答她，因为鬼子兵已经追出了南街口，当时若非他们抄近道，怕是已给追上了。这个胡同距离街口二百步，可以听到鬼子狼嗥一样的叫声，而他们跑到村南荆丛地的距离要远得多。不管多远，有一线希望就得逃，东正爷招呼双会爷架起媳妇，几个人像狮子滚绣球似的朝着那个能够救命的地方猛跑。鬼子兵发现了他们，嚷着叫着撵过来，情况瞬间变得万分危急，林阁老情急智生地喊了句"你们快跑"，自己一下抖开花夹袄披在身上，瘸腿点地飞也似的朝东窜去。

　　这一招还真管用，一个和鬼子同来的伪军马上咋呼起来："太君，新媳妇的跳墙崴了腿，瞧，跑呢，跑呢!"鬼子兵们好像怔了一下就立时欢呼起来："花媳妇的——瘸的!"然后，就疯一样地追向林阁老。瞅这机会，另外两人架着东正嫂舍生忘命地逃进那片上千亩的荆丛地，好歹算是逃出了鬼子兵的魔爪。

　　腿脚残疾的林阁老没想到自己能够跑得这么快，鬼子兵们在身后的吆喝与恐吓倒让他铆足了劲，一条瘸腿也变得轻巧利索。花夹袄兜起一片风帆，飘荡摇曳如同一只飞翔的蝴蝶，林阁老只觉得耳旁生风，如同《西游记》里的哪吒踩了风火轮似的。几个鬼子兵压根没料到这个瘸腿女人竟有如此速度，他们扛着大枪晃着屁股，像饿狗追赶猎物，一方要吃，一方要逃——直到林阁老疲累已极突然被一块坷垃绊倒……

　　许多年来，那三个老弟兄曾经不止一次地问起林阁老当时鬼子兵追上他以后的情景，林阁老总是避而不答。不过有一次他暗地里曾对三七爷透露过，说那一回真是他奶奶的太丢人了，鬼子兵追上他后，他已经累瘫了，只好夹袄蒙头趴在地上不动弹。有个鬼子尖叫着从背后给他掀起上衣拽掉裤子，朝他裆里捅了好几下。林阁老正自羞愧无地，那鬼子却又猛然跳起来掰了他的屁股瞅，这一瞅不要紧，就像黄鼬拉鸡一样，林阁老身边响起一串串凄厉的叫声，就像有谁掘了他家祖坟。另几个鬼子叽里呱啦地说了些什么，随之就爆起哈哈哈的大笑声。林阁老偷偷瞧见，几个鬼子一边笑一边用手指戳一个鬼子兵的裆，弄得那鬼子兵又蹦又笑如同猴跳圈。可能这次意外让鬼子们觉得好玩，林阁老只是屁股上挨了几脚，并没有被杀。之后林阁老总是愤愤地念叨，深悔自己当时没能带把刀。

那件事情发生之后，东正爷就把媳妇送到娘家藏了起来，而林阁老也一头抢在炕上病了。林阁老一连几天吃不动饭，仨弟兄认定他是累病了或是吓病了，轮番守着他，安慰他。一直挨到立冬，林阁老才渐渐离开炕，但仍是打不起精神，整天蔫头耷脑的。天气变冷之后，这四个后生同时失踪，问他们的家人，说是一块儿下关东挣钱去了。

腊月里的一天晚上，东北风像狼嗥一样嘶叫着，小雪夹杂着又大又硬的霰粒子随风甩打下来，敲得冻地嘣嘣直响。入夜，村北据点里响起一阵连珠炮似的枪声和闷雷般的手榴弹爆炸声，紧接着整个据点就起了火。这火越烧越大，把村北黑漆一样的夜幕照得亮如白昼。村里人被枪声惊醒，有的爬上高墙张望，火光闪烁中，只见几十匹快马从据点旁边跑过，眨眼间拐上东邻的大路向北去了。

天亮后，城里的鬼子汉奸闻讯赶来，这时的整个据点已经成了灰烬，被打死的和烧死的鬼子汉奸像干柴棒一样被扒出来摆在院子里，腥臭的焦肉味一直弥漫进村内大街。据点入口处的门楣上，麻绳吊着一溜鬼子汉奸的阳具，鬼子军官歪着头饶有兴味地审视了半晌，又绕着院子巡看了一会儿然后来到东边的大路上，他拄着战刀凝视着大路雪地上那凌乱的马蹄印，怎么也判断不出这是什么部队的"干活"。

冬日的暖阳依旧懒洋洋地挂在天上，阳光像千万条丝线无遮无拦地垂下来，清透绵软而又爽洁。那种温润，那股暖意，好像用鼻子就能闻到似的。太阳越爬越高，阳光穿透他们的棉衣浸入肌肤，似乎已将北风的寒气彻底消解了。打防疫针的乡村医生和卫生员们此刻又在远处出现，但随即就又隐入到一家院子里。林阁老愣愣神，嘴角抽动了几下，将马扎移到饲养处的门口重新坐好，顺手把松动的鞋带紧了紧。他瘪着嘴但声音清楚地说："东正哥可别再这么说了，闹运动那会儿要不是你哥儿仨，我不也得冒了烟吗！"

……运动开始后，村里的头头觉得没抓没挠的，就寻出东正他们四个国民党兵来批斗。

那次可真够玄的，林阁老因为受不了折腾，一头从高高的批判台上跌下来摔昏了，头头说他装死，命令手下揍他。几个老哥们一听这话，顾不得形势危险，立即扑上前来躬起身子，手搭手在林阁老的上方支起了一个牢固的黄瓜架。三人的腰上腿上头上顿时落满了拳脚，但他们忍着、撑着、顶着，硬是把林阁老的小命保住了。

保住小命，免不了挨斗，林阁老每天仍要和其他三人一样到各村接受批判并游街。林阁老本来腿脚不便，经此一跌，伤了胯骨，行动更加困难，每挨一步都要疼出一身汗。可是没办法，不参加批判就挨打，于是，老哥儿仨就轮番背着他，走村、游街，几乎跑遍了半个乡。也可能是老天顾怜苦命人，村头头在一次到公社开会时和人撞了自行车，腰摔断了，再也没法操持批判会，树倒猢狲散，跟着跑的一帮人也就自动收摊，老哥儿四个终于得到解脱。

太阳爬到头顶，老哥儿几个感觉有点儿热气蒸腾的意思，于是相继解开了脖扣。林阁老仰脸看看日头，眼神有些迷离地正要说什么，忽然怔了怔神，起身说了声"憋得难受呢"，一瘸一拐转进了饲养处的破土门里。几乎与此同时，打防疫针的那伙人蓦地从旁边的胡同口里冒出来，留小平头的乡村医生搓着冻麻了的耳朵"嗯嗯"着说："各位爷，背风向阳，挺暖和，我看你们就在这里办吧。"说着，吩咐卫生员们换了针头吸了药水，分别给三个老头褪袄、消毒、注射。乡村医生朝那个空了的马扎瞥了一眼恨恨地道："林爷呢，躲到饲养处里了吧？今儿的突袭就是为了他。好，这回非得堵住，鲁院长说了，再扎不到他，我这个防疫模范也别想当了。"

乡村医生和卫生员们走在头里，三个老头在后边跟着，迤逦相连地进了饲养处的破大院。找不到林阁老，也喊不应，人们有些奇怪，他能跑到哪里去呢？一个相邻住户垛在东南角上的干草堆引起了乡村医生的注意，他走上去跺了跺脚说："林爷，您就出来吧，这回可是逃不掉了。"

　　话音刚落，草堆里响起一阵窸窣声，少顷，最外边的一个草捆腾地掀开，林阁老顶着一头乱草钻出来。钻出来的林阁老双手挓挲着，脸色干白，眼睛惊恐地望定了卫生员手中的玻璃针管说："爷们儿，我扎，我扎，我扎还不行吗？"说着往后退，往后退，好像退得远了就能逃脱似的。乡村医生并不拽他也不追他，因为门口已经堵住了，林阁老身后最矮的那面墙也有多半人高，别说残疾，就是正常人也休想轻易跃过。

　　然而，奇迹还是发生了。

　　就在大伙有点儿幸灾乐祸地看着林阁老陷入绝境时，这老人回头看了看那堵矮墙，又看了看已经举着针管逼上来的卫生员，眼中立时闪过一道义无反顾的光。他突然转过身去，以让人难以置信的速度猛跨三大步，一条瘸腿在地上打了个旋儿，身子就像安了发条似的弹了起来，这边的人还没看清他的动作细节，林阁老已然跃上矮墙，驴打滚翻到外边去了。

　　后边的人哎呀惊叫着赶到矮墙跟前朝外望时，林阁老已经蹿出十多米，清楚地看到他又跌了一跤，爬起来接连趔趄着，然后，重又像惊了枪的兔子般单腿点地飞逃过前边的街角。乡村医生和卫生员们有的惊，有的乐，就像小时候赶集第一次看到拉洋片的稀罕景似的。

　　"这，这……"三个老头低低地嘟囔着，先是不知所措地张着嘴越过墙头久久地朝远处望，继之便神色黯然地走出大院，提起马扎，低着头回家了。

林阁老跳墙时跌得重了，右侧的胯骨旧伤复发，三个老弟兄每日里到床前守着他，有的烧水，有的熬药，有的伺候他拉屎撒尿。三七爷埋怨他当时不该跑，不就是一个细如麦芒的针吗？如今可倒好，给摔成重伤了。林阁老眼睛红红地说："哥，当时我看那小子举着的可是一杆枪啊！"

师　　表

　　他刚刚走出办公室，就听东边大门口有人喊他："欣明，欣明！"抬头看时，只见一对中年男女匆匆奔来。此时艳阳西照，视物迷离，欣明手搭凉棚细细一瞧，竟是高中时的班主任冯老师夫妇。是的，没错，世上哪有学生认不出老师的？更何况是自己的班主任和班主任的丈夫呢。当年，冯老师是班主任兼语文老师，欣明是语文一科的佼佼者，他很敬佩冯老师。记得冯老师在讲短篇小说《我的叔叔于勒》时掉了泪，讲到约瑟夫的父母不认弟弟——那个穷困潦倒靠在船上卖牡蛎为生的于勒时，气愤得连嗓音都变了："这是卑鄙，这是市侩，这是丝毫没有人性可言的下作行为……"

　　冯老师夫妇跑到欣明跟前，兴奋得有点儿喘。十多年不见，老师夫妇鬓发斑白，面容憔悴，一副落魄无依的表情。欣明的胸膛里像被竹签剐了一下，很痛！

　　那年，因为蒙冤受屈，欣明从机关上被"流放"回家，为了谋个民办教师，特地到母校补办毕业证。顺理成章，这事必得先找班主任，好几年没见面了，总得带点儿礼物吧。思来想去，欣明给老师带了几辫大蒜。想法很简单，老师住在城里，不会缺什么，捎点儿农产品合理也实惠，别弄得真跟送礼似的。

进校后按着一位小同学的指点，欣明找到了班主任冯老师的住所。在快要踏进班主任的宿舍小院时，欣明很激动，有种久别即将逢亲人的感觉。毕竟已是好几年没见面了，他屏住呼吸轻轻敲门，不一会儿小院里响起熟悉的应答声，随着脚步的响动，冯老师将院门慢慢打开，呈现在欣明面前的是一张惊愕之后随之冷漠的面孔。冯老师口气迟疑地问他找谁，欣明吓了一跳，难道找错了？他认真地看了看，没错，清清楚楚就是冯老师啊！圆圆的一张白脸，微塌的鼻梁上架着近视镜。也就几年的时间，莫非老师真的认不出自己的爱徒了？他不由得低头暗暗看了自己一遍：一双解放鞋、一身旧衣裤，与学生时期的自己并没有多大差别呀。冯老师掩着门扇站在院内定定地盯着他，盯着他自行车后衣架上的蒜，就像准备随时用身体抵挡一个窃贼、一个强盗、一个图谋不轨的入侵者。欣明给盯得脸皮火辣呼吸困难，下意识地拢了拢头发。头发乱糟糟的，一定很不成样子，难怪冯老师认不出自己呢。欣明忽然想起应该自报家门，可是冯老师想了好长时间也没想起他是谁，欣明很是窘迫，他低下头不再说话。他想，冯老师每年都送毕业班，教过学生千百个，怎能一一记住呢？这时院里响起一个女孩子的问询声："妈，谁呀？"

　　哦，是玲玲的声音。玲玲是冯老师的大女儿，欣明在校时玲玲还是小姑娘，那时常到他们班里玩，欣明还像大哥哥似的给她扎过小辫呢。玲玲一定长高了，长大了，但声音没变，仍是那么脆生生的好听。欣明的心悸动了一下，就要叫出"玲玲"来，然而几乎与此同时，耳边响起冯老师不耐烦的回答声："问什么问，一个卖蒜的！"

　　欣明的脸开始发烧，脑子懵懂之后随之是眼前的迷乱，他看到冯老师的眼镜片又加厚了，厚成两个瓶子底。人一旦近视到这程度，别说看人，就是看天上的星星也是黑色的。欣明不甘心，几乎是嗫嚅着说："冯老师，我真是欣明啊，认不出来了？"

　　冯老师依旧面无表情，摇摇头说："不记得，不记得，你找错人

183

了吧？"

欣明很惶惑，他不知怎么解释才好；欣明很羞愧，竟然落魄到连当年的班主任也不认识自己了；欣明很懊悔，真不该为了当个民办教师跑到母校来丢人现眼；欣明有种大热天遭了冰雹袭击的感觉，浑身激灵了一阵后，鼻子发酸，眼睛发酸……他怕自己失态落泪，慌忙向冯老师道歉："对不起，可能，我可能……"话没说完，冯老师已经关门并落了闩……

几年后落实政策，欣明又回到了原来的工作岗位，接着调入现在的单位——市人事局科技干部处任处长。因为经历的磨难太多，坎坷太多，痛苦也太多，他早已将那次自取其辱的羞惭事情忘掉了。今天冯老师夫妇意外降临，很自然地又引起了回忆，也很自然地弄得心里像有个东西一搋一扯的。不过也仅仅如此，他很快就平静下来，很快就跑到老师面前说："冯老师，真没想到你们要来，咋不提前打个电话，我好到车站接你们呀！"

冯老师兴奋得满脸冒光，隐在镜片后的小眼睛一闪一闪，她用手扑拉着欣明的前胸说："知道你忙，嗯，你总是那么忙，就没提前打招呼。再说，师生之间客套什么呀。"

欣明点点头，表示理解。他把冯老师夫妇让进办公室，沏上茶，就和老师拉起了家常话。冯老师看到办公室布置得很气派，拍拍沙发扶手啧啧连声，说从学生时期起，就看出欣明是个有前途的。果然不出她所料，这不当上处长了。欣明不好意思地笑笑，说是工作需要，工作需要。冯老师摇摇头："嗨，需要的多了，怎么别的学生就不行呢？"

聊了一会儿，冯老师终于说明来意，此番他们是来找欣明帮忙的。两人教了一辈子书，都快退休了，还中教二级呢。晋升一级的材料报到市里两次，都给退了回去，原因是学历低了点儿，论文少了点儿。今年

184

是第三次上报，害怕重蹈覆辙，于是就坐了三个小时的汽车来找欣明了。意思不说自明，想让学生从中做做工作争取通过。

对欣明来说，这件事并不复杂。市里有个精神，对将要退休的老教师的晋级，某些方面是可以适当放宽的。他当即打了电话叫来负责初审工作的科长，让他查查这两份材料是否已经报上来，同时强调了一句，这是自己的两位老师。还用多说吗？既然是处长的老师，还用多说吗？科长微笑着朝冯老师夫妇点点头："请放心！"

中午，欣明摆了家宴招待自己的老师。妻子是位聪明贤惠的女性，听说是丈夫的老师，自然格外热情。她今天恰好休班，下厨做了几个拿手的好菜，吃喝中给两位老师斟酒夹肴，还不时询问口味是否适合，这让老两口很是感动。冯老师是能喝几杯的，酒后的话也格外多，看着欣明的妻子，脸上露出灿烂的笑容。她用还算整齐的四颗门齿轻轻咬下一块扒鸡肉说："年轻人，你是真有福啊，知道吗，当年在学校里时，可是有好几个女孩暗暗恋着欣明呢。用《白蛇传》里的话说，'有缘千里来相会，无缘对面不相识。'这不，她们都是白费力气瞎忙活，让你把他逮住了。哈哈……"

欣明和妻子同时脸上泛起红晕，妻子冲欣明撇撇嘴微笑着说："老师夸奖他，高抬他，他有什么好的，不就是有点儿小才吗？我才不稀罕呢。"

"什么，小才？"冯老师扭过头来，一百个认真地说，"小才？他可是文才出众非同一般啊。他写的作文经常在全班全级念，高二就在报刊上发表文章了，了得吗？"说着又拍了拍欣明的肩头："还记得吗，那次仿写小说《我的叔叔于勒》，你仿写的那篇在全级拔了头筹，我只念了半截，全班就有十来个学生哭了。"

欣明脸上有点儿发烧，眼神也渐渐朦胧迷乱，他似属无意地瞥了冯老师一下，忽然有种脖颈里落进麦芒般的感觉。与此同时，嗓子里也像塞进一块热地瓜，想吐，吐不出；想咽，咽不下。他很难受，但还是极力忍着。冯老师仍在滔滔不绝地述说他当年在校时的种种优秀，他终于忍不住了，借口烧水走进厨房，又从厨房走进了盥洗室。他洗了把脸，漱了漱口，这才感觉舒服了些。欣明回到餐桌前时，冯老师还在意犹未尽地说说说……

因为冯老师夫妇下午还要返回县城，妻子怕他们年龄大了受不了辛苦，午饭后就把老夫妇让到卧室里小憩。饭后阴升阳降，正是午睡的好时光，不大会儿，卧室里就响起轻轻的鼾声，妻子欣慰地说："老两口跑了一上午，也真累了，幸亏让他们歇歇。哎，欣明，老师来一趟不容易，咱得捎点儿礼物给他们吧？"

正在发呆的欣明似乎怔了一下，连连说道："对对对，捎点儿礼物，是的，是的。"

两人悄声商议了一下，妻子走进储藏室，取出两盒包装精美的茶叶。欣明让妻子把茶叶放在客厅茶几上，嘱她也去休息一会儿。妻子"嗯"了一声，就走进另一个房间。她有个午睡的习惯，忙了一中午，真的累了，也困了。

下午两点多，冯老师夫妇睡了个好觉相继醒来。他们走出卧室洗完脸后，欣明的妻子已经沏好了茶水。美美地睡了一觉又香香地喝上杯茶，老两口自然有种神游八极的感觉。他们怀着大获全胜的喜悦提着学生赠送的两盒礼物走到街上，接着上了学生为之付费包乘的出租车。出租车鸣着喇叭驶向长途汽车站并且渐渐消失了，欣明和妻子这才慢慢走回家。

欣明上午和办公室交代过，下午他不去上班了。送走了冯老师夫妇，妻子在收拾屋子，他独自坐在客厅茶几前默默地喝茶。客厅中的光线很好，显得室内更加窗明几净，整齐清洁。正在沉思默想的欣明忽然听到妻子惊叫了一声，随之就急匆匆地打储藏间里跑出来，变貌失色地望定了欣明，手中托着四罐茶叶。欣明只是毫不介意地看了一眼就又低下头去再次陷入沉默，妻子怔怔地走上来问他："怎么回事，啊？怎么回事？"

欣明抻了片刻抬起头来，声音低沉地说："别大惊小怪的，我把茶叶取出来，把你上星期买来的两辫子大蒜装进去了。"

"什么？"妻子变音变调，"你，你怎么能办这种缺德事，那是老师，老师啊！"

妻子不理解地望定了欣明，脸上一会儿青一会儿白的，连说话都带了哭韵："我说你到底怎么了，你可不是那种抠抠搜搜的小气鬼呀。你这么办，冯老师两口子会怎么看我们，我们今后的脸往哪里搁？你今天是怎么了，啊？你说，你说！"

欣明什么也不说，只是出神地望着善良纯情的娇妻，脸上一种既痛苦又决绝的神色。"我就这么办了！"欣明的口气生硬到蛮不讲理的程度，刚才还稍稍平静的脸上满是阴云。但在阴云过后的刹那，两行泪水顺着脸颊悄悄淌下来，淌到口角，淌进嘴里，清清的，咸咸的，抑或还掺杂着某种热热的辣。看着心爱的丈夫突然间神情大变，一直疑惑不解的妻子惊愕了，惊呆了，她惶惶不安地颤声问道："怎么了，啊？这到底是怎么了？"

夕　照

日西斜，阳光泼洒。如砥的平原上，铺漫着一层淡淡的黄纱。一条小河向东流去，披金挂银，蜿蜒曲折。从小河的顶岸向东北望，那淡黄笼罩中的不远处出现了一团桃艳艳的红晕，影影绰绰，黄山佛光似的。

是一株高高的芙蓉树。那红艳艳的光晕，便是满树蓬松秀美的芙蓉花。

霜霜就立在芙蓉树下，朝小河的方向张望着。她脸色红润，口唇半抿，白嫩的颈后，是柔软如五月垂柳的长发。她怅怅地望了一会儿，忽然叹口气，低下头，眼光落到了手中翻开的笔记本上：

芙蓉花——合欢花

我常常默默地注视着

日出你睁开惺忪的睡眼

日暮又悄悄地隐去了……

她念了几句，停住。抬起头来，复又目光恹恹地朝前望去。

她在等他。

他叫郑新，是霜霜来到这里第一天就认识的。那天，她刚刚上课，门外响起车铃声——邮递员来了。以往的规律，老师必是闻声而出，接

188

过报纸信件，然后道声"谢谢"。霜霜不了解这以往的习惯，就是了解，她也不会那么做。她是教师，是正站在讲台上的教师。

门外的车铃声一阵紧似一阵，教室里出现了一点小小的骚动。但这骚动瞬即就被她婉转圆润的嗓音平息了。

下课了，霜霜刚走出教室，蓦地怔住。一位绿装小伙正侧身立在门外，一动不动，木雕似的。

"同志，让您久等了。"

"哦，没，没什么。"

女教师接过报纸和信件，嫣然一笑，绿装小伙儿便是莫名其妙地浑身一震。他望着对方那双外眦长长的眸子出神。

"同志，您……"

如铃的嗓音又响了，邮递员神经质般地打个激灵，没弄清人家问了句什么，也不知自己回答了些什么，便霍转身，跨上自行车逃也似的跑了。

他跑了，她笑了。

渐渐地，她被他那近乎童稚的痴劲吸引了。同时她又惊奇地发现，为了不影响她上课，他总是在中午或课间来到学校。乡邮员的投递路线是预先计算好了的，每天，他这一来要多跑多少路啊！每一份报纸，每一本刊物，每一封信，不论天气好坏，他都及时准确地送来。她极想表示一下谢意，可斟酌良久，竟找不到适当的话。哦，机会，机会还是有的。

那是寒假后的一天，她刚来一个多月。那天，寒风怒号，大雪飘飘。雪花落在地上，不是被卷走，就是被冻牢。大路上，厚厚的"地皮甲"又硬又滑，整个宇宙像座千年封冻的冰窖。

霜霜坐在暖融融的办公室里，一边看书，一边做饭。这时，屋门一开，风雪将郑新卷了进来。他的皮帽已经结冰，绿装早已变白。路上不

189

知跌了多少跤，浑身上下泥一块，雪一块。她赶忙跑上去，帮他摘下手套，掸去身上的雪，然后将他拉到炉旁坐下，沏一碗甜甜的糖水递给他喝。

他急急地喝完糖水，刚要起身，却被霜霜一把按住了。她给他盛来了饭，端来了菜，像大姐姐对待小弟弟一样亲切、实在。

郑新没有拒绝，狼吞虎咽地吃完饭，打个饱嗝，突然冲口道："主哎，可歇过来了！"

"你，多斯提？"她猛地愣住。

"穆斯林。"邮递员点头一笑，"和你一样。"

"我？"她又一惊，"你怎么知道我……"

"打听的。"

"打听的？"

"嗯……"郑新笑了笑，有点儿尴尬。

"哦！"霜霜低下头去，像在考虑什么。

空气暂时凝滞。郑新摸了摸发烫的脸，踌躇半晌，低声道："今天，真是太谢谢你了。"

霜霜抬起头，莞尔一笑："干吗说这些？回族人，一家人嘛。以后要是来不及回去的话，午饭就来这里吃吧，啊？"

这以后，霜霜注意到，自己的这位回族同胞虽然一如既往，但那眼神、口气和举动，已和过去有了某些不同。只是，这种潜移默化的东西她只能体会到，却说不清……

昨夜，一场暴雨把那小河上的木板桥冲垮了。虽然上溯十里还有桥，但此地是黑土，雨后道路泥泞，今天无论如何，他是来不了啦……

然而，他来了。

他来到小河的岸边，怔住了。涨水了，河宽了，木板桥冲垮了。他凝神结思，好一会儿，突然拍拍额头，终于有了办法。

他脱掉外衣，只穿件裤衩。为了尽量减轻负担，又将这村的两封信夹在报纸里，用背心拴住，打个结卡在头顶上。留一条长裤，其余鞋帽衣服，连同邮袋一股脑儿塞进了破桥头的"雁翅"下。他走进水里，将长裤浸湿，挽住裤腿口，迎头一抖一趸，随着呼呼风响，裤腿立时胀得鼓鼓的。

小时，想玩水，怕淹死，就常和伙伴们搞这样的"气蛤蟆"。

像只漂浮的青蛙，他荡开水面，由上流斜刺游向对岸。水越来越急，冲力渐大，自西向东，像有一堵软软的墙拥他，挤他。他屏息静气，顶住水流，看准对岸的一棵小树，奋力地游着游着。

穿过中流，是一股细流，没了浪，水也平缓了许多。他松口气，打算浮在水面上歇一下。突然，下流头出现一群筷子长短的浮鲢，像闪烁着白光的银枪，齐刷刷地蹿来了。看看要到身旁，一种儿时似曾有过的景象在他脑子里一闪，于是就屏了气息，猛地一抓，鱼儿们一吓，噌噌噌蹿出水面，激起细浪，翻着白眼逃散了。可就在这刹那，"救生衣"里漏进水——瘪了。他连忙手刨脚蹬，只待双足触了河底，那悬着的心才放下。一阵懊丧，便出气似的将湿裤往岸上甩。不料，裤子还没落到岸上，头顶上的邮件倒滑了下来。亏他手快，一把接住。然而，到底有封信从报纸缝里溜出，落进水里，悠悠荡荡就要漂走。他吓了一跳，闪电般伸手捞起，只几下便爬上岸，坐在绿茵茵的护堤草上喘大气。少顷，他忽然又紧张地睁大了眼，因为那掉进水里的信已经浸湿，倘若信笺粘连，出现在收信人面前的字迹，必是乱乎乎的一片。这是邮递员的失职啊！怎么办？唯一的办法，是马上拆开信封，取出信笺，展开，晾干。来得及的，瞧，水浸过的封口翘起了边缝，大约也在鼓励他这么办。他伸出粗粗的手指，刚捏住封边，又犹豫了——这算不算私拆信件？他下意识地看看收信人的姓名，禁不住"呀"的一声。糟，糟透了！此信偏巧又是霜霜的。他不由自主地扭脸朝东北方向望去，似乎在那团桃艳艳的光晕中，正有一双好看的凤眼暗暗地瞅他……

　　的确，在蓬松秀美的芙蓉树下，霜霜正往这里瞅着。见那弯弯的路上没有人来，就又低了头，眼光仍旧落在手中的笔记本上。这翠绿封面的笔记本来自郑新之手，而他那美好的心愿与热切的追求，也随之坦诚地表白给她了。

　　一场阵雨过后，霜霜送小郑走出办公室，来到这株芙蓉树下，又不约而同地站住了。两人什么也不说，只是相对默默地站着，站着，天上的云彩已经开了缝，在大块大块地向远处移动。如珠的水滴时时地从树上落下，溅他们一身，一头。可是，他仍不肯离去，她也不催他走。两人都有一种即将发生什么的直觉，可又都难以说透。霜霜嚼了片树叶，漫无目的地向田野里眺望着。郑新则低了头，神经质般地用脚跟踩着地上的泥巴。沉默，让人难耐的沉默。

　　云彩渐渐散去，太阳露出了笑脸。那路旁的青草，在一汪汪黄色积水的衬托下，鲜绿如染。郑新突然抬起了头，如痴地端详着霜霜那俏丽的脸庞。霜霜似有所觉，也扭过头来，向他眨动着清澈明亮的大眼。四目相对，两心相许，刹那间，他抛却了一切的犹豫和忐忑，猛地从包里掏出一本绿皮笔记本：

　　"给，给你！"

　　霜霜刚接到手里，对方就慌忙转身走了。她怔了怔，翻翻笔记本，咦，诗。扉页上写了一首诗。题目——芙蓉花。

　　　　我站在芙蓉树下／仰望着那丰茂的枝丫／花儿婆娑映衬着迷人的凤眼／叶儿条条梳理出柔美的长发。

　　这是情诗无疑了。看他憨头憨脑，倒能诌几句呢。霜霜欣喜之余，忽又紧张、沮丧："不，不行啊！"她踉跄回屋，一头扎在床上。

往事如烟，虽逝，难忘……

师范毕业后，她在城内某小学执教。其间，她接触到一位自诩为"严格的信徒"的人。那如剑的唇舌、如隼的双目、现代派的思想却又完全正人君子的谈吐，不久便博得了这位纯洁少女的由衷尊敬和爱慕。那天，两人偎依在宿舍里，絮语着各自的追求和未来的生活。他突然扳住她的双肩，一本正经地说：

"霜霜，相信我吗？"

霜霜极惊愕："你咋会这么问呢？"

"不，"他望着她的眼睛，"霜霜，选择朋友一定要谨慎。地道的自私自利会戴上友谊的假面具，却又设好陷阱来坑害你，对吗？"

诚挚，敦厚。一生有这样的人做伴侣，定是人们始终追求的两个字——幸福。霜霜激动，陶醉，几乎是有点儿主动地做了他的俘虏。

渐渐地，霜霜发觉自己上了当。她并非他心目中的"唯一"，他还有另外的并且不止一个的"她"。她直率地戳穿他。他恼羞成怒，竟将他们以往的"秘密"在她的学校里公开散布了。她气得大病一场。康复后，恰好这个回族乡去城里招聘教师，她便毅然应聘来到乡下。然而，来到乡下不久，这个郑新又鬼使神差地闯入了她的生活。

唉！感情——人类所特有的东西啊……

一个被砂子硌了牙的人，在吃下一口米饭时，会特别小心的。霜霜始终克制着自己，不让感情轻易疏泄。所以，几个月来尽管情意日渐笃深，她对他仍是不即不离的。然而，在郑新没有明确表示之前，她心中尚可支持，如今一经道明，她的精神却垮了。说实话，她的确已经非常钟情于他。可她又怕对方一旦了解了自己的过去，会轻蔑她，鄙视她。所以，她就经常地担忧、害怕。唉！瞒吧，瞒得严严的。只要自己不说，离城又远，他是不会知道的。然而，做人的良心、道德呢？她千回百转……

第二天，她见到郑新，竭力克制住自己的慌乱，样子认真地说："你的诗，挺不错!"

"哦?"

"只是，太露了些。"她低了头。

"露比含蓄好。"郑新不自然地笑笑，"在这种事上，我想，干吗非要缠缠绵绵的?"

霜霜嗫嚅道："以后，慢慢说吧!"

"慢慢说，慢慢……"郑新重复着。

话儿终于没有说透。可是，自此以后，霜霜有空就呆立在这芙蓉树下，似乎在期待着什么。

当然，她所期待的，就是他。

而他，此刻正在坐蜡……

好端端的信，搞湿了，怎么向她交代呢?

尽管他明白对方不会责难自己，但邮递员的责任感和一种想道说不出的心理，仍然使他惴惴的。他思考着，斟酌着，终于，他将信拆开了。

信笺已经湿透，软乎乎一块蒸饼似的。他小心翼翼地一层一层地揭，待到全部揭开，一个奇特的念头忽然在他脑子里出现——这信是谁来的? 会不会……一连串的思虑涌上来，心中骚然升起一股莫名其妙的妒火。他的手神经质般地颤抖着，颤抖着，猛地捏起了信的第一页。可是，尚未看清字迹，就又停在了半路，脸孔也与此同时地扭向一边。薄薄的信纸铅板似的往下坠，坠，终于坠下去了。他瞅瞅回归原处的信笺，脸上一阵的火辣。哎哟! 刚才要干什么? 他惶愧地拧了下自己的耳朵，然后将信笺分开，字朝下平摊在河岸草地上。在河边捡几只小小贝壳压住。

他捡起抛在河坡上的湿裤，走到水边涮了涮，拧干。然后，便双手撑开裤腰，在河堤顶上用力地转着圈子抖。一边抖，一边不时地向东北方向瞅……

霜霜仍然立在树下，对着那小河的方向时时眺望着。日头渐渐下跌，在更远更远的西北方，几块幽灵般的黑云悄悄地靠过来了。

一只雀儿在树上欢快地跳来跳去，弹落下几只叶片、几滴水珠儿，掉在她敞开的后衣领里，凉凉的。她伸手抹了去，又下意识地抬起头，向着小桥的方向望了一下。

哦？那是谁？光膀赤臂，正急匆匆地往这里走。越来越近，越来越近，咦！是他。那身形，那步态，没错，是他，他来了。

渐渐地，他走近了。走到了她面前，站住。眯起了眼睛看她。

"游过来的？"

"游过来的！"

霜霜突然红了脸，低下头说："小郑……"

可是，就在此刻，就在她要对两人的关系做出肯定表示的刹那，郑新却将手中的报纸和信递到她面前，同时歉疚地说："你的信掉进了水里，怕浸坏，冒昧拆开晾了一下。唉！这事全怪我……"

"啊？！"

霜霜的眼睛接触到那封信，马上紧张地睁大了。继之，她脸孔煞白，嘴唇哆嗦，像被什么意外情况惊骇了似的。

郑新吓傻了，忙解释："天地良心，我……"

"别误会。别，别……"霜霜意识到了自己的失态，忙掩饰地撩撩头发，苦笑了一下。同时，她从对方那诚惶诚恐的表情中判定，这封信他没看，的确没看过。教师的敏锐透彻的观察力毋庸置疑，她放心了。

郑新也松了口气，关切地问：

"霜霜，刚才怎么了？"

"有点儿……不舒服！"

"要不要请医生？"

"只一阵儿。好了，这不好了吗？"

他走了。像往常一样，见一面，谈几句，又恋恋不舍地走了。她望着他渐远的背影，长舒一息，才急急地打开那封信。因为湿后晾干，信笺直愣愣的像几片杨叶，她便仔细地看。可是，看着，看着，就再也看不下去。骂了声"无耻"，开始急促地喘息。

这封信，却是城里的那位"他"来的。他在信中自责自斥了一通后，要求重修旧好。他请她"原谅"他。可是，在信的后半部分，他用卑劣下流的语言描述了那过去的一段后，声言霜霜如不"理解"他，他将像在城里那样，来这里将他们以往的"秘密"公开化……

"流氓，恶魔！"

霜霜脸色铁青，心跳也不均匀了。她双手一扯，要撕碎这封信。刚扯开一个口，又停住。刹那间，她面前出现了郑新那双真诚的、含情的眼睛，以及那眼睛里闪现出的执着而渴求的目光。是的，每一次见面，他都以这样的眼光，望着她……

霜霜再也不能自持，撒腿向小河的方向跑去。她要追上他，让他亲眼看看这封信，将过去的一切全部告诉他。他是那样爱着自己，相信他会同情自己，体谅自己的。

她跑到河岸，郑新刚好准备渡河。对于她的突然赶来，他不胜骇异、惊诧。他梦游般反身跑回来，望着她那汗涔涔的额，脸相变得傻呵呵的："你，怎么来了？"

她又一次陶醉在挚情的对视中。对方那有时带点儿傻气的样子，曾经多少次地撩拨着她的心，令她欣慰、愉悦。然而，那时她总觉得如缥缈的梦。而今，梦幻般的向往即将成为现实，姑娘金石般赤诚坦荡的心，就要换得馨香馥郁的浆果。

而他，立在她的面前，也同样沉浸在极其美妙的感觉中。他似乎预感到，幸福马上就要降临了。因此，他的唇角在不停地抽动，胸脯在急剧地起伏。然而，许久许久，对方那表情凝重的嘴唇竟没动一动，而是出他意料地突然低了头，同时将那封信递过来，喃喃地说：

"你……看看吧！"

他一怔，接过信，那疑惑的目光看她好一会儿，才又同样疑疑惑惑地落到信纸上……

她低着头，看不到他脸色与眼神的变化，只是等待着，以一颗坦诚的心等待着。时间好长好久，好长好久。突然，一个陌生的似乎是从天外传来的低暗而颤抖的声音振动了她的鼓膜："主啊！人不能貌相，你竟是这个……"

霜霜的头轰的一下。她仰起脸，发现对方的面孔变得粗鲁涨红，原来纯洁明亮的眸子也变得混浊冰冷。她像一下子碰上了意外出现的深渊，由于惊骇而下意识地倒退了几步。就在此刻，她朦胧看到那信笺如同几片丧帕般飞了起来，飘飘荡荡落在了什么地方。她的大脑尚未做出明晰的反应，眼前的人便转身跑向了河边。接着，一个模糊的影子闪了一下，河面上腾起一股浊浊的浪花。她惊叫一声奔过去，意识中又闪过一个奇特的念头——他受了突然的精神刺激而要投河自尽了。可是，她刚刚跑到水边，一颗圆圆的脑袋便在河心里钻出来。一会儿，水淋淋的人儿爬上对岸，从那残破的桥头"雁翅"下取出些什么，头也未回，三五步蹿上河堤，像被鬼怪撵着似的跑了……

转　折

小说终于发表了。

兴奋之余，又有些忐忑。他是会计，不是作家。当会计又写小说，人家是不是会将自己看作偷女人的和尚呢？

站在邮局的柜台前，像取了不义之财，将稿费胡乱地塞进衣兜后便夺门而出。拐上东去的大街，心中兀自酸溜溜的像灌了半瓶陈醋。

他不知不觉地刚刚走下了人行道，突然响起一阵急促的车铃声。没容转身，一辆自行车带了香水味倏地从旁擦过。在视觉中刚刚闪现一位女郎的倩影，前边蓦地一声"哎呀！"女郎的自行车蹭着了一位矮壮男人。那男人趔趄几下，站住，揉着肋骨骂：

"娘个×，抢丧啊？！"

女郎不回骂，仍是勇往直前地蹬着，蹬着。前方不远，便是本城那条斜形街。一位交通警正站在信号指挥台下，专心致志地研究不远处一个胖子的屁股。女郎大约心慌，刹车不及，又哐啷撞在他的身上。

"臭美，超速行车！"交通警声色俱厉地吆喝。

尽管女郎赔礼道歉，但她还是被处以罚款。

一方掏钱，一方开罚款单。这霎他到了。

"是你？小马！"

小马喘红了脸。她是百货公司副食部的。

198

"有急事?"

"我姨妈病了,在医院走廊里躺着。姨父打电话,让我去找个熟人,无论怎么得住上院啊!"小马哭丧着脸交了罚款。临走好像又想起了什么,"哎!晚上到我那里来一下。"

和小马相识一年多,关系仍旧忽远忽近的。就在眼下的大街边上,他和她谈了已经不下几十次了。每次"谈情"的时候,她就向他透露有什么商品准备内部处理;他就向她诉说心中的苦闷——希望能干自己的所学专业。话不投机,气氛也就变得不协调了,最后兴味索然地各回各家。

人人都有惆怅。一点儿不假。

他是大学生物系毕业的,却一直在扒鸡公司里当会计。一块儿分来的同学,十有八九都"书归正传"。就连那位将芽孢和芽体常常混为一谈的伙计,也已通过什么关系进了生物研究所。他呢?

当然,那样的蝇营狗苟,他是不干的。一个人要来得光明,走得正大。他曾经给轻工局领导写过七八次请调报告,但局里的批件总是相同的几句话:安心工作。分工不同,都是为人民服务的。

诚然,这答复放在十年前,即便心不安,人也是"安"。但如今报纸上,广播里,不是天天说"解放知识分子学非所用的问题"吗?对,给报纸写信。

回音很快。在对他深表同情之后,编辑以恰到好处的措辞告诉他,如今学非所用的问题很多,中央和各级党政部门下了不少文件,报纸也尽力宣传,但仍然无法彻底解决!最后,编辑又做了委婉的说明,此信如在月前,或许能登出。现今本报又有了新的宣传任务,所以也就爱莫能助……

他将信笺搓成纸蛋儿,十分准确地掷进了墙角的纸篓。

就在接到报社回信的晚上,他和小马又在新湖边上见面了。他劈头一句就说："看来，我得永远脱离自己的专业了！"

小马斜他一眼："可以想办法嘛。"

"你有办法？"

"办法？我有什么办法。"小马口气淡淡地说，"要是送礼，我们副食部才进了一箱古井贡，可以按内部照顾的价格……"

"呸！"

"啊？"

就因为那一声"呸"，小马五天没理他。电话里他再三道歉，直到第六天晚上小马才赴约。见面头一句："唉！我说你呀，简直和小说中描写的书呆子一般无二了！"

小说？小马一句话，竟提醒了他。对，他妈的，写小说！人家说小说源于生活而又不是生活。或虚或实，"水分"大着呢！写！写这里的"后门"成风；写经理的独断专行；写科里某些人的寡廉钻营。是啊，他们科里，那位将大便屙进食品塑料袋里，又从楼窗口扔到与他不睦的邻居的阳台上，以至被人家孩子误作黄酱打开而弄得满屋烘臭的"段机灵"，只因出差广州时给经理和科长的太太捎来那么两件稀奇的小玩意儿，前些日子竟被公司报为市里的"五讲四美"标兵……写！一定写。倘或发表，也算解了心头之恨。

作品的真谛在于真情实感。因为都是平日的所遇所想，写起来自然、随便。五六千字的东西，他一个通宵就拿出来了。用不着修饰、誊抄，只改了改错字、病句，便装进信封，写上省城某刊的地址，在朝霞升起的时候塞进大门外的邮筒里。

不到半月，编辑部回了信。更出他意外的是，签名者竟是自己同校中文系的同学。略叙别情后，又问他能否去编辑部。说是稿子不错，但有几处细节还要改一下。他自然喜出望外，马上去找科长请假。

扒鸡公司的请假制度极严格，科长搔了半天头，还是拍拍他的肩膀说："咱找经理吧！"

明亮的办公室里，经理坐在写字台后藤椅上，见他们进去，便努力将粗腿架起来，搁在椅子扶手上："嗯？有事吗？"

他说明来意，将信呈上。经理右手捏了信，左手扶着花镜框，仰在椅背上钻研了半天，突然双足坠地，伸手叩桌道："啧啧，好事嘛！"

科长迷糊了一小阵，忙附和："好事嘛！"

他在一旁松了口气。

"没想到你小子还有这一手。"经理小眼睛笑眯眯地望着他，"写的什么？"

"写的什么？"科长总是紧跟着。

"小说！"他谨慎地答。

"是不是像这个？"经理说着，从抽屉里拽出一本刊物递给他。

这是本专发报告文学的《当代企业家》。封面上，几幅彩色头像整齐排列，像要等待谁去检阅似的。能在这上面占有一席之地，一是先进的企业领导人，二是崭露头角的改革者。他望望经理那花镜后边充满希望的小眼睛，作难地扭曲着脸说："大约，或许，差不多吧……"

"呵呵，"经理的表情肌簌簌抖动着，"兴许，该着我们扒鸡公司出名了。好你小子，准假！"说着，又将桌面叩了一下。

经理和科长亲自坐小车送他到火车站，场面庄重，像他要去北京参加什么重大会议似的。他已进了检票口，经理还挥着胖手打招呼呢："小子，要是用照片，直接来电话！"

"会计呀，还要蜜枣吗？"

他吓了一跳。猛抬头，差点儿撞到一辆流动食品推销车上。见推车的麻婆向自己投来期待的目光，忙慌乱地摇头道："不，不要！不要了……"说着，偏了身子，逃也似的走掉。

201

在省城住了五天，稿子只调整了一些细节。临回来的前一天，他无意地问了下稿子的发表时间。同学颇惊愕，笑了笑说："稿子眼下仅是初审通过，下一步还有主编那一关呢。到底能发不能发，眼前尚在两可。"

"哦?"

"当然，"同学见他犯愁，就转变口气说，"要是小说组全体签名，主编也会认真权衡的。"

"就这么办不行吗?"

"谈何容易。"同学叹口气道，"你这篇东西针砭时弊，触及了些比较敏感的问题。人人心里都有小九九，难啊!"

"那……"

"这样，以给你送行为名，我出面邀请他们参加。到时候看情况再说吧。"

那天晚上，同学家里酒菜齐整，觥筹交错。酒酣耳热之际，同学提出了他的稿子问题。编辑们你看我，我看你，沉默了好一会儿，一位有经验的老编辑说："这件事，尽力而为吧!"

自然，大伙就谈起了他的小说。一致认为这篇东西有深度，有见地。并由此对他的"观察力及社会责任心"给予很高的赞誉。他感动得口唇哆嗦，正不知说什么好，同学突然问他："哎，蜜炙小枣不是你那里的特产吗?"

本地小枣用本地枣花蜜，经特殊工艺炙成的金丝小枣，味道之美，难以言喻。同学的一句话，使他省悟了一点儿什么："哦，对了，回去后，我给诸位弄点儿枣吧。"

"咦咦，我们五个人要花不少钱的。"刚才的老编辑听后笑了，接着就掏钱包说："今天，我这里带的钱不多……"

同学连忙捺住他的手，同时笑着转向另几位："嗨，秀才人情，何必呢!"

印花塑料袋包装的蜜枣,批发价每斤两元五。小贩们通过关系"走"出来,每斤就是三元五了。女朋友的副食部里有,可他宁可多花钱,也不那么"鬼鬼祟祟"的。他找到了个体户麻婆,花七十元买了二十斤,又连夜送回省城去了。

从寄稿到发表,仅仅两个月。这在现今中国的出版业中,速度之快恐怕是绝无仅有的。由于小说排在了重要位置,插图又醒目,引动得人们争相抢阅,使本市书摊上的这期刊物很快脱销了。

前天,他从经理办公室前过,听到熟悉的叩桌声:"这就是他写的小说?"

科长的声音:"是他写的小说!"

"这下可真该着我们出名了。"

科长口气惶悚而又试探地问:"怎么办呢?"

"炸弹。排除他!"

他的脑袋晕了一阵,接着又冷静下来。妈的,排除就排除,反正我也是破罐子破摔了!

"还往哪里跑?"

一个熟悉的女音,他站住了。只见小马支了自行车站在对街,正眯着眼皮看他。见他呆头呆脑的样子,就笑:"怎么,又构思小说了?"

他不回答,走过去高声问她:"你姨妈呢?"

"入院了。"

"真行!"

"还赶不上你。"

"瞎扯!"

"二十斤蜜枣拱出篇小说。我行吗?"

他一愣，站住。朦胧中，仿佛自己是走在一条不算洁净的大路上，每一个落脚点，都是那么谨慎地选择。然而，仍旧在不知不觉间走了神，双足踏进了泥洼。

小马见他发呆，便安抚地摇摇他的手，问他："刚才你去干什么了？"

"去邮局取稿费。"

"哟！不赖嘛。多少钱？"

"七十八。"

"没赔本，不错。"

他的头又是"嗡"的一下。这霎，小马又恢复了惯常的揶揄口气："大学生，你那'专业'的事，还是我替你想想法吧。"

亲妈！

他从失望的深山浓雾里探出头，望着小马的杏眼问："真有法儿？"

小马抿嘴儿一笑："跟我走吧！"

在小马的宿舍里吃饭时，她才笑吟吟地告诉他，二十斤蜜枣的事，是从来找她"走后门"的麻婆那里知道的。

饭后，小马伸出手："稿费中赚的那八元钱呢？给我。"

他糊涂了。但还是掏出来，莫名其妙地递给她。她撇撇嘴儿，出去了。

大约两支烟的工夫，小马托了口袋蜜枣走回来，笑嘻嘻地说："两元一斤，我们内部处理的。"

"这……"

"别这那的，带上，去市长家。"

他心中怦然大动："送礼吗？"

"傻瓜，人家稀罕你几斤破枣？"小马板起面孔说，"听我们经理讲，市长外出开会去了，明后天才回来，你到他家，只说是他的老相识，来此地出差，特意登门看望他。然后，扔下枣子，不留名，不留姓，只留下再去'看他'的约定时间，回身就走。只要见了市长，谈出自己的学历、处境和要求，只消市长一张纸条，事儿就成了。"

他听得发傻。可是，考虑到小马的主意总还有点儿"后门"的味道，又犹豫了。但这犹豫仅是一刹那。随之，同学们的调动，那篇小说的发表过程，又都幻景般交相映现了。于是嗫嚅道："就，就这么办吧！"

照小马的指点，来到市长的大门口。站住，直踌躇。手里提了这些东西，万一碰上人，多羞！他听说这种大院的门一般不止一个，便思索那僻静的边门或后门在何处开着。恰这时，一辆黑色轿车响着喇叭在他跟前停住了。车上下来一位瘦小的中年人，见他缩头缩脑，就问："你找谁？"

"哦，这是不是市长的家？"

"对。"那人审慎地看着他。

"那么请问，这个院的后门在哪里开的？"

"市长才上任，后门嘛，还没来得及开呢！"那人似笑非笑，慢腾腾走进大院里去了。

他怔了一下，也跟着往前走。月光和发暗的路灯同时照下来，有两个影子跟着他。一个长的，一个短的……

河　怪

夕阳西下，地平线上残光时现，明明灭灭磷火一般。天气热不可当，田野、道路以及远处的河岸都显现着凝滞而惨淡的色调，所有的树木、花草和庄稼在沉沉暮霭中纹丝不动，像橱窗里陈列的塑料样品似的。

李厂长和鞑子从造纸厂顺着排污沟把小船弄进河里时，天已完全黑下来。他们浑身湿透，汗如雨下。李厂长下到水里，水也是热的，河水在空气的炙烤下闪着荧荧的亮光，像无数小鬼的眼睛在幽幽地瞅他。鞑子立起长篙，将小船撑进河中，李厂长稳坐船内，把一道道丝网麻利地系进水里去。

眼下正值汛期，河水流速挺快，丝网下到水里有被冲走的危险。这难不住李厂长，他将一条尼龙绳固定在两岸，丝网的一端系于尼龙绳上再顺流而下，中间相隔不足三米，鱼游其中，空间有限，稍不留神，就会撞着网眼，只消钻进头去，就休想逃走。鱼儿挂在网上，悠悠荡荡，悬棰似的，所以丝网也叫丝挂。

丝网网眼的大小用手指标示，有四指眼的、五指眼的，还有二指眼、一指眼的。四指眼五指眼的捉鲤鱼捉鲫鱼，二指眼一指眼的专捉鲢鱼。丝网带起阵阵水花，水花溅在手上臂上，竟没有往昔那种惬意的凉。黑暗中，一张张白色丝网浮沉起落，悄无声息地没入水底，李厂长一阵眼花，忽然看这丝网就像送葬队伍里连绵接续的丧帕。

"大家伙！"鞑子侧歪了一下身子说，"蹭着竹篙了，劲道挺大。"

李厂长在黑暗中摇摇头，他不相信鞑子说的，这是条河汊，河汊里哪来什么大家伙，鞑子肯定是错觉。

丝网下毕，小船停在了岸边。这时，月亮透过东方天边的雾霭钻出来，像醉汉的独眼闪着暗红色的光。过一会儿，雾霭渐淡，月光渐白、渐亮，终于泼水洒银铺满了河面，河面上平展如砥，甚至看不见一丝水纹儿，到处一片宁静，如雪后的冬夜。

李厂长坐在船帮上，点一支烟慢慢地吸。他凝视着月光下的河面，希望能够看到些许漾起的水花儿，水花一起，说明水下有鱼撞网了。鞑子一向口讷，此刻一声不响地坐在旁边，影子一样陪着他。李厂长香烟燃尽，河面上依旧平静如初，他失望地吹了声口哨，仰起脸来，隔着河岸朝东南方向眺望。离河数里，就是李厂长承包经营的乡镇造纸厂，李厂长以他的谋略、心计和胆识，近几年很是捞了一把。

造纸厂的前身是个废弃的砖瓦厂，砖瓦厂经年累月地挖掘取土，弄了个数百亩的大坑。坑中本可养鱼养鳖，也可种藕植荷，李厂长没有这雅兴，而是把造纸厂里的废水全部泄进坑里去。厂内有条顺水沟，顺水沟就通连着北边的这条小河。顺水沟原是砖瓦厂用来雨季排水的，既然排得雨水，排污水也未尝不可。当然，李厂长不傻，不会拿着茄子脑袋朝刀口上碰，因为环保局会找他算账——事实上，他这个年产量有限的小厂早在几年前就给勒令下马了，只缘地处偏僻，山高皇帝远，乡财政又离不开它，上下遮掩，终是存活。

李厂长看过古书，知道什么叫"暗度陈仓"，他在土坑和顺水沟之间搞了条地下水道，平日里两头夯实不露痕迹，汛期雨来，悄悄掘开，于是乎污水入沟，沟水入河，河水顺流而下……这伎俩虽非神鬼莫测，却能瞒上哄下，乡下百姓只要眼前有饭吃，谁又管几辈子以后的闲事呢？更何况，造纸厂每年都以高价收购周围村民的麦秸，麦秸是造纸的主要原料，厂里需要料，村民需要钱，都有好处，谁不懂借得顺水好行船？

天时地利人和，李厂长都占住了。每年年终，除去成本和上缴款项，他一人能落几十万。在这偏僻的乡间小地，几十万算得天文数字了，它足以让李厂长过得很富裕。人的经济状况到了一个层次，富裕就不是目的，关键要过得舒适、快活。凭良心讲，李厂长的生活态度和许多"款爷"不一样，他还是很严谨的，不嫖不赌，不乘车兜风更不外出旅游，最大的嗜好就是捉鱼——来这小河里捉鱼。

——夏日的晚上，天地间酷暑燥热，你撑一条小船游荡在河面上，水气儿挟着凉气儿漫上船来，扑在身上，是一种令人难以想象的惬意清爽。水面上时时泛起亮晶晶的波纹，你贴在船底屏息静听，似乎河里还有音乐般的嗡嗡声，那是鱼儿撞了你的网。鱼儿撞网后就开始挣扎，那嗡嗡声便是它们弄出来的。你不必担心鱼儿跑掉，它越挣扎，丝网就将它缠裹得越牢，此时你只管以平静的心态，坦坦然然地撑着小船靠上去，拽住浮标，把丝网一段一段地提出水面，立时，一条条白生生的鱼儿就会扑棱着水花跃进你的船舱。你就着河水把鱼儿拾掇干净，再到河岸上燃起一堆篝火，用铁条穿了鱼儿，撒上盐末在火上慢慢地炙烤。鱼儿冒油了，烤熟了，鲜味和着香味飘散四野，引得远处的狗獾野猫呜呜儿乱叫。此时当然得有啤酒，一人一瓶，"对酒当歌，人生几何"……

这是一种乐趣，一种享受，一种意外收获后不期而至的欣悦。所以，几年来李厂长总是乐此不疲。可是，自打前年起，这鱼儿可是越来越少了，有时一晚上竟然只捉得三几条。李厂长纳闷：这鱼儿们莫非都钻进地宫里去了？今年的雨水来得晚，沟里无水难行船，一连许多日，李厂长急得抓耳挠腮。这不，坑里的第一茬污水刚刚排进河里没几天，他就急不可待地叫上鞑子，撑着小船顺沟而来了。

河水依旧平静如初，看不出丝毫的涟漪或波动，河底的月亮，河底的星星，定定地沉在水下，一如凝滞了的夜空。李厂长有些耐不住，吩咐鮲子探探情况。鮲子按照他的指点把船撑到河心，李厂长俯耳船底听了一会儿，抬起头疑疑惑惑地说："这声儿，怪啊！"鮲子也赶忙俯耳船底，只听了片刻就惶惶地道："咋会咻啦咻啦的，像狗啃棒子呢?"李厂长的脸皮紧了紧，转换了口气："兴许，真的逮住大家伙了。"

　　这是可能的，这条小河下游十里，就是一条通连着东海的大河。大河的拐弯处，有个古老的"潭窝"，潭窝里鱼虾混杂，种类繁多，其中不乏门扇一样的大鱼和锅盖大小的老鳖。由于潭窝深而阔大，满是潜流和漩涡，小船儿不能进入，渔具更难驻留，所以渔人只能眼巴巴地干瞧着。每逢汛期，大水浩荡而来，潭中鱼虾在大水中鼓涌而出，逆流向上，势如千军万马。这时人们站在岸上，可以清楚地看到巨大的黑鱼鲇鱼频频地跃出潭来，弱肉强食地追捕其他的鱼类。被追逐者慌不择路，常常窜进沿途中的各支河汊。

　　说不定，真有大家伙蒙头蒙脑地钻进了这条小河。

　　李厂长很兴奋，吩咐鮲子把船靠岸，他要以逸待劳，等着水下的大家伙被数道丝网缠裹而挣扎、狂怒、拼命冲撞以至最终精疲力竭。鮲子掉转船头，船儿慢慢启动。鮲子将长篙插进河底时，突然趔趄了一下，长篙几乎脱手。李厂长问他怎么了，鮲子口气很紧张，说水底下好像有什么东西夺他的长篙。李厂长笑了，他知道，鮲子为人实诚，从来不说浑话，今日可能崴了哪根筋，弄得神神道道的。他吩咐鮲子别再乱说废话，赶紧靠到岸边去。鮲子似乎给吓着了，再不敢将篙插入水中，只是贴着水皮轻轻地拨。船儿悄悄地划向河岸，李厂长睃巡两侧，月光下，水面上有块白色的东西在不停地晃动，是丝网的浮标。李厂长下意识地抓住浮标拽了一下，竟然死沉死沉的。手上加了把力气，小船给拽得侧歪着，终于，水面上起了水泡，泛起水花，有东西从水下顶着丝网浮上来，浮出水面，露出一块形状怪异的脊背，然后便静止不动了。这东西虽然只露出半截脊背，其长度已经超过小船，且无鳞，油黑，背上一溜牛角般的肉棘腥臭刺鼻。李厂长面如死灰，心脏骤跳之后好像又一下子沉到了河底，这似牛非鱼的家伙，他曾见过，只是当时距离很远，没有这般逼真，这般骇人。

前两年，下游大河沿乡风传着消息，说潭窝里出了怪事，鱼类闭气半眠的冬季里，夜间常有巨大的响声自潭窝传往河湾处，低沉呜咽，简直就像远方滚动的坦克车。每响一次，次日潭窝及河湾处就有大片的冰冻融化，附近的村民便蜂拥到那里捞鱼。李厂长好奇心特别大，就邀了几个好友接连几夜到河湾处等候，非要看个究竟不可。那夜，他们刚到河湾处不久，果然听到有轰隆的响动自下游潭窝处隐隐而来，传到河湾渐轻渐逝，一夜间往复数次。天明，只见河面上冰层颤动，吱嘎作响，有打麦场大小的面积迸然裂开。裂开的冰层不断地碎作小块，在晨曦中相互冲撞着随水流走了。这时，河湾处露出了钢青色的河水，河水中时时泛起残留的冰碴。眼见为实，李厂长和他的朋友们惊得软塌了身子，正相互议论这会是什么自然现象时，却见冰窟里的河水鼓起一阵巨大的水泡，紧跟着现出几条似鱼又类牛的硕大家伙。这些大家伙们遍体油黑，身长如舟，先甩尾，后翘头，闪烁几次，戛然而没……

眼前，那种硕大的怪物近在咫尺，伸手可触。怪物不动，李厂长和鞑子也不敢动，似乎一方是强大的猎手，一方是弱小的猎物。猎物乞怜畏缩避之不及，猎手蓄势待发随时可以将猎物捕获。上下可以颠倒，强弱时有转化，这是一种人类难以理解的逻辑，也是自然界所无法诠释的法则。

天上布了一层云，星星远逝，月光暗淡，小河二滩上的水草、树丛在阴暗中显得鬼影幢幢。天地荒凉，河水如黛，小船的一侧，怪物脊背上的肉棘在瑟瑟颤动，李厂长和鞑子大气难出，似乎已跌入了一种原始的险恶梦境。面前的情景似曾相识，李厂长不禁打了个激灵，一部看过不久的电影画面蓦地在眼前重现——《大白鲨》。当然，河里不会出现鲨鱼。不是鲨鱼，但却比鲨鱼来得蹊跷，来得神秘。正因为它的神秘，才更加让人刹那便心旌大乱而产生难以言述的恐惧。仅靠一口气支撑着的李厂长浑身上下肉丝乱跳，而轪子好像血流凝滞早已瘫软在船舱里。无采星月，混沌乾坤，对于所谓的万物之灵来说，世界末日的感觉也不过如此而已。

时间好像过了一百年，天底下终于有了活的气息。船侧的怪物开始一沉一浮，一浮一沉，三几次后前身忽地冒出水来，李厂长仅来得及看到一只庞大肉角和一对绿幽幽的小眼睛，那物便以不可思议的速度唰地沉入水底。随着水下发出呜呜呜的闷响声，河道里涌起一溜高高的水脊。水脊跌宕起伏，笔直地向东而去，小船被激荡的水浪掀得歪向一侧，李厂长和轪子像肉球一样滚进水里。

李厂长与轪子掉下水后就奋力挣扎，二人手脚并用，费了小时吃奶也不曾用过的力气，终于爬上了小船。小船被丝挂裹缠竟然难以脱开，像一只塑料盒子似的漂在河里，给一茬接一茬的水流冲得团团乱转。坐在船里的李厂长和轪子有些坐上旋转木马的味道，不大会儿已经呕恶反胃，天旋地转。在经历了生灵所能承受的苦痛之后，小船终于首东尾西稳定下来，二人暗暗庆幸绝处逢生。然而，这种大难未死的幸运感仅仅持续了十分钟，小船重又开始颠簸抖动，随之便被一种无形的巨大力量暗中拽着，如同离弦之箭冲向下游去了。

在巨大的自然力中，人类的技能几乎不值一提。为了活命的李厂长和轪子操起竹篙和船上的木板，竭尽全力划水，拨弄，企图让小船赶紧靠岸。然而，没有作用，小船就像孩子们手里的玩具，被那种无形的力量所操纵，他们只能听之任之，丝毫改变不了船体的位置和航向。李厂长心里很清楚，他和轪子遇上了当日曾在潭窝中见过的河怪，除了闭目等死，几乎别无他法。

天上云飘云散，河水明暗不一。惊骇已极的李厂长害怕河怪，又想见到河怪。但河怪就是河怪，它只在水底潜行，并不露出水面。它像极一只威力强大的潜艇，在深深的水底里拖了小船飞流而下。不知是出于何种目的，船至中途河怪冲力渐缓，随着河面水花鼓涌，它开始浮出水面。但它也只是稍显即逝，然后继续潜入水中，以更加强大的力量往前猛冲。此时，月亮被一团黑云遮住，天地间暗下来，河道里水色惨白，河底里发出呜呜之声，像牛叫，像虎啸，船上二人吓得魂飞天外但又不敢出声。世界无末日，人生有终结，李厂长和鞑子彻底绝望了。二人趴在船里磕头、祈祷，只求死得痛快些，不要再经受这种极尽天外的折磨了。

河道前边是进入大河的拐弯处，小船在河怪的拖曳下在水面上划出一道曲线。曲线方逝，李厂长和鞑子忽觉船体扽了一下渐渐慢下来。天上月亮复出，月光如华，小船侧了几侧，水面上浮起许多白色的东西。惊魂稍定的李厂长马上看出，那是他们在河道里撒下的十几条丝挂。和丝挂同时漂起的还有一片片黑乎乎的秽物，顺河风刮来，秽物在水中忽起忽落，散发出造纸厂里废水的味道。河道前方又传来低沉的牛叫虎啸之音，李厂长和鞑子福至心灵，赶紧操起竹篙木板拼尽全力将小船划向岸边。

小船终于靠岸，靠岸的小船忽然令人不解地倾斜，倾斜，看看就要倒扣，李厂长和鞑子赶紧跳进水里，拼命朝岸上爬。李厂长和鞑子爬上河岸，惊魂甫定，不约而同把目光投向河中。这时，河中水波已无，河面平静，只有小船倒扣在水里，似乎刚才什么也不曾发生。月光下，面色惨白的鞑子望着同样面色惨白的李厂长，上下牙磕得山响，努力几次也没说成一句完整的话。李厂长揪着水淋淋的上衣，脑子迷糊了一会儿，双眼终于盯住夜朦胧中由远及近渐入河中的排污沟，心脏一阵痉挛，猛然想起了一部美国电影——《杀人鳄鱼潭》。

变　异

　　入伍三年，也没当上士官，邱中良只好复员回家。

　　邱中良参加的是武警部队，从新兵连出来后就被分配去看监狱，整天和一帮罪犯打交道。虽然学了些擒拿格斗类的花拳绣腿，却没能掌握今后能够赖以生存的真本事，哪怕是学会开汽车呢，回到家也能给个体运输户当个司机吧。

　　邱中良从小就对参军怀着浓厚的兴趣，当时看到从部队上回村探家的解放军战士那么精神、那么荣耀、那么受村人的尊敬，他下决心长大后一定参军当兵。连续两年入伍遭到淘汰后，二十岁那年终于如愿以偿了。

　　入伍一年后得到一次探家的机会，可回来后却又有了另外的感觉，村里人忙得脚不沾地整天跑，好像不大有人理会他这个子弟兵了。即使迎面遇上，也只是打个招呼略事寒暄，再无小时候见到的人们对于回家探亲的军人的那种格外浓厚的亲热。相反，人们更看重更尊敬的倒是一些外出打工者。每每有从外地或城里回来的农民工，人们总是像喊着号子一样拥向那家，嘘寒问暖道着辛苦，还连连打听在外打工时的感受或经过。那情景好像打工的漂洋过海发了横财，衣锦还乡后必要受到人们的崇敬似的。

　　邱中良的心里有些失落。他想，真不如复员回来出去打工呢。

......

想法变成了现实，邱中良到底还是复员了。复员后的邱中良必须面对现实，父母已近花甲之年，二十一岁的妹妹也开始要找对象了，自己在部队时，家里就给定了亲，如今复员回来，至多过两年就得谈婚论嫁。房屋要翻修，种地要肥料，一直欠着的定亲礼要补上，而这一切都需要钱。士兵在部队上的津贴有限，复员后的安家费也并不算多，别说创业干大事，就是买头牛也不够啊。

邱中良是个很有头脑的人，也是个很实际的人，在看望了一遍必须看望的亲朋好友后，躲在院里想了两天最后做出决定，也和村里人一样马上外出打工。这想法父母赞同，未婚妻赞同，乡里乡亲的更赞同，为人就得务实求真，不能像造小说的人那样整天生活在想象中。只要踏踏实实在外干上一年，多了不敢说，三万几万是手拿把掐的。这样可以解决大问题，至少修缮一下房屋是够了。第二年再干一年，结婚所需的费用不就也有了吗？精神可以产生物质，物质也可以决定精神，邱中良没犹豫，当即找到村里一位专门在外揽活的本家爷们，央他也给自己物色一个可以胜任的活。

事情进行得无比顺利，第三天早晨那位自家爷们就找到他，说是下午就可以到城里的一家建筑工地做工了。邱中良喜出望外，接连说了好几个谢谢。那位自家爷们听了这话一时挺别扭："怎么，才出去几年就弄得一身洋味了？还谢谢还……"邱中良不好意思地笑了。的确是这样，在外几年已成习惯，无论谁给帮个小忙，总爱随口道谢。他突然省悟，自己又该返璞归真入乡随俗了。

邱中良下午跟着那位自家爷们进城来到工地上，和工地老板见了面就算上班了。老板西服革履戴眼镜，腋下夹着公文包，不像工头倒像学者。工人施工时，他就在工地上踱来踱去东游西串，看看这里，瞅瞅那里，有不太合乎规格的地方马上厉声纠正。发现动作慢或腰身软的民工，立时站下呵斥一顿："你他娘的咋回事，夜里和娘们儿使过劲了怎的。不愿干滚着，我这里可不是养爷的地儿。"

那天邱中良认真盯了这位老板几眼，觉得有些面熟。接下来又认真想了好长时间，始终记不起在哪里见过。心想，说不定在哪里偶然相遇，也可能他和自己的某位熟人朋友长得太相像了。

接下来，邱中良发觉这位老板还有个奇怪的毛病，他给工地上的民工都编了号，无论找谁，他不喊名字只叫号。比如说哪个地方急需支援了，他就站在远处高声叫道：某某号，某某号，还有某某号，你们几个放下手里的活，马上去某某地方报到。

如果他喊过之后有人没听清或有人不愿去，他也不嚷不骂，却将这不听命令的让人从施工现场拖出来，让他在众人面前立定站好，然后由他喊着"一二一"在工地上来回跑，一直让你跑到喘不上气来，还得照他的指示到另外的工地。你不跑也可以，一是扣工资，二是当场解雇你。所以，民工都怕他，偶有没有听到招呼或行动迟了些的，不用他嚷就自动跑步受罚。

奇怪的是，这位老板有时却换上一身从商店里趸来的没有警徽的旧警服，神气十足地绕工地一周，然后指着几个不顺眼的民工命令："你，你，还有你，出列！"更为奇怪的是，这些被指定"出列"的民工并不感到意外或惊讶，而是很平静很顺从地停下手里的活，像久经训练的士兵一样自动排成一行等着老板发落。

邱中良干的是和水泥运砂石的活，他体格好，机灵也勤谨，掌刀师傅们都愿和他在一块儿，说是和他做搭档省心又省力。几天后，他和师傅们便无话不谈了。他说这老板够牛气的，说话行事带着霸道。师傅们低声告诉他，说老板自称科班出身，曾经念过五年的建筑大学。邱中良"哦"一声笑笑说："我想起来了！"师傅们奇怪地看着邱中良，问他想起什么了。邱中良一笑，没回答。

邱中良看到老板的行径很气愤，也很不平，这不他姥姥的像惩罚犯人吗？昔日看管监狱时，遇到特别顽劣的囚徒时，监狱里就采取这种让犯人跑步悔过的措施，可那是对犯人，这可是有着充分人身自由的民工啊，凭什么这么对待民工，还有王法吗？邱中良为这事想了很长时间，也踟蹰了很长时间，渐渐地，他手底下干活就不利索了。师傅们见他神情反常，以为他干活腻了累了，劝他请个事假在家歇一天，他摇摇头没说什么。

邱中良的懈怠终于被老板看见，因为老板的眼睛很尖，整天像锥子一样朝民工堆里钻。一贯勤谨的邱中良忽然变得懒散起来，自然会被他轻易发现。那天，老板又换上那身假警服走到工地，首先找到邱中良，掐腰一指说："你，出列！"

邱中良犹豫了一下，还是"出列"了。老板又指指另外几个："你，你你，也出列！"那几个也很听话地走到工地空旷处，自动列队等着。

老板见邱中良几人列好队，用眼睛的余光扫视了一下工地上其余的人，迈着正步走到队列前，脸上露出高傲、满足和难以描述的惬意。他喊了声立正、稍息、向右转，然后以相当干脆又相当威严的口气命令道："跑步——走！一二一，一二一……"几个人按照他的口令绕工地机械地转着圈子跑，一直跑了十几分钟才听到老板的叫停声："立——定！"

跑得大汗淋漓的民工们站在原地喘粗气，老板慢慢地踱到他们面前训话："嗯，今天嘛，你们，表现不错。为什么挨罚呢，完全是因为一个人，那就是他！"

老板指了指邱中良说："自以为刚从部队回来，有资本有能力，消极怠工不听招呼，可我就是专挑这有资本有能力的罚。听到没，你们是陪绑的，冤就冤在这小子身上了。有气，你们就照他身上出吧。"

老板训完话并没马上走开，仍像以往那样走上前来，从兜内抽出一

216

沓崭新钞票，像高手玩扑克一样唰地甩开，然后一张一张分别发给列队跑步的民工。来到邱中良这里，不知为何老板竟笑了说："哟嗬，大兵先生，本来是没你的份，可本老板可怜穷人，也给你一份吧。"说着，还额外加上一张道，"骡子家伙虽然没用，可是它的个儿大呀！"

邱中良接过钱来掂了掂，目光奇怪地望定了老板说："老板大仁大义，真不愧是人中豪杰。我这里先谢谢老板的赏赐。"邱中良说着，伸出指头把两张纸币弹得叭叭响，口气不温不火地问，"老板，我先把这两张票子放到工棚里，省得带在身上弄丢了。行吗？"

老板的脸上春光灿烂，一侧头说："妈的，有钱能让鬼推磨，去吧！"

邱中良回到工棚不一会儿就出来了，人们惊奇地看到，邱中良再不是刚才的邱中良，他穿了一身崭新的武警警服，戴着一顶崭新的武警警帽，虽然领口帽檐没有徽章，但明显是从部队上带回来的正牌子货。邱中良踏着标准的武警步子挺胸昂首走过来，冲了在刹那间愣住的老板喝了一声："普管3043号！"

在人们错愕惊呆之后又东张西望的一瞬间里，刚才还盛气凌人的老板忽然下意识地应声道："有！"

邱中良右手一挥："出列！"

听到这声命令，老板像中了迷幻药一样自动向外跨出两步，同时双手垂直双目下视，直挺挺地站立在那里盯着自己的脚尖。邱中良厉声喝道："你屡犯鸡奸罪，被同监人员多次告发但仍是不思悔改，现在我命令你，跑步——走！"

在人们大惑不解的目光中，工地老板双臂平端，双腿甩动，十分机械地绕了工地空场中规中矩地跑啊，跑啊，跑得汗流满面。场地中央，有节奏地响着邱中良"一二一，一二一"的口令声。口令声越来越低，越来越远，人们这才注意到，邱中良将两张崭新的纸币插在刚刚竖起的一根钢钎上，转身扛起自己的铁锹走了。

子 与 父

日当午，太阳向大地热辣辣地喷洒着火，虽说已是早秋天气，可地面上仍像刚刚熄火的鏊子，一阵接一阵向上面散发着燎人的炙热。

虽然天气热不可当，老展还得赶在这中午时节回家，有件关系到切身利益的事逼着他，催着他，他必须今天回家找到自己的爹。上午下午他得在机关值班，闲时他得照料到刚刚起步不久的第二职业，计划就是财富，时间就是金钱啊！所幸县城离家并不远，骑了电动车不到二十分钟就到家了。

母亲看到他顶着日头跑回来很有些吃惊，以为出了什么要紧事，赶忙给他舀水洗脸，烧水沏茶，还喋喋不休地跟在身后问他：怎么了，啊？怎么了？老展顾不得回答母亲的询问，里屋外屋地找了一遭后问母亲：我爹呢？啊，我爹呢？

母亲意识到儿子并没发生什么要紧的事故，终于放慢了语速：你爹啊，吃了饭就和小牛子到庄北地里去了。你找他干吗？啊，干吗？

老展口气有些不耐烦：干吗，能干吗，有事呗！

老展敷衍了母亲几句，就手抄起一把蒲扇朝门外跑，母亲在他身后"啧啧"了两声，接连骂出一串气话。老展没听明白，他也不想听明白，此刻最要紧的是赶紧找到爹。老展用蒲扇遮着阳光找到村北庄稼地里，三几步蹿到地头上的树荫下。树下放着个盛水的瓦罐，明显是干活

218

人用来解渴的。老展手搭凉棚朝北望，只见一高一矮两个人正在地里一起一伏地动着身子，高的是父亲，矮的是侄子牛子，很明显，爷儿俩是在给玉米间苗呢。

老展抻了抻，没敢喊，他爹是个庄稼迷，又是个倔脾气，除非有人掉进井里或者家里失了火，你想叫他干个半截活转回来几乎是不可能的。没办法，老展只能等，尽管心急如火也得等，等到老爹干到北头自动折回来，否则，你喊破嗓子也是没用的。

老展大学毕业后分在县里一个机关工作，屈指算来已有十几年，用现在老百姓的话说，混得不错。但人比人该上进，货比货该改革，看到同事们纷纷找门道发横财，他当然也是耐不住了。于是，他让老婆辞了刺绣厂的工作，在机关旁边不远的十字街口开起了饭店。他家饭店的生意非常好，因为除了正常的食客以外，机关上和附近单位但凡有事请客什么的都到这里来，一时间真有些车水马龙门庭若市的景象呢。

做人要实，生意要大。老展借着顺风好行船，就想把饭店弄得更红火些。小城正处于开发中，如果能够扩大连片的搞上一通，几年后，他的饭店所处位置就是市中心，其财路财源是可想而知的。说来也巧，饭店旁边的一家茶叶铺子要倒闭，门面要出让，先近邻后远门，这收购权当然是老展的饭店优先了。事实上老展早有此意，只是碍着面子不便直说，如今人家送上门来，真是天遂人愿了。

然而，收购这家铺子毕竟不是一笔小钱，手头的钱不够数，借贷他又舍不得高利息，老展还真有些冷手难抓热馒头呢。思来想去计上心来——为何不将原籍的那份家产弄过来呢？于是他雷厉风行，马上回家来找父亲，要父亲把老家的家产和弟弟立即分清，该自己摊着的那一份合理合价，无论是弟弟要还是街坊买，价高价低可以商量，关键是把钱拿到手补上眼前的窟窿。

老展蹲在地头树荫下，树荫虽然遮住阳光，却挡不住刮来的阵阵热风，老展拼命扇起蒲扇，耐住性子等着。等了大约一百年，才看到那爷儿俩从北头往回返，还是那么忽起忽落，忽快忽慢。老展等得心焦，他真想冲上去喊一嗓子，踹一脚，像捉小鸡一样把他提溜到这树荫下。可是不行啊，那到底是亲爹，这世上听说除了狗熊之外，没有什么生灵是父子相残的。树顶上起了一阵小小的响动，接着有什么湿漉漉的东西落在他脸上，他擦了一下，是鸟粪，抬头起身间，果然有只叫不出名的小鸟腾地飞了。老展一边掏出卫生纸拼命擦脸，一边跳着脚地臭骂：×你妈，我×你妈，往哪里拉啊！

可能听到了骂声，已经来到地中间的那爷儿俩直起腰身抬起头，看到了树荫下正在骂骂咧咧的老展，牛子奇怪地问：爷爷，大伯骂谁呢？爷爷迷惘地看了一会儿，摇摇头没说话。他可能在想，别看儿子念书念得不认人了，但再废头也不会骂侄子的妈，更不会骂他爹的妈。他一定是有什么不顺心的事，此刻忽然间想起来，便像魔怔病人一样发泄。

爷儿俩来到地头上时，老展也把脸上的鸟粪擦干净了。他喊了声爹，爹没理他，管自走到树下蹲下身来，捧起地上的瓦罐咕咚咚地灌了一气凉水，然后抹了把嘴唇，撩起衣襟擦擦汗问：这大热的天，你是没事不来找爹呀。吗事，说吧！

老展尽管心急火燎，到底还是犹豫了一下，他看看干黑瘦小的侄儿，转向父亲问道：牛子他爹呢？老头点上一支香烟美美地吸了一口，又眯起眼睛细细端详了他一会儿，这才慢抻抻地回道：到德州打工去了，有事吗？

老展听到这话有点儿急，他不再抻下去了，直奔主题：我想，把老家的祖业给俺兄弟俩平分了，我眼下急着用钱。外人要呢，公说公值；我兄弟要呢，那就降降价。爹，这事你得说……

老头"哦"了一下，嗫了嗫嘴站起身来，他走到树荫外的地头上，把刚刚发现的一个对杈玉米薅掉一棵，又用脚将那地方踩实说：在理，父子分家还财务各别哩，别说兄弟们了。可是眼下老二远在德州，正忙着挣钱，你不能马上叫他回来吧。我看到年底，年底吧。

什么？

老展有点儿大惊失色了，他知道天下爷娘向小的，这些年老爹迟迟不把家产给他们兄弟分开，目的就是想给弟弟自己留下。老展心里这么想，嘴里却不敢说，因为现在乡下基本还是"一长制"，惹急了老爹一声"等我临死时再说吧"，你有什么办法？不能硬冲，只能软磨，老展思谋周到后假咳一声：爹，能不能让老二先回来呀，就一天也行。

老头没回答，他又走到另一棵对权玉米前并且蹲下身去，很是小心地往下薅那小的。树荫下的老展清楚地看到，汗流浃背的老父后脊梁让太阳晒得褪了皮，有的地方显现出一种类似疮疤的淡紫色。他一惊，忽然想到自己城中家里阳台上的花儿，心中焦急，在这样的热天里是不是也会晒坏了呢，妈哟，那可是上百元一盆的花儿呀！

一直缄默不语的牛子这时开口了，他讨好地向伯父说：大伯，你看这棒子长势多好，黑乎乎又粗又壮，比去年还好呢。你知道为什么吗？

哦，为什么？老展近似敷衍地反问了一句，眼睛仍旧盯紧了地头阳光下老爹的后脊梁。他想，自家阳台上那盆花儿，可是比爹的后背娇贵多了。他想赶紧返回城里将花儿移到阴凉处，又惦着马上将分家的事情弄出个结果，所以有点儿失神。牛子见伯父对他的问题有一搭无一搭的，感到没趣，也就随口道：这棒子是最新杂交品种，我爹从种子站托人买来的。

没想到，这句话让老展打了个激灵，他扭过头来注视着并不起眼的侄子，心里一阵的翻江倒海。老展是大学生物系毕业，为了防止近亲繁衍生个白痴后代，特地找了个绝对不会有近亲关系的南方老婆。可是令他万万想不到的是，他们生出来的儿子却是个弱智，似乎比白痴也强不了许多。不喜欢学习，也学不进去，每天只想吃好喝好玩好，初中二年级了有时还分不清什么叫代数什么是几何。

那年春节全家回来过年，大年初一那天，老展亲切地叫了老头声"爹过年好"，儿子随口跟道：爹过年好！老展大怒，喝骂儿子不识数。

儿子振振有词：吗吗吗，兴你叫爹，就兴我叫爹。

老展当时就急眼了：那你叫我什么？

儿子也急了：叫你爸爸呀！

老展当场就给噎住了。

事后，老展懊恼了好长时间，因为弟弟却是近亲结婚，娶的是自己的表妹，生出来的儿子不光聪明懂礼貌，学习还特别好。侄子每天放学后就帮爷爷侍弄庄稼，也不像自己儿子那样，要什么有什么，吃什么拿什么。可是，侄子每次考试成绩都名列前茅，老师也说这孩子将来考上重点大学是绝无问题的。人家这可是近亲繁殖呀，咋就比自己的强呢？唉！看起来，这科学有时也是糊弄人，更可能，这人和其他动物植物的特性有区别。可惜自己已经四十多岁了，工作之余还得忙着致富，否则，说不定还可以开辟一个新的研究课题呢。

天气真热，老展一边扇扇子一边想，这该死的秋老虎真是要命，好像有意给即将逝去的夏天报仇似的，连扇出来的风也是热的。老展暗暗庆幸自己从小在外念书后又在机关工作。天冷了，以前是火炉，现在是暖气；天热了，以前是用电风扇，现在是空调。那个舒服劲、爽快劲，和庄稼汉们相比，真是一个天上，一个地下。

老展正在云里雾里地对比想象，一直站在地边上的父亲闷声闷气地开口了：牛子，咱爷儿俩今晌午把这点地清完了，下午我到南洼，你还得去上学。

老爹说着就摸起了小耙锄，牛子看了看老展也摸起耙锄跟上爷爷，同时对老展说：大伯你回家喝水去吧，这里太热。

老展很郁闷，这结果虽然想到过，但却没想到他爹会连个余地也不留。显然，说老二不在家这是借口，借口人人会找，巧妙不同罢了。爹这是采取拖的办法对付他，拖过这一阵儿，再拖上一年半载，老展他机关上的工作要紧，饭店里的生意要紧，总不能为了这份家产老往家里跑吧。想到以往提到分家时，老爹说过他，你两口子在城里，每月挣那么多钱，别说和你兄弟相比，和村里每个老少爷们相比也都是富裕的。就你这情况，还在乎家里这些破破烂烂吗？他当时心中一激灵，心想，这叫什么话，家产多少先不说，从法律上规定该有我的一份呀。回到城里左思右想，明白是爹要赖他。如今看来，自己的判断果然没错。

老展扭头朝村内望了望，只见从村后向前开始盖起了一排排新房，这是开始规划新农村了，老展听说过。虽然这规划离他家住宅尚远，但也是雨后竹笋，说长快着呢。他工作的小城以前不还是像个大镇子吗，这才几年呀，就发展得几乎让人认不出来了。要是村子说了个突飞猛进规划到他的宅院，那时再提这份家产不独让人耻笑，恐怕也不值几个小钱了。老展想到这里有点儿急，可是急也没法，对方是爹，爹不说话，你不能硬挠他的嘴巴。倒是有个好办法，到法庭起诉，可是，为了分家不成你能起诉自己的老爹吗？真要起诉也并非不可，但过后你还回不回这个村，你还能和这村的庄乡父老见面吗？另外，目前从法律上讲这全部家业仍归父母，父母不开口，你告到最高法院也没用。

就在这时，老展腰里的手机嘀嘀嘀地响起来，是短信。老婆在短信里告诉他，那位茶商准备返回南方，如果不在这个月内把房钱清了，人家就盘给别人了。老展立时急出一身汗，想摔手机，可举起手来又放下了，这个神奇的小东西给了他启示：何不打电话把兄弟从德州叫回来呢？是呀，叫回来当面谈价钱，自己所对的就不单纯是老爹了。但是，他不知道兄弟干活工地上的电话，想了想把侄子喊过来，低声问：牛子，你爸爸的电话号码你知道吗？

牛子歪头想了想，说：只知道爸爸是在德建公司三五工地干活，不

223

知道电话。

这就没问题了，可以打 114 查号台嘛。老展的心终于稳下来，他想马上打 114，怕让父亲听到不好，况且听说查一次号要六毛钱的查号费，还是回去用单位上的电话查吧。查到了就告诉弟弟，只说母亲病了，病得不轻，让他马上回来。只要弟弟回来，这事就好办了。公平分家呢，啥话没有。倘若扯皮，一纸诉状送到法庭，告弟弟，不告爹，这样别人说起来，法律上占理，面子上也挨得过。

老展想到妙处有点儿心花怒放，他想终于可以如愿以偿。这时父亲已经进了地头，身子一起一伏地又开始间苗了。老展看到父亲瘦骨嶙峋的身子，拍拍自己的肚子，觉得自己必须得走了。一是回单位打 114 查弟弟的电话，二是还有件要紧事，西街健身房的老板在他店里吃恣了，给了他一沓优待券，让他每天下午四点到健身房里去健身，锻炼越来越松弛的肌肉，更重要的是减肥防止高血压。

老爹和侄子这霎已经到了地中央，老展抬起头来冲着树冠吹了个轻快的口哨，迈着飘逸的步子回老宅骑他的电动车……

返　童

殿坤六十四岁寿辰接到的贺礼是马上离休。

离休算不了什么，自己早晚要走这条路。只是现在想不通。他虽已过花甲之年，但除去在解放战争中被子弹削掉两个指头外，全身机件齐全，筋骨硬朗，他自觉精力不减往年，这不大不小的副厅级职务，起码还能对付十个春秋。可是，不"离"又不行。削增删补，自然法则，时代潮流……

"太阳在黄昏时就退出天空，是为了给月亮也有尝试的机会。"不知从哪本书上看到这样一句至理名言，老殿深有所悟地念叨了几遍，终于气咻咻地走出了机关。

他感到郁闷、孤独以及许多无端的烦恼。他谢绝了不同年龄、不同性别、不同职务、不同目的的一切来访者，在自家的小院里愤怒了三天，最后瞅上那把闲置多年的二胡了。

这把二胡跟了他几十年，是他的老随从老朋友。近几年因为忙，冷落了它。此刻从墙上摘下来，他觉得有点儿歉疚。

清除雕花音窗上的蛛网，拂去琴筒琴杆上的尘土。他执弓调弦，凝神思索。渐渐地，血流涌，心潮起，四肢百骸阵阵发热。他身不由己地躬下腰，舒开臂，手腕颤动，头颈微斜，刹那间，凝结的空气被撕开，二胡"呜儿"地响了。响声如水，流满整座屋，又溢出屋外，淌遍骇河两岸的树林、村庄、沟陌、田土。旋律最初慷慨激越，一会儿如嘹亮的军号，一会儿似轰响的枪炮，一会儿夹杂了说不清道不明的哀痛，一会儿又蕴含了胜利时的欢笑。琴声如江如河，奔涌，翻波，跌宕起伏中轰然止住，如同河道落闸。少顷，二胡声暗暗又起。它的旋律换了，变了，变得刚劲、坚定、快捷。它于抑扬顿挫中充满了力，充满了爱。似乎有一种神奇而壮丽的想象在掀动一代人的心扉，使这万物之灵们众志成城以装点山河……旋律渐趋轻松，渐趋欢愉，渐趋谐和……然而，谐和的乐声又变了，变了。先是变得惶惑愤慨但仍旧不屈不挠——短暂的解脱和明快之后，又转化为痛心、怨恨和无可奈何了。这旋律深沉而奇特，含义模糊，只有"过来人"才能在产生同感的前提下予以理解。突然间，琴弦发出几声嘎哑剧响，旋律又蓦地转换了，如狂风、雨啸、雷鸣、电闪。风雨霹雳中，似有巨手伸出，将布满乌云的天穹唰地撕裂……雷魔过，太阳出，杨柳轻拂——昏厥的大地复苏了，二胡唱出了高亢的歌。歌中出现了骏马和骑手。骏马嘶鸣，蹄声嗒嗒。骑手挥臂扬鞭，踏荆棘，过沟壑，赶山追月……

弓在颤，琴在抖，他的全身也在抖动着，心从胸中跳出来。随了疯狂的旋律，歌中的骑手，在一片曾经多灾多难但如今已开始放出绚丽光彩的土地上驰骋，颠簸。然而，他颤抖的身体开始痉挛了。这种痉挛当即在二胡所奏出的旋律中表露——是孤独、难过和遗憾的交相混杂。他额头渗汗，双手瑟缩，老眼里溢出了浊浊的泪。醉了，狂了，世界上没有了"我"。他感到从未有过的苍老、从未有过的衰竭。右手机械地拽琴弓——"叭叭叭"。

忽然传来敲门声。

"谁?!"

他大吼一声立起身，随手将二胡往桌上一扔。二胡的外弦磕在桌沿上，"铮"地断了。

226

大门开了，走进了他的老哥哥。老哥哥虽然瘦，但腰身硬朗，精神矍铄，脸上的每一条纹丝都充溢着甜甜的笑意，似乎他的生活中永远没有过忧愁，只有欢乐和愉悦。

兄长那布袋佛一样的笑脸，使金刚怒目的老殿顿时松弛了。一缕莫名的凄婉在他的心头激荡。

六十多岁的人竟如童稚幼儿，喉头哽咽着喊了声："哥！"

哥哥拍拍他的肩，拉拉他的手，像对待八岁小弟弟一样的亲切。老殿抹去眼角的水珠儿，将哥哥让进屋去，忙不迭地递烟，沏茶。然而，哥哥却似别有心事。他瞧瞧桌上那断了弦的二胡，打量一下屋中的摆设，笑眯眯的脸上闪过一丝难以察觉的痛惜，然后慢声细气地说：

"坤子，到乡下住些日子吧！"

"乡下？"

"乡下！"

"那我……"

"你侄子们都另立炉灶了，我一个人闷得难受，近几天又总是想你。去吧，啊？"哥哥虽然神态平静，可口气却有点儿近乎乞求了。

老殿的心咕咚了几下。许多年来，公事私事繁杂事缠着他，坠着他，他从未正儿八经地到乡下去看望看望哥哥。人之天性，他总觉得欠着兄长点儿什么。如今，如今已经"无官一身轻"，是该补偿补偿了。他望着哥哥那始终笑容不减的面孔，突然产生了一种难以言喻的温情。这温情消除了孤独，驱走了寂寞，他觉得心里舒服多了。对，去乡下，去乡下，决心一定，他当即抓起了电话筒——要车。

然而，哥哥制止了他："坤子，咱骑自行车，你驮着我。"

到底是被一种什么情绪所感染，他说不清，只是觉得胸腔肚腹全是热乎乎的。同时脑海中迅速闪现出一幅遥远但却真切的影像——哥哥进城参加劳模会，县长弟弟用自行车到乡下去接……他禁不住舒舒胳膊蹬

227

蹬腿，用迫不及待的口气问：

"哥，这就走吗？"

老哥哥笑眯了眼："走吧，你嫂子还给你备着鹌鹑蛋呢。"

"啧啧！"老殿舌头舔着嘴唇，麻利地从屋里推出一辆老旧的自行车。

清风习习，天和地分成清清楚楚的蓝色与绿色。远处有看坡人的喊声，那是在轰赶啄食谷穗的麻雀。麻雀们形成一片褐色的云，叫着吵着从他们头上飞过。

这些年来坐小车惯了，老殿手脚已显笨拙。一路上自行车歪倒几次，所幸每次哥哥都及时地跳下去，总算没跌着。他便惊奇，哥哥已经七十几岁的人，身段何以如此灵活？

到了，到家了，老嫂子似乎断定他要来，正踮着脚在门口张望呢。老殿孩子气地冲她咧咧嘴，推车进了家。

家，还是那个家，今日为什么如此新鲜呢？那高高的土坯墙和土坯墙上的盖檐瓦，瓦沿上下秸秆扎成的丝瓜棚和扁豆架。棚架上萦绕着千条藤、万片叶。藤叶含青，蓄脆，蜿蜒牵附，水灵灵将小院装点得生机勃勃，丝瓜藤扁豆蔓时有纠缠处。它们扭结亲昵，却分别开着红花和黄花。红花黄花并绽笑脸，像同胞孪生但却肤色各异的姊妹俩。殿坤看迷了，看痴了，老迈的心重又回到少年了。他一会儿嚯嚯地轰赶吓唬院中的鸡鸭，一会儿在棚架的绿荫下钻来钻去，架下的瓜豆不时地磕碰他的头肩脸颈，软软的，凉凉的，使他生出一种麻酥酥的挺舒服的感觉。哦，家……

乡情——莫非这就是人们所说的乡情吗？

午饭，自然没有三汤四菜、鱼肉海鲜。对于曾是"官"老爷的殿坤来说，可能过于简单清淡了些。然而，当老嫂子夯手夯脚地端上两只盘时，老殿那皮粗肉糙的脸突然绽成一朵牡丹花。那凉盘中的东西，尖尖的，细细的，深绿中又透出一点淡淡的黄色。这不是既可口又降血压的蓬蓬菜吗?! 久违了! 老殿眼睛放光，抄起一箸送进嘴里，像品尝远年宫廷名菜般细细地嚼着嚼着，而双目又同时向另一个盘子贪婪地望。那粗瓷大盘里盛满了剥去皮壳的鹌鹑蛋。一个个小圆球细腻、白嫩，加了醋盐，调了香油，鲜红的辣椒粉散撒均匀，恰似雪天蜡梅满山丘。嫂子笑嘻嘻地讨好说，这盘鹌鹑蛋自己在豆子地里找了两三天，专门给小弟弟留着的。她笑了，笑得很诚恳，很天真。嫂嫂虽老，寸心不泯啊。他曾多次吃过鹌鹑蛋，然而这种吃法却是在遥远的过去了。记得吗? 记得——哥锄地，他玩耍。在那黄了叶的豆棵里，他发现了许多盛在一只只草窝窝里的花蛋蛋。他乐了，一个个捡进兜带回家，他向新娶的嫂子谝摆着，炫耀着。嫂子捧住他的小脸将花蛋蛋全部哄过去，就是用现在的办法给小弟弟做着吃了。——幼时的把戏，幼时的回忆，幼时的那些难以忘记的一切一切……

老殿吃着想着，突然看到一个令人惊讶不已的现象——哥哥嫂子又年轻了。

乡下的饭，抹嘴散。饱了，"了"啦。哥哥说下午到北河滩去割草，让他跟着跑跑。

他点点头，很听话——小弟弟嘛。

河岸弯弯，河水蜿蜒。这是条古老的河。当年，禹王治水曾在这里留下数不完的传说、讲不尽的佳话。千载沧桑，如今河道依存，禹王呢?

岸坡上，簇簇青草如苇似蒲，散发着浓郁的水气清香。哥哥脱去夹袄，甩开大镰，镰声伴着水声，河道里响起一支轻快的歌。这歌歇歇停停，停停歇歇，像对老殿诉说着什么，同时又让他思索追忆什么。是什么? 哦，想起来了，想起来了：

哥砍草来我提筐，

一提提到街口上。

卖草换盐又换油哎——

剩下几文，

哥哥给我买块薄荷糖……

老殿的心朝嗓子冲撞了几下，忽觉眼睛湿漉漉的。他擦了擦，看看哥哥。哥哥那高大的背影在远处晃动，晃动处镰声嚓嚓。砍下的长草像躺倒的兵——在河坡上整齐地排列着。他心有所触地叹口气，哈下腰，将那砍倒的草敛成一堆一堆的。敛了一会儿，腰背有些酸痛。哥哥忽然喊他："坤子，坤子，你不是喜欢拾蛤蜊皮吗?"

他直起腰，见哥哥擦着汗，用镰把指指沙滩说："可多了，大的，小的，三棱角的……"

老殿看到了，远处，顺河沿走来一位二十多岁的青年，高大的身材，一张笑眯眯的脸。富有灵气的双目盯着水面，手中拈着一杆鱼叉。他身后，一个六七岁的小家伙蹦蹦跳跳，嘴里咿咿呀呀地唱着什么，边唱，边哈腰，捡那河滩水边上的石子、贝壳。一只花贝的大半埋在了泥沙里，小家伙手抠脚踢，弄不出来，他急了，带着哭韵喊："哥哥，哥哥!"拈鱼叉的青年怔了一下，跑回来，笑眯眯地看他一眼，用两个指头将贝壳拔出泥沙。那贝壳既亮又大，上面隐隐显出缕缕黄纹和黑花儿。小家伙捧在手里，高兴地在河滩上跳啊，笑啊……

真的是童心难泯。老殿冲哥哥笑一笑，步下河岸，以孩子般的好奇和天真，在那石贝混杂的河滩上细心地搜寻、挑拣着。

西斜的太阳暖乎乎。河滩上泥沙如绵、细腻柔软。河水里不时跃起白鲢红鲤，惊飞对岸荻丛中的野鸭水鸡。远远的湾处传来网鱼人的豪歌，嗓门粗涩嘎哑，如诉如说。河道里清风徐徐，河坡上镰声嚓嚓。大自然给自己谱了首美妙的曲，画了幅美妙的画。老殿激动而兴奋。他挺起腰身，摸摸口袋中的石子贝壳，搓搓手上的碎土泥沙，忽然间对人生的意味产生了一种新的领略。生活，人的生活本来是无比美好的，可是，为什么有时总有人喜欢把它搅得一塌糊涂呢？快乐和孤寂的分界线时明时暗。一个人总得正视现实——了解自己以服从铁的不可避免的自然规律。和身外的世界不去沟通，对周围的一切不去接触，你不孤独谁孤独？你不寂寞谁寂寞？生活像天气，像四季，有晴有阴，有冷有热。"万古长青"只是一个成语，能那么固执地理解吗？瞧对面岸上那棵树，那棵在自己幼时曾经枝繁叶茂的老槐树，如今身子裂了、空了，主枝断了、干了。可是，在它的顶端和枝杈间，又冒出了细细的条儿、青青的叶儿。它以自己日积月累的体内蕴含的力量，重续以往的岁月。老殿看着，想着，不由得双臂高举，一股甜蜜轻松感从胸中豁然涌起，似乎生活的一切又从头开始了……

斜阳愈发柔和，整个河道披上了淡淡的黄纱。老殿和哥哥累得一身油汗，终于将砍倒的草捆好了。草捆如牛，长而肥大。一根棍子从草捆间穿插而过，他在前，哥在后，老兄弟俩叫着号子抬上肩，迈小步往前走着，走着。

远处河湾里传来胜利的欢呼。一定是哪位幸运的捕鱼人逮住大鱼了。鱼新鲜，鱼儿大，刚刚捉出水来，做汤味道一定很美的。老殿禁不住咂咂嘴，觉得肩头上的分量也轻了些。

下了河岸，走上一条小路。小路弯弯，像松散的绳儿，将河岸和村庄拴接着。西南方，昔日的碱洼里长出一大片高高的白杨，白杨林里鞭声阵阵，叫声"咩咩"，显然有羊群在林中吃那掉落的树叶。灰喜鹊在树林上空盘旋吵闹着，突然像受了惊吓似的拔向高处，又箭一般朝正南方向射去了。东南方绿油油一片，是新起的晚谷和棉花。庄稼地里黑星点点，那是用汗水浇灌农田的农人在劳作。田野，散发土气、香气、鲜嫩气的田野啊！

前边不远，路旁有一个瓜园。瓜园正中的瓜棚，高高的，尖尖的。风儿迎面送来笛声，笛声清脆欢畅如溪水。老殿深深地吸了口气，立时，一股沁人心脾的香气钻进鼻孔里。他觉得口中甜丝丝，脑子晕乎乎，如痴似醉，像饮用了过量的金奖白兰地。他的双脚继续迈动着，嘴里却不知咕哝了些什么。哥哥在后边咳嗽了一声，问他：

"累了？"

老殿清醒过来，不由自主地站住，朝传来笛声的瓜棚望着。哥哥又问他："累了？"他回头冲哥哥笑一笑。虽没说什么，哥哥却慢慢放下草捆，冲瓜园腆腆脸："去吧，那瓜园，可是当年'瓜王'老八家的。"

他悄悄地朝瓜地走去，瓜棚里的笛声停了。一个眉目清秀的少年跳出来，笑嘻嘻地拦他："殿爷，吃瓜？"

"吃瓜。"他歪头瞅瞅少年，少年像当年的老八，又不像老八。

"棚里去吧。"

"我吃自己摘的。"

"懂吗？"

"老把式了。"殿坤眨眨眼皮，走近一个花皮西瓜，敲一敲，按一按，"就是它吧。"

少年惊奇地吹了声口哨，回瓜棚去取刀。回来时，一个奇怪的景象使他诧异地喊起了号："哟哟！嗬哟——！"

老殿仰身在瓜园边上的土坑，正一下一下将西瓜往空中扔。西瓜终于掉在地上摔开了，他便爬起来，用手挖了瓤子往嘴里塞着，嚼着，样子既贪嘴又随便。少年手里的笛子和刀同时落在地上，面孔都变了颜色。好半天他才喘过一口气，心中暗道："殿爷是个老没正经啊！"

远处，老哥哥笑弯了腰，双手捂胸，连连咳嗽。他喜，他乐，因为弟弟幼时在老八瓜园里偷瓜时的恶作剧，今天他又重新看到了。

老殿回来了，是抹着口唇上的瓜汁回来的。哥哥笑得过了劲，靠在草捆上歇息。他便坐在路边打嚼。无意间，他发现路旁有个圆而深的蜘蛛窝，忆起了小时的把戏——将尿尿进蛛窝里，就常有肥大的蜘蛛仓皇地钻出来。用棍儿按住，拿草叶拴了，捉回家去喂鸡。他瞅瞅哥哥，见哥哥正靠草捆向西望着，似乎在揣摩什么，于是便背了他，从裤裆里拽出盛水的家什对准蜘蛛窝，丹田用力，一股强劲的白中显黄的液体迅即冲出，沸沸扬扬地灌进去了。蜘蛛窝霎时满了，溢了，泛起一片白而混浊的沫。那沫时大时小，时多时少，最后忽地鼓起，像一簇雨后的"蘑"。那"蘑"哔哔乱响，渐少渐小，最后又倏地逝去——蜘蛛洞依然故我。蜘蛛？蚂蚁也不曾漂出一个。然而老殿不失望，仍是瞪圆了眼睛，耐心地瞅着，等着……

"坤子，走吧？"不知何时，哥哥已经立起身，正笑眯眯地看他。他有点儿不自在，也忙起身抄住抬草的棍子。

"哦，走，走吧!"

是因为吃了西瓜，还是心中的欢娱感造成的？老殿忽然觉着肩上的重量越来越轻。回头看看，哦，原来哥哥悄悄地将草捆向自己那边拽过去了。他的负担轻了，哥哥的负担却重了。他有些急，嗔道：

"哥，这是干吗？"

"我抬一小截，你抬一大截。"

"这不对。"他皱起眉头。

哥哥依旧笑眯眯："我大你小啊。"

这当然。他眉头舒展，乐了。千真万确，这些年别看自己在外摇头晃脑做着"官"，可一旦走进老家的门，从心理上就觉得比哥哥嫂子小半截，"大抬小""小抬大"——多少年以前的惯例了。那时割完草，捆起来，也是一根棍子插过去，他抬一大截，哥哥抬一小截。只不过那时临到抬前，哥哥还要从衣兜里掏出一个高粱饼子，黑黑的，硬硬的，费力地掰开，却给他一大截，自己吃一小截。他觉得不应该，就和哥哥换小截，哥哥挡开他的手，摸着他的头："吃吧，吃吧，我大你小啊。"

天性，人情。手足不是同生一体吗？少年柔嫩，长大粗浑，虽然有时各干各的，到底还是同一血脉滋润的呀。对，哥哥弟弟，弟弟哥哥，他大，我小——永远小。做个小弟弟是多么幸运啊！老殿此时此刻忽然童心荡荡，刹那间产生了一种被娇被宠的感觉。这种感觉使他精神振作，步履轻盈，双脚像给什么托着，从人之初重又托起来了……

瓜园里的笛声又响了，河湾处也同时爆起嘎哑的渔歌。自然的静谧虽然被搅乱，但天地间的气氛却愈发活跃。太阳渐渐藏到西河岸的树后去，护堤林的上空出现了漫漫红霞。红霞如胭，如钢水泼洒。神笔马良悠悠飘至，立在空中细细看了一会儿，忽然吃惊道：

"本是画的晚霞，怎么成了朝霞？"

烟火外的岁末

理应欢腾的除夕夜，这里却是静静的，静得近乎神秘、可怕。

此时，四面八方的村落里，已是鞭炮齐鸣，烟光闪烁，"扑天猴"蹿上夜空时的声声爆响，愈发给守岁的人们增添了难以描述的欢乐。

而这里，似乎与世隔绝……

夜色笼罩，村庄沉睡，只有夜风戏弄着冻僵的树梢，发出轻微的唰唰声，听起来，潇潇秋雨似的……

或紧或松的鞭炮声响过一阵，渐渐地稀疏了。此刻——大约在其他村子热火沸汤煮饺子的同时，这个回族村庄的一家大门也缓缓移动了。那里面，走出一个同样是缓慢移动着的人影。那人影稍一停顿，便顺了街筒径直地往南走去了。哦——他……

他老了，老得有点儿痴。高大的身躯看上去是那样的僵硬、呆板。皱裂的手背不时擦抹一下涩燥的口唇。上眼睑松松地垂落下来，看上去睡了似的，只有当他偶尔撩起眼皮向远处张望，才从那已经有些混浊的瞳仁里，显露出一丝闪烁着当年余威的寒光。

他担了一副铁筲。这铁筲由于年代的久远，筲底换了几茬，大约仅有原来的二分之一大了。尽管如此，他还是那么费力地担着，担着。

北风挟着刺人的寒气，将他送到村头高高的井台下。他站住，喘口气，又慢慢地一级一级往上爬。他爬上井台，立定了脚，便将那铁筲小

235

心翼翼地往井里系着，系着。年逾古稀的老功臣，莫非也来"汲富"了？这"汲富"，是生活在乡下的穆斯林们所特有的。

鸡叫二遍，大门开了。一家的某人便提了水罐铁筲之类的急匆匆到井里提出水，又脚不沾地似的反身回家，那盛水的家什不能落地，人也不准回头。老祖宗传下来的——这叫"汲富"。

谁抢了第一筲水，这一年便先富。

以往的岁月，人们年年"汲富"，可总也不富。近几年，人们似乎对这久远的习俗淡漠了，而日子反倒越来越好了。

老人双腿颤颤地立在井旁，笨拙的老手在夜色中紧张地抖动着。他吃力地提上一筲，又一筲。铁筲拽到井口时，每每要停顿，他积蓄力量似的憋一口气，然后猛地将胳膊一挑。两只铁筲盛满了水，他便费力地担起来，朝台阶下走去。

铁筲里的蒸汽伴合着他口中的哈气，像缓缓飘游的夜雾般慢慢移下台阶，走上街道。岁月无情，夺走了他的力气，他再迈不开那细小而快的碎步，只能向前蹭着，蹭着。扁担不能打战，铁筲便失去了平衡中的协调，水儿不时地溅出来，洒在地上。待他走到街心，前边筲里的水已是所剩不多。他的肩膀只好一次又一次地往后挪，那搭在扁担上的双手，还要与此同时地用力摁着。

拐过了墙角，走出了小巷，他的面前出现一座整齐的院落。那雪白的墙皮、嵌花的檐瓦、磨砖对缝的灰色门楼，依然是那样的古朴、典雅。他站住了，放下担子，抬手敲敲门。门板发出咚咚的响声，鼓音似的。在等待开门的时间里，他的手没有放下去，一直在脸上摩挲着。像擦眼，像抹汗，也似乎在回忆什么。

他撩一下帘幕似的上眼睑，吃力地向北望去。那黑魆魆的高大建筑，是翻修一新的清真寺。清真寺的后边，是一片大小不等的坟丘。就在那群坟丘中，有他永远也无法忘记的历史。

哦！那场残酷的战斗啊！

遭遇了——八路军的回民连和整整一中队的日本鬼子在这里遭遇了。炮弹削平了坟顶，炸坏了清真寺。敌人就要攻进这条街，街里有尚未撤走的机关、伤员、群众……他血红着眼，咬着牙，左手执枪，右手挥刀，带领回民连和敌人展开了肉搏。子弹打光了，大刀砍钝了。他疯了，几乎完全疯了，扔掉手枪，抛开大刀，以难以想象的勇猛和迅捷，几拳打死一个剽悍的日本军曹，又空手夺过一个日本少佐的金柄指挥刀。他鼓舞了战士们的斗志，震慑了日本军队。敌人退了下去，而他，却令人难以置信地发出撕心裂肺的号啕——昨天刚刚跟他当兵的小战士马泉，为掩护连长而牺牲了。那白花花的肠子淌了一地，手里犹自紧紧攥着敌人的刺刀。他悲痛，他悔恨，他懊恼。他责骂自己昏了头，怎能让一个刚入伍的孩子参加这样的战斗呢？他感到对不住孩子，对不住亲自把孩子托付给自己的善良诚实的阿訇马云昭。

……

他抹去脸上的泪水，转过身来。因为此时院里传出了低喑而沙哑的咳嗽声，有人从屋里走出来。听上去，脚步又慢又轻。

门缓缓地拉开了，门口出现一位瘦弱但却清爽的老人。他牙齿脱落，嘴唇往里窝窝着，似乎老在咀嚼什么。老人惊愕了足足一分钟，突然一把抓住他的手：

"老兄弟，你……你啥时回来的？"

"年，年前！"他吃力地回答。

老人看到地上的水担，又一次惊愕地瞪大了眼。他看看对方，对方也正看他。两双老手握在一起，两双老眼对视着。在黎明前的夜影里，在高高的门楼下，立着，久久地立着。谁也不愿破坏这庄重、肃穆的气氛。他们似乎处在一种美妙的期待中，又好像追溯那往昔的岁月。周围的村庄里，鞭炮声仍是接续不断。而这个村，这条街，这家门前，依然是静静的。

静谧的气氛终于打破了。那嗫动的老嘴抽搐了一下，声音颤颤地问："老兄弟，这……"

"给你——'送富'啊！阿訇哥！"

"我自己，还行！"

"你手脚，不及我。"

"老兄弟啊！"马阿訇的喉结上下滑动，却什么也说不出来了。

水担重又被挑起。他仍旧迈着那种极缓的步子，走进门，穿过院，将"富"给马阿訇送到屋里去了。他将水倒进马阿訇的瓷缸，又慢慢地挑了铁筲往回走。马阿訇不留他，也不说话，跟在他身后，缺牙的嘴再也不嗫动，只是将上下唇紧紧地抿着。直到送出门去，看不见了挑担者的背影，他才一下倚在门框上，将那流满面颊的热泪擦去一把，又一把。

周围村庄里的鞭炮声已经稀少，轻轻刮动的北风已经停下，东方遥远的天际不易察觉地变幻了几下颜色，也开始有些淡淡的光亮了。

他又从井上担回了一担水，并且仍是那么笨拙地迈动着双腿。他走在街上，间或碰上一两个起早的人，见了他，吃惊地喊出声来，接着便夺他的担子，嘴里兀自"嗨嗨"地叹气。可是，他执拗地摇摇头，摆摆手，将接担的人一个又一个地推开去。

他拐进了东街的一条胡同，来到一家虚掩着的门前。他停住了。从院里传出勺刮水缸的嚓嚓声，夹杂了怨哼哼的詈骂。他轻轻地推了一下门，那门便发出"吱嘎"的一响。听到门响，屋里发出一声吓人的吼："滚——！"接着，门口探出了一张粗犷的满是怒气的脸。脸上同样是怒冲冲的眼睛，那左眼上方的眉毛奇怪地直竖着，那虹膜上布满了鲜红的血丝。一见便知——他肝火正盛。

看到老人挑水进了院，门口那粗犷的脸上的表情唰地凝结了。一种难以言状的惊惧和惶惑从那布满血丝的眼里闪出。当的一声，他手中举着的铁勺落到门槛外，滚下台阶。接着，一条拐棍伸出了门，他两手一撑，就势噌地蹦出来。

他站在那里，只有一条腿。

担水老人的身子晃了晃，终于站稳。他瞧定了那条腿，嘴里喃喃地不知说些什么。他突然觉得脑子有些乱，耳朵里嗡嗡作响。刹那间眼前出现了机枪的呼啸、手榴弹的爆炸……

是的，是在那场战斗中，主攻连要攻占那块高地，大炮已经延伸射击了。然而，残敌仍极顽固，高地久攻不下。组织起来归他直接指挥的警卫排先后拉上去，短短的时间内，三个班已经损失了两个。在前沿指挥所里，他急得直骂。他喊来最后一个班的班长，命令他："上！拿下！用刺刀捅！"

"不，不上！"班长的左眉竖着。他正憋气，因为战前副班长提了班长，没有提他。他好像忘了是在战场上，胆子竟然这么大。

他恶狠狠地瞪起眼，伸手拔枪……

"别打！"班长的左眉竖得更直了。他仓皇行了个军礼，转身跑出指挥所，嘴里气哼哼地骂，"日你奶奶，死到你手里，还不如死到敌人的枪口下！"

呼啸一声，班长带着战士，上去了。

他从望远镜里清楚地看到，班长的指挥是那样的巧妙，战士的身段是那样的灵活。他们先于其他班排冲进敌人的战壕，继之是轰然而起的炮击、手榴弹的爆炸、难辨敌我的混战和拼杀。敌人开始溃退，逃跑。阵地马上就要占领了，他放下望远镜，暗忖：战前，真该提他当排长。可是，当时报上来的两人中，他是自己的同村爷儿们，而另一个……

是的，作为指挥员，他考虑的太多。

然而，就在他思索的刹那，敌人另一个山头上的火炮响了。他慌忙举起望远镜。啊！高地上烟尘滚滚，火光迸射，人和阵地全被淹没了。

敌人的炮兵阵地迅速被摧毁。他发疯般跑到高地上去。然而，高地上已是死伤一片。有敌人，也有我们的同志。他挨个地找，终于认出了他。他倒在血泊中，左眉依然直愣愣地竖着。伤员抬了下去。他想，他肯定完了。可是，在后方医院里，他又奇迹般地复活。

是的，他活着。此刻，这个活生生的人就站在台阶上。他只有一条腿，另一条，他献给战争了。老上级的突然出现，把他惊呆了，完全惊呆了。就像所有发呆的人一样，尽管嘴唇颤抖，喉结滑动，却说不出话。他瞧瞧担水的人，又瞧瞧自己的腿，荣辱在他憨直的心中激荡，愧怍和愤恨的神情在那粗犷的脸上交替变幻着……

他复员了。

刚从部队回来的时节，他拄着拐杖，走区上县，出入于各村各家。一年多的时间，他带头组织了互助组、合作社。那时，他每天的劲头是那么足，所做的每一件事都那么轰轰烈烈。他是有功劳的人，又敢说敢干，人们佩服他，尊敬他。无论到哪里，人们都高高兴兴地冲他竖起大拇哥。

"大兵团作战"的那一年，公社召开万人大会。会上，社长做完报告，让他登台发言表决心。他站在讲台上，冷不丁大喊一声："社员同志们，社长的报告，尽他妈瞎吵吵。要是仨月进了共产主义，我连这条腿也锯掉！"人们惊得汗毛直竖。他也给当场拔了"白旗"，开除了党籍。挂了拐棍挖大粪……之后，虽然历史证实了他的话对，上级也给他恢复了名誉，然而，他再也不是过去的自己。

他不再干活，也不做任何工作。每天吃饱喝足，挂了双拐满村转。三六九跑到公社，要粮要款。

那年春节前，大清早他跑去公社。分管民政的副书记正在刷牙，听说他来找，便带了满嘴白沫，飞也似的逃往一旁去了。他找不到人，便搬条凳子当门一横，坐下。一条半截腿直挺挺往前伸开，让你进又进不去，出也出不来，谁要戳他"功劳腿"，他从儿媳妇一直骂到祖宗八代。

在村里，麦秋足数送粮，年节礼品备好，吃喝屙撒睡，集体都得包。稍不如意，轻则绕街骂一通，重则拽条绳子，去哪位干部家里上吊。先时吃大锅饭，队长动动嘴，拿点儿工分。人们看在工分的面上，尽管伺候他也免不了受气，但也不太计较。如今田地分到了各户，事情就不那么容易了。虽然，有各户敛来的粮食吃着，有上级发给的残废金花着。可是，那些柴米油盐之类的零碎活呢？他脾气怪、人缘差，慢慢地，连吃水也成大问题了。于是，他骂得更凶。

这大年初一的早晨，他正为缺水而焦躁。有人意外地给他送来，并且是"送富"来了。说实在的，这刹那，送"穷"还是送"富"，他倒不在乎。他看重的是水，没有水别说"富"，他连饭也吃不成啊。

担水的老人稍稍停顿，又颤巍巍地往屋里走去。台阶上的拐杖哆嗦了一下，接着神经质般地伸向门槛内，与此同时，人也蹦了进去。仍然是一条腿杆在地上，怔怔地望着，望着老人将水倒进缸里。老人直起腰来，蓦然间和他四目相对，他打了个寒战，似乎在那混浊的老眼里，发现了他过去所曾看到过的东西。是什么？是指责、痛心，还是同情、怜惜？他咽了口唾沫，要说话。可是，对方却摆摆头，担起铁箐，慢慢地往门外走了，走了。眼看就要走到了门口，他突然啪地扔掉拐杖，一声大叫："老——团——长——！"

难道没有听到？老团长没应声，没回头，也没站住，仍是那样不紧不慢地往外走。就在他的背后，随着"啊啊"的两声，响起一个变得嘶哑了的高嗓门："我，我损啊……！"

这声音痛楚、悲切——凿人胸肺，动人心魄。就像安装了扬声器，

241

溢出院来，涌入胡同，飘向大街。

大街上，聚了许多人。

拜年吗？

不，不是的。他们聚在这里，彼此投以惊诧的目光、探询的口气，做着各种各样的猜测、议论。迷惘的面孔，喁喁的低语。充溢着大街的，是那种严肃而神秘的气氛。那老人"送富"的故事，无疑是这个古老村庄的一大新闻，每个人的心里，都感到惊奇、纳闷。去井上"汲富"的早把水桶撂在了一旁，长年不出门的老太太们，也蹀蹀躞躞地来到这里。人们相互比画着，鼓动着，极想去胡同里看个究竟。但事情牵扯到那条"功劳腿"，大年初一，谁愿自寻晦气？村干部们低了头，在沉思，在犹豫。有人说，在此之前，老人家担了铁筲从西头五保户刘二奶奶家出来；又有人证明，天刚破晓时，曾看到老人家给后街瞎三伯家送去了水……一时间，人们那紧皱着的眉头舒展开来，似乎猛然间悟出了一点儿什么道理。

春节前几天，老人才回来。陪同他的，还有两位四五十岁的军人。那军人们住了一天便走了，这里就留下了他。他的老伴早已"归真"，孩子们也都参加了工作。他回来就住在一远房弟弟家。叶落归根，故土难忘啊！在外几十年的人，总也惦念着初时的家。他回来了，省亲来了，可是，有谁会想到，他竟没忘记穆斯林的传统习俗，第一个起来"汲富"，并且还"送富"呢？

胡同里传出脚步声，老人出来了。他担了那两只小小的但却是沉重的铁筲，像开斋节上礼拜堂那样，慢慢地一步一步地往这里走着。人们迅速地围上去。他站住了。那总是垂着的松弛的上眼睑撩开一条缝，从那细细的缝里显露出一丝稍稍的激动。继之那稍稍的激动迅疾地隐去，代之而出现的是一种无可言传的渴盼和希冀。然而，这种渴盼和希冀此时已是极明朗的了，再不用说得那么详细。更何况，老人返乡之前，一场突如其来的大病几乎使他丧失了说话的能力。这霎，有人去取他肩上的扁担。他摇摇头，翕动着嘴唇，看上去既激动又焦灼。这使得那人忙忙地松开了。老人点点头，人们闪开一条路，他就又顺了街筒，慢慢地仍旧往井上走……

不知什么时候，老人的背后排起了一条长长的队伍。人们提筲挑担，脸上既洋溢着节日的欢悦，又呈现着一种难以描绘的庄重和肃穆。队伍好长好长，后尾尚在街心，前头已然出了村口。

"汲富"的人们又陆续回到村里。然而奇怪的是，他们并未走进自己的家门，而是分头循了老人家在这之前走过的每条路——哦！送富，送富，送富……

莫非说，这是他们又一个新的风俗？

划破雨夜的电光

漆黑夜。

风在刮，雨在下。风雨中，高小栓挣扎着往河岸上爬。

这河岸高高的，陡陡的，不像平时走上跑下的青牛河岸，简直是一堵大墙、一座山崖！土是胶质的，雨一涮，又硬又滑。他抹了一下脸上的泥水，咬紧了牙，重心在四肢上不断倒换着。爬啊爬啊，就要登上去了。上去便是平坦的沿河公路，路旁是茂密的白杨垂柳。他总可以避避雨、喘口气了。蓦地，一道亮闪，一声炸雷，照亮了天，震塌了地。他一惊，脚下一滑，哧——又溜到了崖下。

膝盖摔肿了，胳膊搿破了。他忍痛坐起来，环顾四周，啊！雷声阵阵，雨如瓢泼——黑洞洞一个风雨之夜。小栓望着面前的青牛河岸，声音发抖了：

"爹！我不该离开您，不该把您老人家孤零零地抛在瓜园里啊！"

瓜园的中午，馨香甜润中掺杂着泥湿蒸烤后的潮热。高小栓顶着烈日从城里回来。父亲高老山正蹲在地上补破筐，抬头看见他，含着烟袋的厚嘴唇翕动了一下，问：

"回来了？"

"回来了！"

244

"那里有瓜，吃吧。"

墙角里放着几个死秧子瓜。凡属这类货，老头子便摘来自己吃，也送人。个儿大正熟的不能动，卖钱花。小栓瞥了一眼没过去，走到墙根处的水缸前，舀起一瓢生水咕咚咕咚地喝。望着儿子的举动，老山挺了挺脖子，没说什么。

小栓放下水瓢，朝屋子四周打量了一会儿，然后抹着嘴唇上的水渍走到床头一个木箱前，翻腾了一阵，突然回头急咧咧地问：

"爹！那本画报呢？"

老头子十分不情愿地用烟袋指指房顶："那里！"

小栓抬头一看，唉！画报被卷成个纸筒，和镰刀、锄头一块儿插进了檩条缝里。一位女演员的红嘴唇朝外露着，似乎在向他诉说心中的哀怨。他皱皱眉，瞥了爹一眼。园屋不高，踮起脚能摸着房箔，小栓走过去，从檩条缝里抽出画报，掸掸上面的浮土，就坐在一边认真地翻看。可是，一位名演员的生平介绍还没看到一半，高老山就开了口：

"栓儿哪！"

"啊？"

"别，别看。"

"哦。"他应着，眼没离开画报。

老头子磕磕烟袋："看这个干吗？顶饭吃还是顶钱花？啊？"

小栓烦了。你抽你的烟，我看我的画报，井水不犯河水，只管絮叨什么？但因对方是老子，他不敢说出口，只轻轻地哼了一下，头一别，照看不误。老山皱了皱眉，声音加大了：

"栓儿啊，闲了没事，躺一边歇歇不好吗？起了晌，还得往棒子地里运粪呢！"

小栓终于憋不住了。他怨声怨气地说："爹！不就那点儿活儿吗？不行恋恋晚就干完了。"

"恋晚？"老山摇摇头，"晚上有晚上的活。"

是的，晚上有晚上的活——看瓜。这倒不是怕人偷。庄户人进园吃个瓜，有钱留钱，没钱留句话，本没什么。怕的是耗子啃。这二年耗子忒多。一到夜间，三五成伙，溜进园来，啃穿瓜皮，吃籽喝瓤，留一个空壳给你，太阳一晒，咕嘟嘟光冒臭水。人们恨得咬牙，可又没什么好办法。只得每晚提了灯笼，顺了瓜垄又喊又扑打。小栓爷儿俩每晚都轮流闹到多半宿。可是，小栓看画报，也影响不了晚上看瓜呀！老头这是为什么？这只有小栓明白——爹是故意打扰他。爹常见上面有些挺俊的女人像，这，让年轻人看走了心了得吗？因此，他除了藏，就是挡。这不，儿子前几天刚拿来一本，他就又让它"上了房"。

小栓知道是看不下去了，已经憋了一肚子气。提到晚上看瓜，气更大。别家瓜园都买了新灯笼或手电筒什么的，唯有他家，用的仍是二十多年前的那盏破马灯。提系都是布绳的了，那罩子就像瞎子眼上的玻璃，又浑又浊，裂了几道纹，用胶布粘着。这要在别家，早扔了。可是，爹却还拿它当宝贝似的，经常地整啊，擦啊。几块钱一只手电筒，顺了瓜垄把钮一按，一照一溜亮胡同，不比提个破马灯满地里磕磕绊绊跑强多了？就是平日晚上带着出门，也方便、好看。可是，他几次提议买，都被爹拒绝了。这会儿正在气头上，他又想起了它。

"爹！"他站起身。

"嗯。"老山疑惑地望着他。

"买件东西！"口气之硬连小栓自己也吃惊。

老山以为儿子又有什么重大要求（这是近来经常发生的），他紧张地瞪着眼问："什么？"

"手电筒！"

"哦，"老山舒了口气，随着表情肌的松弛，烟袋重新叼在嘴上，含含糊糊地说，"没用……"

"看瓜。"

"我不是说过，有马灯！"

"灯罩破了！"

"糊糊。"

"糊也漏风！"

"那，买只电筒得三块多钱啊！"老山憋红了脸，终于道出了心里话。

小栓真急了："你箱里光成元的钱就有一拃厚，三块钱就舍不得了……"

自打实行了责任制，爷儿俩包了瓜地，包了粮田，风调雨顺，又加劳力顶桩，收入一年强似一年。可高老山不知怎的，日子越好，他掐捏得越紧，春吃高粱夏吃谷，年对年一身棉一身单，舍不得买，舍不得换。他宁可冷面饼子蘸盐末，却舍不得一毛钱买斤茄子；他宁可烧毛柴熏红了眼，也绝不买电厂里两元钱一车的泥炭。至于买家具摆设什么的，更是眼皮都不眨。他只认准两件事——存粮、攒钱。似乎他下半辈子除此之外，再也没有别的打算。

对于父亲的作为，小栓眼里见，心里烦。经济收入增加了，水涨船高，生活景况也理当改善。瞧瞧村里的小青年们，一个个不光穿戴时新，腕上还都套了那亮闪闪的小玩意儿。有的竟还搞了小书房、小书橱，闲时桌前一坐，看看写写，惬意得很。可是自己呢？夏布褂、平纹裤，时间一长，走形变样。就那每月一份的《电影画报》，老头子还像撞了鬼似的防着，好似儿子进了赌博场，破败了他的万贯家产一样。更别说什么书橱书房了。

有一天，小栓实在憋不住了。他瞅着老山那正在数票子的手，鼓足勇气说：

"爹，我买身的确良！"

老山怔了一下，定定地看了他一会儿，把钱慢慢锁进柜子里。

"等凑起这个数，就买。"他说着亮起了巴掌。

"五万块！"小栓失望地眨了眨眼，神情怨恨，委屈而无可奈何地长叹了一声。

村里输了电，电视机一天多似一天。到今年麦后，全村五十四户，除五保户刘奶奶和前街三瞎子，就剩高老山一家是光板。不管小栓怎么劝，怎么逼，老头子始终一把死拿。

"嗯，一个匣匣要上千块，顶饭吃还是顶汤喝？有这钱买帮羊，秋后喂肥了卖出去，攒了粪又赚了钱。这才叫过日子！"老山每每嘟囔着，将后背倚定了箱子，似乎怕小栓来抢他的钱。

然而，老山为了安抚儿子，还是破天荒地拿出十一元四角，给小栓买了台减价处理的收音机。但有言在先，一年只许用一筒电……

前几天，团支部开会决定村里成立青年图书室，要求团员捐款。这下可叫小栓作了难。少了说不出口，多了没有，思来想去，硬着头皮报了五元。回到家，他拐弯抹角地和父亲说了说。老山听到"钱"，吓了一跳。厚厚的嘴唇抽动了几下，一声没吭，扭转了脸。小栓一瞧傻了眼，他怕爹发脾气，没敢再要，只好窘答答地跑回去，交上自己多半年的私房钱——三元八角六分。

在去年乡里组织的沟渠整修队上，小栓和西桥村的巧云姑娘订了婚。然而，高老山对这门亲事却死活不允。因为巧云的父亲有病，母亲残废，家中弟妹都小，吃饭的多，干活的少。老山说这是个填不满的无底洞，对儿子对自己都将是个大累赘。所以，他坚决反对。

小栓无奈，只好等待时机再提此事。他惦挂着巧云姑娘一家，时常到西桥村去看看，顺便帮巧云干点儿粗重活儿。今年春天，巧云的父亲犯了病，要住院，但手头拮据，一时间真有点儿冷手难抓热馒头。幸亏小栓帮助，从朋友那里借了些钱送去——而在巧云面前，他还得撒谎说

248

是自己的钱。

前些日子，科技站长传授给他培植木耳的技术，他大喜过望，木耳是贵重菜，又是滋补佳品，对虚弱体质有强健功能，将来采收之后，一部分给两家的老人滋补身体，一部分卖掉还账。要是搞得好，还可以在村里推广，让人们也认识点儿"农村科技"，开化开化头脑，不要光把眼睛盯在瓜园、粮田上。

小栓找来许多对掐粗细的柳木、榆丫，锯成段，钻好孔。又从科技站长处搞来了"木耳孢子药液"，寻几块玻璃粘了个简易灭菌消毒盒，利用园屋东里间那半阴半阳的环境条件，开始了木耳生产。

尽管小栓只用了柳木榆丫，并且是忙中抽闲地摆弄这些活计，而老山依然看着不顺眼。他不时地嘟囔："木耳出在东北的深山老林里，在咱这黄河边上养这物件，俺老辈子没听说过。挺好的木料锯成一截一块，这不胡作践吗？"有时，他还爹手爹脚地走近里间门，探头探脑地瞅那摞在一起的"耳木"，似乎心里有什么打算。小栓看在眼里，只不作声。他心想：等大把的木耳长出来，你老自然就口服心服了。

昨天上午，小栓听说巧云的父亲又犯了病，便急忙跑去，帮着将老人送进县医院。因不放心，在医院里陪了半天一夜，直到今日上午老人转危为安，他才匆匆回来。本就又疲乏又愁烦，看画报父亲打扰，提议买只电筒老人仍这么抠手抠脚。烦乱加上气恼，他猛地将手中画报扔在床上，转身进了里间。

然而，小栓走进里间还没站稳脚，就唰地出了身冷汗。只见灭菌消毒用的玻璃盒不翼而飞，接种了半个多月并且已萌嫩芽的"耳木"也少了大半。小栓这一惊非同小可，转身冲出来：

"爹！那，那些东西呢？"

"什么东西？"老山若无其事地望着他。

"木头……"

"哦，架了黄瓜秧了。"老山口气平淡。

"那，玻璃盒呢?"小栓脸色铁青。

"卖给开酱菜铺的五老头当了咸菜罩儿。那么个玩意儿人家给了三块多。"

"啊?!"小栓气得浑身发抖，说话也结结巴巴了，"你，你算是毁了我……"

"什么?"老山扔下手里的活，眼发直，嘴发颤，像审视生人似的盯着面前的小栓，口气痛苦而又沉重，"败家的苗子，我，我不能让你尽着性子糟蹋家业!"

"唉! 这个家!"小栓脸色唰一下变成煞白，他摇晃着身子跑出门，"我走! 唉! 这个家……"

他真的走了。

"栓儿啊——!"

好一会儿，老山从梦魇中醒来了，他吃力地挣起身子，一边喊一边跑到门外。可是，儿子已经跑上斜对面的桥头，眨眼间冲过桥去，拐进往北去的护堤林里，不见了。

太阳向大地泼洒着火，庄稼全都蔫蔫的。一束强光透过屋前草厦上的破洞，照在老山那苍黄的脸上。汗水从灰白发际里浸出，像泥褐色的蚯蚓在皱褶间蜿蜒流淌。他不动，也不擦，泥塑木雕般地望着西边的桥头，呆呆的……

一只灰喜鹊从桥那边飞了过来，落在不远处的黄瓜架上，歇息着，不停地用自己的长嘴梳理着翅膀和尾巴。

鸟爱翎毛鱼爱鳞啊! 禽兽如此，人呢?

又一只灰喜鹊从桥西飘过来了。渐渐地近了，更近了。老山揉了揉发花的眼，咦! 哪是什么灰喜鹊，是一顶晃动的阳伞。阳伞下，一对穿着讲究的青年男女同骑一辆自行车。女的蹬车，男的坐在后衣架上，一边高举着阳伞，一边歪着身子和女的说着什么。就见女的腾出左手朝后捅了一下，接着咯咯地笑了。

甭问，不是刚结婚，就是正在谈恋爱的。

老山的心被触动了。"要是这对男女是俺小栓和巧云，那该多好啊！"这个念头一闪，老山自己也吃惊了——我，我今天是怎么了？

骑车的一对已经过去了，老山仍然在想：变了，都变了。早年间，夫妻婚后几月，见了面还像生人似的。那时媳妇走娘家，丈夫得赶头毛驴送。如今要是让那位骑自行车的女人盘腿坐在驴背上，那撑阳伞留平头的小伙儿青衣白袜地跟在后边，一边拿鞭杆敲着驴屁股，一边"嘚嘚嘚"地吆喝。别说年轻人视为西洋景，就他这老头子看了也得笑掉牙。

"人随世势车随辙啊！"老山嘴里嘟哝着，"唉唉！看看人家孩子们穿的、戴的、用的。俺栓儿呢？"他颤巍巍地走回园屋里，打开了那只由家搬到这里来的沉重而又陈旧的木箱。可是，他那干树根样的老手刚刚伸进去，却又摸了蝎子腚似的猛一下抽出来，并且连忙扣好箱盖，锁上。"别，别，他一个孩子家，懂什么过日子……"嘴里叨咕着，转身往外走。然而没到屋门，又站住了。呆呆地立了一会儿，摇摇头，又回到了床前，重新打开箱子。

拿出来了，用布条捆着的一沓角票。那粗而枯瘦的手指在干涩的嘴唇上蹭了一下，慢慢地捏着票子的一头，然后用力地搓。待确认不是两张票子黏合在一起了，才顿一顿，掀过去，嘴里同时念着："一、二、三……"仿佛他数的不是一张张毛票，而是一块块珍贵的金砖。

大概要买件什么东西，这点儿钱不够用，他再次将手伸进箱子里。无意间，他好像摸到了一件什么，忙拿出来。哦，一个折叠整齐的纸包。打开一看，原来是几年前和生产队签订的《瓜园承包合同》。望着合同纸上的猩红大印，老山脸上那紧锁的皱纹忽然有点儿舒展了。

当初，《瓜园承包合同》刚刚盖上这枚大印，队里的一位俏话大王就开了哈哈腔，声言他昨日刚看了一篇小说，名为《老木匠说印》。说是原先的印都是方的，盖上算数；如今的印都成了圆的，盖上也不保险。木匠们之所以将卯榫凿成方的而不凿成圆的，就是因为方形的安上牢靠，圆形的极易动转……

有理。老山暗暗点头。他听人讲，有个村去年试行大承包，几家种菜园的当年就拿了几千元。"官"们看得眼里出火，便要从中"抽红"，以至官司从乡打到县……如此看来，确不保险。你想，如今一个泥脚杆子一年进这么多钱，一个大干部每月才挣百十元（而这些人手里攥着印把子）。一旦有个风吹草动，还不真如老木匠说的"圆卯榫"——说转就转？得，趁着大风好扬场，还是瞅这机会，存粮，攒钱。

可是，眼前这"圆卯榫"竟是出人意料的没转。岂止没转，反倒更牢稳了，连那位惯于打游击的生产队长今年也死心塌地地种开了瓜园。

老山想到这里，心中豁然开朗。他就像突然决定了什么军机大事一般，以其少有的迅速猛地挺直身子，掀开箱盖，看也不看地摸出了一沓钱。一边回身往外走，一边叨咕着："老了，糊涂了。瞧眼下这光景，上下一条线，哪还有个变？唉唉，真昏，真昏啊！"

他心中懊悔，不安，像欠了儿子一大笔债。他一气跑到供销社，给儿子买了衣裳买了鞋，还花三元四角六分买了只三节电池的手电筒。回到园屋，把儿子扔在床下的画报整治好，然后坐在屋檐下的矮凳上，不吸烟，不说话，只是眼巴巴地向斜对面的桥头上望着，望着。

小栓过了桥头，沿河向北走着。往事，令人心烦的往事像青牛河里的波浪，一个接着一个。他使劲揪了揪自己的头发，脑子稍稍清楚了一些。仰起脸，只见远天白云深处，几只燕子正在冲上蹿下。他不禁叹了口气，要是自己也有双翅膀该多好啊！飞，自由自在地飞，飞过原野、村庄、青山、大海……远远地离开这个固执守旧的父亲，再也不进这个索然无味的家。可是，在气头上跑出来了，眼下又往哪里去呢？去亲戚家吗？不行。倘若人家问起来，说什么好呢？去城里哪个单位找个临时活干一干，行倒行，但终不是长久之法呀。

小栓胡思乱想地往前走着。走下了高高的青牛河岸，走过了西桥村的村头。他心中痛苦、惆怅，脚步迟缓、沉重。那萦回在头脑中的思绪，也像这脚下的路，无尽无休……

眼前出现了一摞"耳木"，黑色的木耳纷纷从上面的小孔里钻了出来，一丛丛，一簇簇。他如醉如痴地望着，心中充满了喜悦和幸福。突然，一阵大风从门口刮进，木头散乱了，木耳刮烂了。大风将它们卷向四野，抛向天空……他惊叫一声立住脚，哦，原来是一个幻景。此时，小栓忽然忆起父亲说过的那句话："木耳出在东北的深山老林里……"唉！都怨我当时没给他解释清楚，否则，就不会出现今天的局面了。想到此，小栓暗暗地有些后悔了。这霎，他的气渐渐消了，开始考虑自己这方面的过错。是啊，老人脑筋死，不懂科学，而自己又没有耐性，不讲，不说。爷儿俩别着一股劲，老人家能不毁坏"耳木"吗？再说，那架了黄瓜秧的"耳木"仍可取回来用，自己干吗这么冲动？又干吗非跑出来不可呢？他沉思了一会儿，想回去，回去和父亲赔个不是。可是，他刚往回迈出几步，就又站住。他看看自己的穿戴，想想父亲对自己婚事的阻拦，不愉快的往事又接二连三地涌上了心头。他犹豫着，再迈不动脚步。

路北不远的空地上，长满了杂草和紫荆条。一头正在啃草的黄牛突然抬起了头。它环顾左右，接着冲西"哞哞"叫了几声。西边的紫荆丛里立刻钻出一头小青牛。它瞪着调皮的大眼，撅起尾巴，连蹦带跳地跑到了母亲身边。大黄牛眯起眼睛，一边甩动着尾巴赶打苍蝇，一边爱怜地舔着儿子脊背上那亮而卷曲的细毛。小栓呆呆地望着，一种难以言喻的复杂情感顿时袭上他的心头。恰在这时，路南远处的一棵大杨树上突然传来"哇，哇——"的乌鸦叫声。小栓猛地扭转身子，心倏一下抽紧了。啊！那是高家老坟。他死去多年的母亲就葬在那棵杨树下。立时，他觉得眼湿、鼻酸，不由自主地撒腿向那里跑去。

清明时节，母亲的坟才添上新土，如今已经长满密密的小草。头上的老杨树哗啦啦响着，不时有一两片叶子落在坟头上。坟的侧面不知被什么东西钻了个小洞，深不见底。小栓坐在坟旁，对着小洞喊了声"妈！"眼泪就唰地流下来。他呼唤着，哽咽着，将满肚子委屈向九泉之下的妈妈诉说。妈已去世二十多年了，怎么死的，他不知道，爹也从来没告诉过他。他只是在一个偶然的场合里听村内一位奶奶说——妈是饿死的。

母亲的死，他只是恍惚记得。但当时那挨饿的滋味，他却印在心里了。当时自己年纪很小，躺在炕上，肚皮几乎贴到了脊梁。他没有力气哭，也没有力气喊，只是睁着失神的双眼朝门口看。他盼着去大食堂领饭的父亲快些来。啊！父亲终于进了门，他小心翼翼地端着半盆稀粥，脚步沉重，胆小谨慎地往前蹭，似乎那盆里不是稀粥而是金是银，是他的全部家产，不，是他那独生儿子的命。脚步之迟缓，心情之紧张，使得捧着粥盆的双手在瑟瑟地抖。等他来到炕前，像安放一件极易碰碎的珍宝一样将粥盆搁在炕沿上时，脸上、额上已渗出了晶晶的汗。啊！什么力量支使着小栓？他那呆滞的眼里忽地放出一股奇异的光。他翻身爬起，扒住粥盆，像渴极了的小羊在饮水，呼噜噜，呼噜噜……看不出他喘气，也看不清他下咽，只看到盆里的粥越来越少，越来越少。直待喝完最后一口，他才腆起脸，看着父亲："爹，还要……"

人有时会这样，对一点普通道理的领悟，得用极长的时间甚至血泪的代价，有时则通过几件甚至一件事即可得到解决。此刻，小栓终于明白了：父亲是吓怕了，饿怕了，是让这些年来不断的天灾人祸折腾怕

254

了。他惧怕好景不长，这才拼命地攒钱、存粮。啊！我可怜的父亲，您受尽了苦，操尽了心，为拉巴儿子受了这些年的罪，儿子不但不想法了解和消除您的精神顾虑，反而不断地和您赌气、翻脸。我蠢，我浑，我对不住您啊！父亲那苍老的面孔、斑白的头发、皱巴巴的瘦脸，霎时间全映现在他的面前。他痛苦，懊悔，自责，自斥，再也抑制不住心灵深处的伤感，便趴在母亲的坟头上放声大哭。哭吧，哭吧，让泪水一半流到脸上，一半流进心里，洗刷掉那难以说清的愧疚，浇灌一下忏悔的心田。

几滴凉丝丝的雨点落在脸上，小栓蓦地惊醒。睁眼看时，四周黑洞洞的，已是晚间。天上浓云密集，红色的闪电出现在云缝里。沉重的雷声自远方传来。很明显，大雨顷刻就要降临了。他猛地跃起，向着母亲的坟深深鞠了一躬，反身就往回跑。他要赶紧回到瓜园去，回到父亲的身边。然而，晚了。猛然间，耀眼的闪光送来了震耳的霹雳。紧接着，一阵风啸，倾盆大雨便哗地泻将下来，一阵比一阵紧，一阵比一阵大。天塌了，乾坤跌进了黑洞。

小栓在风雨泥泞中滚着，爬着，挣扎着。也不知走了多长时间，在闪电照亮夜空的一瞬间，他发现来到了高高的青牛河岸。雨夜，这又滑又陡的青牛河岸哟，小栓爬上去，滑下；再爬上去，又滑下。雨箭击在脸上，生疼；伤处磕在胶泥地上，火辣辣的。然而，他什么也不顾，他只想快点儿爬上河岸、冲过桥头，快些见到自己的父亲。他——再也不愿离开他。

高老山坐在草厦下，呆呆的，痴痴的。

他原以为，年轻人火气大，待会儿想转过来就会回来的。可是，太阳偏西了，小栓仍没回来。老山有些着急了。他望望不远处的黄瓜架，心里禁不住抽动了几下。那"耳木"做成的架杆又粗又短，他自己也看着不太像话。气头上做出的事，现在才觉出，自己是有些莽撞了。年轻人有年轻人的盘算，兴许他们的道道，真的就比老一辈强呢！他感到有些悔愧，便找了些秫秸竹竿的，将那些"耳木"全部替下，又搬回屋里，按过去的样子重新摆治好，又跑到五老头的酱菜铺里，用原价赎回了儿子的玻璃盒。

太阳落下去了，天渐渐黑了。老山点上挂在厦前横杆上的灯笼，把手电筒也放到面前，又坐了下来，望着，等着。斜对面的桥上，不时有来往的行人匆匆穿过。然而，没有一个是小栓。小栓啊！我明白你生我的气；也知道，你的气不打一处来。在你和巧云的事上，我错了。我自私，我吝啬，就因她家日子累，我怕受累赘，就硬拿掐着不让你们成亲。人活在世，原本就该我帮你，你帮我，更何况恩爱夫妻呢？唉！孩子，别怪我，我是让以往的苦日子吓惊了脑儿了。这霎，我心里有了底，脑子开窍了……

西北风送来了乌云，接着便是雷鸣电闪，大雨滂沱。高老山愈发惶恐了。他望着茫茫雨夜，反复念叨着：

"栓儿啊！你在哪里呀！"

在这里，在这浓黑而又杂乱的雨夜，小栓终于爬上了青牛河岸。河水在暴涨，在奔腾，浪花拍击着河岸，发出一阵阵骇人的"哗轰，哗轰"的巨响。恰似一头暴怒的野牛，在狂吼，在冲撞。狂风好似有意发泄自己的淫威，甩起条条雨鞭，凶狠地抽打着地上的草木。小栓跌坐在一棵枝叶浓密的树下，瑟缩着，喘息着。他累了，实在太累了。过度的精神刺激和体力消耗，使他如同散了骨架。他瘫坐在树下，浑身发软、发紧，继之又发痛、发冷。他感到肢体拘挛。他咬住牙，攀住树干，拼尽全力站——站起来了。双腿沉，沉得像坠了盘磨。他拼力迈动双脚，迈开了第一步，第二步便轻松了些。一种急切的、渴盼的精神寄托支撑着他往前挣扎，挣扎……

风啊，刮吧！雨呀，下吧！刮刀下箭，也挡不住一心向前的小栓啊！

从路口到桥头，在这不足百米的距离内，他不知跌了多少跤，滚了多少泥，到了，终于到了桥头。桥啊，我从这里走过去，现在又回到了这里。过了桥，就是自家的瓜园，瓜园小屋里，我那衰老的父亲此刻正在干什么？啊！那有了破洞的小屋前厦，我没有再糊层泥；缸里已经没了水，而井台又那么陡、那么滑，您人老腿笨，怎么去提……

桥上的水泥栏杆帮了忙。他扶着它，一步一滑，一步一滑，过来了。抬起头，离桥不远的右前方，黑暗中一颗火星在风雨中像流萤似的飘摆，摇曳。啊！瓜园小屋前的灯笼，我可怜而又慈爱的父亲就在那里。一道耀眼的闪电映明了这漆黑的夜晚，透过雨幕，他看到父亲泥塑木雕般坐在园屋的厦子下，一动不动，一动不动地往这里看着，看着。他在看什么？他在盼什么？小栓只觉眼发酸，喉发热，他鼓起全身力气，撕心裂肺地喊了声：

"爹——!!"

雨在饮泣，风在呜咽，黑沉沉的大地在抖索。世人只偏重于宣扬母性的爱，却不知父爱更加深沉和独特，难以用语言文字来表达。

电光闪烁中，痴呆如塑的高老山看到桥头上有个人影，像小栓。不，不能，我老眼昏花，想孩子想出了神吧！

天，又恢复了可怕的黑暗。

蓦地，黑暗中传来一声急切、凄楚的呼喊。哦！是他，是小栓的声音。知子莫过父，他听出是自己的儿子在喊。不，那不是在喊，那是在哭。儿子是用哭声向他忏悔、赔罪，用哭声向他呼唤、求援。

高老山的心骤然收紧了。他忽地立起身，摘下灯笼，抓起手电筒，像老虎发现幼崽被劫般霍地跳出，压倒风雨，劈破黑暗——向着看到，不，向着听到儿子呼声的桥头跑去。

257

风呀，雨呀，泥呀，水呀！见鬼去吧！他跌倒，爬起；又跌倒，再爬起。灯笼摔碎了，胳膊碰破了。老人全然不顾。此刻，他的心中只有儿子，只有自己相濡以沫的儿子小栓。近了，越来越近了，已能相互听清对方急促的喘息。近了，更近了，小栓一头扑进父亲的怀里。啊！暖，真暖。就像小时候有一次滑冰掉进冰窟窿里，爹把他捞上来用自己的身子紧紧暖他一样，血液开始流畅，肢体渐觉舒缓。他哭了——紧紧地把脸贴在父亲的胸上，哭了。突然，爹把一个什么东西塞给他。他接在手里。哦，手电筒。小栓心里一热，哆嗦着双手推上开关。唰，一道雪亮的电光射出去，穿透雨幕，刺开夜空。在面前这越来越宽阔的光明中，爷儿俩相互搀扶着，偎依着，步履是那样的扎实、稳重、坚定……

冷　门

他心神不定，他懊悔惶恐，他没想到事情会如此严重。

他刚刚接到通知，由于他严重违犯有关公费医疗和病假制度的规定，被人"捅"到一家权威性很大的报纸去了，报社马上就要派人下来调查、核证……

他惊出一身冷汗。恍惚觉得自己是做了一场本来可以避免的噩梦。此刻，他坐在乡医院的中医诊疗室里，望着墙上的《针灸穴位示意图》，嘴角不停地颤动，看上去是在研究那些连接人体皮膝脏腑的经络线。实际上，他是在努力抑制自己，抑制那几乎就要绷断了的神经。他沉静了一刻，下意识地扭脸望望坐在对面的"五先生"。老头子正忙呢！一边细心诊脉，一边皱眉思索，架在鼻梁上的窄边花镜一动一动的。他的心不由一震，低下头来，暗自嗟叹着。

哦！他想起了什么？

刚来这里那霎，他骄矜，自负。一个中医学校的毕业生，在这乡村医院里处理些常见病多发病什么的，还不是驾轻就熟吗？对这里的同行，他自然是更没放在眼里的。就说坐在他对面的被人称为"五先生"的老中医吧，那瘦瘦的脸颊、窄小的额头、似睡又醒的疲困面孔，看上去像得了"先天愚症"似的。有人还赠他"妙手回春"，配吗？

可是，没几天他就吃惊了。他发现，"五先生"的记性竟是那样出奇的好。你只消找他看过一次病，那么，复诊时你的姓名、年龄、病情、用药他能说得几乎一字不差。似乎他有一份关于你的病案记录而又在几分钟前刚刚看过。

他诊病治病总是穷根溯源、通权达变、大胆谨细而又绝非循蹈故辙。

一位危重病人躺在床上，肢冷面青，脉微欲绝。这不是典型的大寒之象吗？他要投回阳救逆之剂。"五先生"拍拍他的肩头，止住了。"五先生"重新切脉，察舌。凝神结思片刻之后，他毅然改投清热药，并坚请西医协同治疗。

霎时间，他恍然省悟了，这是中医理论中的真热假寒之象啊！若非"五先生"相助，几乎铸成大错。书本知识和实践结合起来，难哪！

事后，他怀着负疚的心理请教。"五先生"一边给病人诊脉，一边慢条斯理地说："医学古籍上特别解释，'医者，当从三部九候的脉象失调中观察其微末。诊不知阴阳逆从之理，此治之一失也……'"

他服气了。

服气归服气，而一种无法言喻的忧虑和苦恼却在继续折磨着他。

医生有种奇特但也是正常的心理，找他看病的患者越多越高兴。别看他嘴时吵吵"累死了，累死了！"其实，这是一种有意掩饰的骄傲和喜悦。倘是某段时间内他的病员突降，那么，一种不可遏止的逆反心理准会使他张皇失措。要是同室行医，一方病人接连不断，另一方则总是稀稀落落。那么，后者的"自觉症状"将是不可名状的难堪和尴尬。所以，医生常常有意或无意地生出一种对就诊者的"竞争"欲望。

竞争并不庸俗，没有竞争就没有发展。他也想"竞争"，和谁？和"五先生"吗？说实在的，他心里明白，以自己现在的医术，三两年内是办不到的。更何况，"树老根多，人老经验多"，乡下人最信这套。

前来就诊的病人，常常是不由自主地就跑到"五先生"那边去了。

世界在变，那是因为人在变。

生活在电子时代的年轻人啊，脑子有时就像一架出了毛病的收音机，常会于不知不觉间接收到一个意想不到的波段。

这天下午，走廊里传来了鼻音很重的说话声："啧啧，跑二十里地来看病，才花了五块钱！"那声调和情绪蕴含了无尽的委屈和哀怨。

他吃了一惊，看看"五先生"，"五先生"也恰好在看他。

"小刘，去看看，是怎么啦？""五先生"笑着和他说了一句，又低头专心把脉去了。

他怔了怔，起身走了出去。

一位高个子病人在前边走着，出了医院门，随手将刚刚取出的两兜中药丸掷进了一旁的草丛，嘴里还嘟嘟囔囔地说了些不屑的话："这老先生，开方真吝啊！几块钱的药能治啥病！我找××大夫看病，一张单子就十三块八。可惜，他没在家……"

小刘恰巧赶到。听了这话，心中不免愤愤然："哎，你这人，咋这么说？"

"怎么说？吃药花我自己的钱，欺我穷啊咋的？""高个子"咧着嘴，从兜里唰地拽出一沓钱，崭新，全是百元一张的。

对这种人，能说什么？小刘傻眼了。他神情怅惘地走回诊室，把看到和听到的讲给"五先生"。老头子那略带疲困的眼里闪现出难以言喻的痛苦和惊愕。他喃喃说着："常有这种情况。唉！假为真来真亦假……"

哦！把琉璃球当成珍珠，把珍珠看作琉璃球——人间经常发生的悲剧性的错觉。小刘忽然从这里省悟到了一点什么——古往今来，没听说谁在理发和吃药的收费问题上讨价还价的呀！

一个人的命难道不值几服药钱？

一个人的脑袋莫非比二斤柿子还贱？

世俗的庸俗和无知啊！

小刘开了窍，他于无意中发现了"竞技场"上的一个"冷门"。

这天，"五先生"出诊了，小刘的病号显著增加。大概事有凑巧吧，当日掷药于草丛的"高个子"又风尘仆仆地赶来了。他坐在诊室里，等着，等着，一直等到挨到他，将胳膊往前一伸：

"评脉吧！"

舌苔厚腻，六脉俱滑。这是"食滞胃脘"，多由饮食不节引起的。小刘心中有数了。他说了说这种病的自觉症状，对方给惊得直竖大拇哥："神啊！小大夫神啊！"

处方时，本来一剂保和丸足可。然而小刘的笔尖动了动，里面那不该用但绝对起不了副作用的药又增加了许多。末了心一横，竟莫名其妙地将"人参大补"之类加了几盒。

处方递到病人手里。

小刘隐隐地有点儿担心；

高个子患者兴高采烈。

第一张"大方"开出去，他犹自惴惴的；

第二张"大方"开出去，有点儿踏实了。

第三张……

哦，生活原本就是这样的！

……

小刘出了名——刘大畅。

是有被"大畅"抓住的——那些从心理上认为"花钱少了不治病"的；那些转着弯子要弄滋补营养药的；那些自己享受公费而家属也"秃子跟了月儿跑"的；那些事假化作病假就可以照拿工资的……这些人在"五先生"那里挨了碰，便渐渐地发现小刘头顶上的光圈了。不过，小刘心里更明白，反正横竖不花我的钱，我图名誉君受益，皆大欢喜。放着河水不行船，犯傻吗？

立竿见影。当月，"五先生"那边的病号似乎稍稍见少。相应地，小刘这边倒有些"车水马龙"的意思了。

是谁的名言——"声望和利益成正比。"

小刘走到供销社，售货员老远就问他要什么。经理三两步抢出柜台，一边拉他进内喝水，一边俯耳告诉他社里还存有点儿"后门货"；小刘去买煤，过磅员将砣仅仅挪了那么一点，他便明白起码多烧两个月；粮所会计问他要不要优质大米；乡重点校的校长问他是不是有弟弟妹妹愿来上学……有一天他信步走进五金门市部，迎上来的老保管"清点"了自己的全部"家产"后，觉得委实没有什么值得对方欣赏的。看到小刘想走，他急中生智，竟情不自禁地迸了一句："小刘大夫，您、您家缺菜刀吗！"

哦，间接的精神和物质的享受啊！还有，还有那直接的经济利益也来到了。

医院实行"承包"，似乎有点儿不伦不类。工业承包后可以多出产品，农业承包后可以多产粮棉，医院实行承包怎么解释？让它多出病人吗？倘是病人太少，为完成任务，是不是还要想法制造？要如此，先把防疫站撤掉。

可是，各行各业都在强调"经济效益"。这个乡村小医院也不能不考虑医生的奖金问题啊！院长几经揣摩，终于无可奈何地决定，奖金按各人所完成的"金额"多少来发。

这一来，小刘的首次季度奖超过了一千元；而在"五先生"的"发财史"上也记录了一个可怜巴巴的数字——十元零四角。

小刘不只奖金多，院长在总结工作时，似乎还模棱两可地表扬了他。

他踌躇满志，他心安理得。他心想：这个"冷门"我算瞅准了。

揣着刚刚从会计室领来的奖金，小刘在盘算着：给未婚妻买点儿什么呢？买书？买鞋？不，买身中长纤维服吧。上身要新颖，就是那种领口呈"桃形"的。

他走进诊室，抬头见"五先生"正在给病人开方，仍是那种三块五块的"小方"。小刘摇摇头，心中骤然产生了一种难以说清的同情和迷惑。

"五先生"的"小方"确实灵。他信服。不是吗？他曾用一分不花的捏脊法治好过头疼十年的老病号；用西医有时也难想到的"异性蛋白疗法"祛除过让人瘙痒难耐的枯草热；一味简单的石菖蒲加上了羊心汤，免去了多少癫痫病人遭受的折磨？哦，那最最让人感动的一幕啊——

溺水幼儿躺在地上，经过一位医生的紧急抢救后，已经有了极细的呼吸、极微的心跳。复活虽有希望，生命仍属垂危。母亲已经第二次哭昏过去，她为自己的独生儿子担心。

汗流浃背的"五先生"来了。大张着干涩的嘴，气喘吁吁地俯下已显佝偻的身子，翻看了孩子的瞳孔、牙龈，检查了孩子的脉搏、二阴。他那紧绷的皱纹渐渐绽开，孩子有救了。人们放下了那颗悬在喉头的心。

鬼都想不到，"五先生"那"起死回生"的妙方再简单不过。他让人将孩子放在热炕上，然后将红皮大蒜削成一片一片的，反复用那蒜片擦拭着孩子的鼻黏膜。

一头大蒜没用完，奇迹出现了。孩子渐渐有了明显的心跳和呼吸。他慢慢睁开眼来："妈——"

是喜悦过度，还是惊恐后怕？孩子的母亲再次昏厥过去。待人们救醒后，她竟出人意料地没顾孩子，而是一头扑进"五先生"的怀里，叫了声"老伯"，便什么也说不出来了，只是那么久久地跪着，跪着……

五体投地——这个词用在小刘对于"五先生"那高超医术的佩服心情上再恰当不过。但除此之外，老人在他眼里的形象就几乎近于愚氓了。

坐在诊室里，他精神矍铄，热情洋溢，似乎有永不耗竭的精力。然而出了医院门，他便蔫头耷脑。与前相比，判若两人。走在街上，下从平民百姓，上至乡党委书记，他唯一的礼节就是点头致意。好像除此之外，什么握手、问候、寒暄之类，全属多余。因为恩怨不能改变他对患者就诊时的态度，所以了解他的人也从不对他表现出过分的热情或冷淡。一些"头面人物"平时总把他淡淡遗忘，只有得了疑难重病，才又想到公社医院还有"五先生"这个人。

他似乎不懂什么"人情世理"。一位采购员奉送他半斤茶叶反使他"恼羞成怒"；副乡长因向他讨一张"家属病患证明信"而惹得他大发脾气……由此带给他的是什么呢？简单的伙食，粗俗的穿戴，窄狭的居室，永无休止的劳累……

仅此而已！

时代变了。诚实的老先生啊！你却仍像一台旧式一四〇柴油机，那么循规蹈矩，缓慢而又沉重地转动着。您对医学是那样的精于辨证，为什么在处世上却如此的食古不化？以你的名望和医术，笔尖只消稍稍一戳，你想象中的一切不就都有了吗？小刘终于决定要让"五先生"换换脑筋了。

几天后，小刘对"五先生"进行了耐心而又全面的"开导"。对于他的"开导"，老头子并不反驳，只是用根火柴棒反复剔牙。待到对方把话说完，他才嗫嚅牙花吐出点儿什么。

"这，"他喃喃说着，"人病本为一难，再从经济上增予不合适的负

265

担，无异于落井下石的。此……为医之大忌。另者，医人之笔，非同儿戏，只可谨之慎之，光明磊落。蝇营狗苟之为，乃医德所不容……"

"唉!"小刘叹口气，替他难过。

难过什么？人们都有自己的追求，只不过追求的目标各不相同罢了。

奖金的诱惑和小刘的"开导"，对于"五先生"来说却似雨点落在石头上。老头子仍是一如既往。不管病人多少，他总是严格地履行着望、闻、问、切。他总是运用八纲辨证将病情进行缜密的分析、琢磨、推理、归纳。他开方时仍旧那么谨慎细致，一笔一画。绝不像一些自命不凡的半吊子郎中，医道平平，却要故弄玄虚地将药名画成一个个令人费解的"梅花"。也不像那些患了"鸡爪疯"的，手无定准，乱颤乱晃。他仍旧视病投药，能少花钱治好的病，绝不让你多花。

然而，小刘终于发现，这个月里"五先生"到底还是发生了那么一点"量变"，开了几个大药方。最明显的是给一位肝气郁结患者的处方。方就，小刘侧目留神，一股喜悦之情由心底骤然升起。哦，"五先生"终于开了茅塞，在治疗此病的"柴胡舒肝汤"中，无端地加了一定数量的参、桂之类的补药。药不多，价钱却高。

人们都在变。迫于形势，老头子也悄悄开始变。小刘低下头，暗笑。

一个人所注意的，正是他所关心的。自此，小刘对于"五先生"的处方总是留神细瞧。然而，之后不久所发生的一件事，几乎让"五先生"那可敬的形象在小刘心中抹掉。

本街一位病妇，男人死了，自己拉扯俩孩子，生活一向紧巴。合街老少谁不同情她？然而偏偏就在她身上，"五先生"开了"大方"。

"先生，这药，得多少钱？"她神态窘怯。

"哦。""五先生"怔了怔，"得一百多元。"

"那……"病妇摸摸口袋，有些悚然。

患者病似气管炎。这种病，一般只用"泻白散"。但小刘探头一看，"五先生"所出为"苇茎汤"，且加入了一些活血化瘀药及归、芪之类的补托药。尤为甚者，什么抗生素、激素等本为古板老中医所不齿的西药竟也开了长长的一串。小刘正要插话，却见"五先生"站起了身。

"这样吧，"他望着病人，"我和你一块儿去药房，商量一下，看能不能暂时欠一欠。"嘴里说着，领了病人走出去。

小刘心中怏怏地，"五先生"啊"五先生"，吃肉也得掂肥瘦啊！

"五先生"回来了，眉头皱着。小刘憋不住："老先生，有几句话……"

"五先生"抬起头，望着他。

"开大方子得看对象啊！"

"啊?!"

"那富裕的，大手大脚的，享受公费医疗的，一张方开他一百元二百元都可。可是……"

"可是怎么了?"老头子扭曲着脸，很惊诧。

小刘迟疑了一会儿，心一横，豁出去了："那次您给一位肝病患者开了大方，我赞同，因为他富裕。可刚才这位，情况您是知道的。同样那么办，似乎有点儿您所说的落井下石吧?"

"哦——!"

"五先生"的脸色缓和了。他冲满腹狐疑的小刘点点头，笑眯眯地问：

"病现'传经'，医生怎么办?"

"投药截之，防微杜渐。"

"五先生"站起身，慢慢踱着："见肝之病，知肝传脾，当先实脾。

267

我于那'柴胡舒肝汤'中酌加补脾药，不为错吧？"

"哦哦……"

"今日的病妇，咳喘之余，略有痰臭脓血。其脉滑数，肌肤甲错，并且自述胸中隐痛，此肺痈之先兆。若不早投良药以截之，大病成日，虽千元亦难起疴。彼时，不独病体苦甚，之前的金钱岂不也加倍妄花了吗？"

"这、这……"

"处方用药当省则省。但须视其病情而定，万不可以其经济情况而行。"

小刘先是满面羞愧，继而心悦诚服了。原来，"五先生"还是"五先生"，他没变啊！

是真，为何总投以假的眼光呢？

走顺了的路，是难以返转的。对于"五先生"所遵循的"医家之道"不以为然的小刘，继续按照自己的追求孜孜不倦地奋斗着。所追求的，渐渐地都达到了。砖瓦厂长答应给他家送些砖瓦翻盖旧房；酒厂厂长打算在他秋后结婚时"尽力帮帮忙"；连乡政府秘书见了他，都极有风度地建议他是不是应该考虑入党。

虽然他风闻面粉厂因他的假条过多有一天几乎停了产；供销社因他的笔尖畅快造成药费超支三倍多……然而，除"五先生"那样的"老不开化"外，人们都在这么做。黍子谷子一锅炒，谁煳？谁又不煳呢？

他常常为自己寻找辩护、开脱的理由。而每逢抓到他认为有分量的"论据"时，便无法抑制那种发自内心的满足和快乐。

乐极生悲，是一句符合中医辨证理论的名言。"怒伤肝，喜伤心"嘛，范进中了举人后的癫狂，不就是喜极而至的"痰火扰心"吗？倘不是胡屠户大着胆子的一记耳光，"文曲星"还不知要疯到哪步天地呢!

报社要来调查的消息，当然要比胡屠户那一巴掌厉害得多。小刘那为"痰火"蒙住的心扉震开了一条缝儿，浑浑噩噩的脑子似乎也有点儿清醒了。他在遐思，在咀嚼。遐思所走过的，咀嚼所咽下的。唉，噩梦，噩梦啊！"梦"中的作为一旦公诸于世，那……

诊室的门被推开，小刘的思绪被打断了。他抬起头，见一位"高个子"晃晃悠悠踱进来。定睛一看，咦！是那位专门喜欢"大药方"的。

"高个子"坐在"五先生"面前，喘几气，胳膊往桌上一撂："先生，给看看病吧！"

"五先生"看了看他的面色，土黄、憔悴，人是挺弱的。他切脉之后，问道：

"闹过胃病吗?"

"哦哦，经常的!"

"吃过很多补药吗?"

"对对，对极了！"

"五先生"明白了。患者素常饮食无度，脾胃失和，造成消化功能减弱，又加服了大量壅滞难化的补药，胃气益发滞涩，食欲久日不振，气血乏生化之源，身体势必越搞越弱。"五先生"沉思良久，开出一方：

"水萝卜籽二十克，炒黄、研面，米汤冲服，每日两次，连服七天。"

"什么什么?""高个子"有些大惊失色的样子，"我跑二十里地，就为这萝卜籽吗?"

"同志，您听我说……"

"哦，我想起来了，"他打断"五先生"的话，"你是那位只会开小方的，"说着，以屁股为轴心，在凳上转了半个圆，朝向了小刘这一边，

"小大夫，我记起来了。你能开大方，大方才能治大病啊！我求求您啦。"

"我……"

小刘心中一阵抽搐。他明白，对方的病有很大成分是他那次的"大方"造成的。如今，面对自己一手造成的贻害，说什么好呢？一阵无可解脱的惶愧之后，他忙低了头。

"怎么？小大夫！"患者的音调有些发抖。

小刘无可奈何地仰起脸，望着面前那双固执、渴盼但明显是愚鲁无知的眼睛，解释道："大叔，老先生的方子很好，水萝卜籽就是中药莱菔子，可以治你的食积气滞、胸闷腹胀。宽中下气后慢慢就能吃下饭去。这样，你的身体很快便能恢复……"

他没说水萝卜籽还可以消除补药药力，大约是恐怕对方追究。然而，对方显然没有那样的意思，反而大失所望地站起身：

"嗨！萝卜籽治病？胡闹，简直是胡闹！"嘴里吵吵着，愤愤地朝门口走了。

望着稍稍惊愕的"五先生"，小刘就像被人窥透了隐私的伪君子，紧张，惶悚，尴尬。此刻，那因即将遭受"弹劾"而造成的烦乱之外，作为医生又开始倍受着良心的谴责。不能祛除疾病已是愧对医生这一称号，更何况又给患者病上加病了呢？他眼前反复浮现着高个子病人那苍黄的面孔——相信还有，还有一些和他同样倒霉的。他觉得很闷、很热。他坐不住了，站起身，想跟"五先生"说句话，但犹豫了一阵，终于什么也没说。

他脚步沉重地走出诊室。哦！天阴了。

大地的上方先是云团簇簇，渐渐地凝结为硕大无朋的铅块。铅块愈压愈低，愈压愈低，似乎有意缩小这天地间本来已经不大了的距离。

他踯躅在门诊后院的甬路上，心情像头顶上的云块，沉甸甸的。

天地间没有一丝儿的风，空气沉闷得令人气喘。凡能走动的病号全都跑出了病房。人们虽都拼力而迅速地摇着扇子，但身上依然浸透了油汪汪的汗。

天凝固了，地凝固了，空气也凝固了。

似一颗凝固汽油弹的爆裂，突然间一声炸雷。俄顷，铜钱大小的雨点子落了下来，医院内外随即响起杂乱的惊呼和吆喝。跑的，叫的，追牲口嚷孩子的——安静的世界乱了……

小刘来不及回诊室，赶忙躲进了近旁的一间宿舍，是"五先生"的。

雨终于下大了。只听到一片的"呼哗"乱响，分不清雨点的起落。雷公电母搅闹着乾坤，风也像借机发狠般在天地间呼啸着。小刘喘了口气，整个身心似乎觉得轻松了些。

他坐下来，慢慢地打量着"五先生"的宿舍。这宿舍，他曾多次来过，但因为窄小拥挤，他感到空气憋闷，所以总是匆匆来到，又匆匆离去。此刻，他望着那旧式的书桌、发黄的壁纸、脱漆的铁床以及床上简单的铺盖，心中似乎有点儿异样的感觉。然而，这感觉他又不十分清楚，至少不是那么明晰、确切。

朦胧思索间，一道闪电透过窗玻璃照在"五先生"的床头前。在床头上方的墙上，他突然发现了"五先生"手书的而他却从来也没仔细揣摩过的篆体横幅："做苍生大医，不做含灵巨贼！"

"啊！做苍生大医，不做含灵巨贼！"

他猛地立起身，跨到屋门口，像一尊石膏浇铸的塑像，紧皱双眉，两眼直直地望着茫茫雨幕，在沉思，在回味。

他似乎隐隐感到，在自己的人生旅途中，又一次发现了"冷门"。

雨，愈下愈急。一道耀眼的闪光，又是一声震耳的霹雳……

"夜叉"四妈一家

刚要走出集市口，四妈忽又停住。她站在一个瓷器摊前，脚尖踢踢瓷盆又顺便戳一下旁边的尿壶："多少钱一个？"

"女人……尿壶？"瓷器贩子窃笑，戏谑地回答，"这呀，正合适。五毛一个。"

"不还价。"四妈笑笑，大度地扔给贩子五毛钱，提起一旁的黑瓷大盆就走。

"哎哎！尿壶，我说的是尿壶啊！"贩子急了，起身要夺。

"呸！"四妈小眼瞪圆，"你娘才用尿壶呢。孬种，天杀的……"

村人多好奇，顷刻围来一群，且又七嘴八舌："是啊，女人……能用尿壶吗？"

然而……

瓷器贩子一时理短，噎住。眼睁睁看着这位祖奶奶提了大盆走了。

贩子算识相。四妈可不是善茬。惹了她，眼一瞪，腰一挺，即刻便骂出一连串都是三个音节的脏话，且同时腾空三尺，在落地前的刹那做完指、剜、拧、甩几个动作。和绵羊怄气，也像结了八辈仇敌。

叫她"夜叉"，屈吗？

四妈个子小，脾气大。嫁给四伯三十年，干了不下三千架。四伯彻底认了输。老伴打个喷嚏，他也打个哆嗦。

272

四伯怕四妈，四妈却极疼他。

四伯去年患了手脚麻木症，动不得，四妈就每天三次用热水给他连洗加搓。四妈今天"讹"瓷盆，就是专为给老头烫脚用的。

四妈个儿小，走路却快。她轻飘飘地进了村，突然立住，两道箭头眉也随着竖直了。原来，老生儿子大宝正坐在街旁巷口，和刘四婶家的玲玲"过家家"。四婶是村中的"杠子头"，四妈的老对头，三六九两人就要干一架。和谁家的孩子玩不成？干吗偏偏和母驴的闺女搭双配对儿呢？大宝说话不多，还口吃，看上去有点儿愚不拉儿的。可不知怎么回事，街坊邻居都挺喜欢他，尤其孩子们，有空就围住他，他成了花果山的美猴王了。但他特别喜欢玲玲。玲玲嘴巧，常是眨巴着杏核眼，一口一个"宝哥哥"。这宝哥哥确也有个哥哥样，常把四妈的好东西拿来分给玲玲吃，有谁惹玲玲，他还袒护着。坏小子长舌头，喊他们"小两口"。他们相互看一看，纳闷：一口加一口，不正好等于"两口"吗？

四妈的嘴歪了歪，气呼呼走到巷子口。六寸大脚在大宝的身后耍了几个圈，最后轻轻点在儿子屁股上："回家！"

大宝慢腾腾转过身："干吗？"

"回家！"四妈立住脚，巴掌在儿子头顶上挥来舞去，但并不落下。

大宝眯着眼睛看她好一会儿，又抻抻脖儿问："干吗？"

四妈的手在空中僵住，一时竟不知说什么。这当儿，大宝却突然地转身走了。他在前头慢慢走，玲玲在后默默地跟着，一同拐进了前边的胡同。四妈想追，手中瓷盆太重，只好跌跌撞撞地回家。

四伯正光脚在炕沿上坐着，两腿晃悠——按医生的嘱咐进行舒筋活血。见四妈回来，老眼盈泪，似悲似乐。很明显，他是在盼她。四妈心里一阵疼惜，刚才的怒气霎时间就跑到爪哇国去了。她忙走上去，放下瓷盆，俯身扑拉着老头的脚背："咋样？轻些了吧？"

四伯喃喃着……

"唉！老婆汉子，牛蹄瓣子。分远了行吗？这不，半天不在家就……"四妈叹着气，拽过瓷盆放在四伯的脚下。

套间里忽然哭声漾漾。

四妈蓦地扭头大喝："号丧什么，没志气的，不行和他离婚。两条腿的蛤蟆不好寻，两条腿的男人遍天下。"

哭声骤停，变成断断续续的抽搭。

是四妈的女儿巧枝儿，和女婿吵了架。女婿性子倔，失手打了她一下。巧枝儿气头上跑回娘家来。原以为女婿会来赔礼道歉将她"请"回去，不料那家伙竟然吃了忘情药，不声不响，和她摽上了。小日子正兴旺，巧枝儿当然放心不下。要回去，却给母亲拦住了。她非要"憋憋"那小子，不来找丈母娘请罪，她是不放闺女回去的。"娘个×的，巧枝是我的肉，打她如同打我的脸，反了天啦！啧啧……"

女婿知道闯了祸，就抻着。

三天过去了。

五天过去了。

四妈勃然大怒，挥板斧杀到女婿门上。一看，傻了。铁皮门关得严丝合缝，砸都没法砸。她气冲冲踹了一下，脚硌得生痛，忙跳过旁边坐下，一边揉脚一边喊骂："王八羔子，没良心的，甭躲着，甭窝着，露头我就扇你个满脸花！"

她骂哑了嗓子，女婿仍是免战牌高挂。

四妈终于没了辙。

黑瓷盆里倒上水，水儿散发着热气。四妈将四伯的双脚托上盆沿，撩一点儿水，仰脸问道："热吗？"

四伯咕噜了句什么。

套间里哭声又起。四妈刚要回头呵斥，老头"哦儿"了一下。她忙扶住盆沿："烫着了？"

套间里哭声更响，四妈发作起来："哭，就知道哭，让个爷儿们制住，还有脸哭呢！"

门口探进个脑袋。大宝蔫蔫地回来了。他手中托着两个甜瓜，瞄四妈一眼，进套间去找姐姐。套间里哭声立停。姐弟俩私语着什么。四妈觉得怪，侧着脑袋细听了一会儿，猛起身撞进套间，劈手薅住大宝的后衣领：

"说，谁给你的瓜？"

"姐夫。"大宝困难地咽口唾沫。

"他在哪里？"

"在……在园里浇瓜。"

巧枝儿又抽搭。

"好哩，"四妈松开儿子，双手掐腰，"枝儿，走，娘领你去找他。扇他个耳刮解解恨，他敢还手，我叫他吃不了兜着。"

巧枝儿不动。

"窝囊废！"四妈吼一声，拽起女儿就走。临出门，又将大宝操在炕沿上："守着你爹。"

狗小子，今天你瞧好看吧。四妈的"复仇"心使她怒火中烧，脚下蹽得极快，像溜冰，像滑雪。沿途里呜呼呐喊，引动得乡邻钻出门来，一拉溜跟在后头，俨然是一支讨伐大军了。

村子本不大，抽支烟的工夫就到了村东瓜园。果然，女婿正从远远的沟里往回担水。刚放下担子，四妈的队伍就到了。他吓得一怔。就这一怔，娘儿俩才看清，女婿既黑，又瘦，胡子也已很久没有刮。二十几岁的人，快成走麦城的关云长了。四妈正要冲上去，巧枝忽然"噢儿"一声蹲下身，双手捂脸，哭了。哭吧，哭吧，女儿泪，有完吗？四妈恨不得剜她一指头。再回身，女婿已扔下扁担，拔腿蹽了。她气得双脚弹

275

地，蹦起多高，就手拽起女儿搡了一把：

"傻妮子，追，给我追他娘的……"

借着四妈的推力，巧枝儿真的往前追了。母亲殿后压阵，女儿前边赶杀。看光景，娘儿俩非把女婿逮住揍一顿不可。女婿既窘又怕。老婆好说，丈母娘可怎么对付啊！唉！跑吧，跑吧。心里说跑，又不好跑得过快。看看快到家门口了，这才松口气。是啊，只要进了院，将门闩插住……正想着，脚下给什么一绊，一个跟头跌倒，引起轰街大笑。四妈早将情景看在眼里，当下冲跑在前头的女儿喊喝："枝儿，摁住他，摁住他，照腚上狠揍，他敢还手，今儿我老命豁上了。"说完，双脚呈八字形立定，双手掐腰，虎视眈眈朝前望着，望着——蓦然间，她那老脸上的皱纹凝固了……

巧枝儿追到丈夫跟前，既没摁，也没打，竟哭哭啼啼将丈夫搀起来，两口子一溜小跑进院去了。大门随即关上，且同时传出落闩的声响。四妈糊涂了一阵儿，突然像给谁兜头泼了一锅热油，"嘎哑哑"一声叫，平地跳起半人高——扭腰，甩胯，抽脸，拧胳膊……刹那间在空中做了不下十个表示愤怒的动作。如杵双脚刚沾地，高亢尖细的嗓门就已响了："王八生的，兔子养的，坏了肚子烂了肠的，见了爷儿们不要娘的……我，我老脸不要，老命豁上……"骂着，大襟一撩，就要向着门上撞。街坊乡邻见事情要闹大，忙将四妈拽住。四妈不依不饶，门前乱成一锅粥。这关头，大宝忽然从旁钻出，拽住他娘的衣袖：

"娘，爹他，他……"

四妈一惊，像服了速效安定药，忙刹住动作，急咧咧地问："你爹，你爹怎么了？"

"他，他他……"大宝越紧张越口吃，竟至什么也说不出，只是双眼乱眨。

"天老娘啊！"四妈拍得屁股响。她看看儿子，瞧瞧大伙，迟疑了

276

五秒钟，冲女婿的大门啐了一口，急匆匆回家去了。

四妈走了，人们也散了。大门开了一条缝儿，巧枝儿冲弟弟招招手："大宝，来，姐姐给你烙肉饼。"

大宝摇摇头，突然想起了什么。他跑到门前不远处的槐树下，拽出鸡鸡，冲一群正在打架的蚂蚁洋洋洒洒来了一泡尿。尿完了打个战，停一停，又去找玲玲……

图书在版编目(CIP)数据

情种 / 杨英国著. — 北京：中国文史出版社，
2020.1

（中国专业作家小说典藏文库·杨英国卷）
ISBN 978 - 7 - 5205 - 1455 - 2

Ⅰ. ①情… Ⅱ. ①杨… Ⅲ. ①短篇小说 - 小说集 - 中
国 - 当代 Ⅳ. ①I247.7

中国版本图书馆 CIP 数据核字(2019)第 237093 号

责任编辑：卢祥秋　薛未未

出版发行：**中国文史出版社**
社　　址：北京市海淀区西八里庄 69 号院　邮编：100142
电　　话：010 - 81136606　81136602　81136603（发行部）
传　　真：010 - 81136655
印　　装：廊坊市海涛印刷有限公司
经　　销：全国新华书店
开　　本：720 × 1020　1/16
印　　张：18　　　　字数：232 千字
版　　次：2020 年 1 月第 1 版
印　　次：2020 年 1 月第 1 次印刷
定　　价：59.80 元